WO IST EMMA?

Das Buch

Megan ist eine geplagte, aber glückliche Hausfrau und Mutter von drei kleinen Mädchen. Ihr Kleinstadtleben gerät jedoch aus den Fugen, als ihre jüngste Tochter Emma an ihrem dritten Geburtstag verschwindet. Zwei Jahre später organisiert Megan zu Emmas Geburtstag eine Gedenkfeier am Jahrestag der Entführung. Ihr Engagement für ihre vermisste Tochter grenzt an Besessenheit, und ihre unablässige Suche nach Emma entfernt Megan immer weiter von ihren Freunden und ihrer Familie.

Zur gleichen Zeit in derselben Kleinstadt beginnt Jack sich zu fragen, ob seine Frau Dottie ein Geheimnis hat: Warum ist sie so verschwiegen, wenn es um ihre Enkeltochter Emmie geht? Als Dottie in die Demenz abgleitet und immer fürsorglicher über Emmie wacht, wird es Zeit, dem Mysterium auf den Grund zu gehen.

Jack und Megans Welten kreuzen sich schließlich auf dem Jahrmarkt der Stadt, als Megan ein Foto von einem kleinen Mädchen auf den Schultern ihres Großvaters knipst.

Die Autorin

Steena Holmes wuchs in einer Kleinstadt in Kanada auf und hat einen Bachelorabschluss in Theologie. Holmes wurde nach einem kurzen Schreckerlebnis zu *Wo ist Emma?* inspiriert, als sie ihre jüngste Tochter vermisst glaubte. Sie wollte eine Geschichte schreiben, zu der Mütter kleiner Kinder einen Bezug haben.

2012 wurde Steena Holmes mit dem Indie Excellence Award ausgezeichnet. Zurzeit lebt sie mit ihrem Mann und ihren drei Töchtern in Calgary, Kanada.

STEENA HOLMES

WO IST EMMA?

— *Roman* —

Aus dem Englischen von Monika Sak

Elfr. M

gut X

List Taschenbuch

Besuchen Sie uns im Internet:
www.list-taschenbuch.de

Diese Ausgabe wurde durch eine Lizenzvereinbarung mit Amazon Publishing ermöglicht, www.apub.com.

MIX
Papier aus verantwortungsvollen Quellen
FSC® C083411

Lizenzausgabe im List Taschenbuch
List ist ein Verlag der Ullstein Buchverlage GmbH, Berlin.
1. Auflage Oktober 2016

Die Originalausgabe erschien 2013 unter dem Titel *Finding Emma*
bei Lake Union Publishing, Las Vegas.
Deutsche Erstveröffentlichung bei AmazonCrossing,
Luxemburg, November 2014
Umschlaggestaltung: ZERO Werbeagentur, München,
nach einer Vorlage von bürosüd° GmbH, München
Titelabbildung: © bürosüd° GmbH, München
Satz: Verlag Lutz Garnies, Haar bei München
Gesetzt aus der Adobe Caslon Pro
Druck und Bindearbeiten: CPI books GmbH, Leck
Printed in Germany
ISBN 978-3-548-61347-5

KAPITEL EINS

Der Schrei eines Kindes erschütterte die friedliche Stille des Sonntagnachmittags.

Megan fuhr von der Decke auf dem Rasen hoch. Ihr Herz hämmerte, als sie die Straße vor sich absuchte. Sie stöhnte, als zwei ihrer Töchter sich gegenseitig in einem Wasserpistolenduell bespritzten, während sie den Fußweg hochkamen. Sie war wieder eingedöst. Die Arbeit an Peters Büchern bis spät in die Nacht hinein musste aufhören. Gestern wachte sie auf und fand ihre dritte Tochter, Emma, auf der Straßenseite bei den Nachbarn, wie sie schon halb in deren Hundehütte gekrochen war.

Sie blickte auf Emma, ihr jüngstes Kind, hinunter, das mit einer Pusteblume auf der Decke spielte. Gott sei Dank, sie war noch da. Die Dreijährige starrte verzückt in den Himmel.

»Roter Luftballon, Mami?«

Megan drehte ihre Finger in Emmas dichten Locken.

»Später, Liebling.«

»Rote, Mami. Rote Luftballons!« Emma deutete mit ihren rundlichen Fingern nach oben zum Himmel. Megan hob ihren Kopf und bemerkte die Explosion der Farben, mit der die Luft erfüllt war. Rote, gelbe und blaue Ballons tanzten im Wind und schwebten über den Himmel.

Der jährliche Jahrmarkt war hier, gerade rechtzeitig zur Abschlussfeier der Schule, die ihre kleine Stadt immer abhielt. Es war auch Emmas Geburtstag. Megan wünschte sich, die Zeit würde stillstehen. Ihr Baby wuchs viel zu schnell.

»Mom, bekommen wir ein Eis?« Hannah schüttelte Wassertröpfchen über Megans nackte Beine. Sie hielt von der Kühle die Luft an. Lachend sprang Megan auf und wich vor ihrer durchnässten Tochter zurück, merkte aber, dass die kichernde Emma sich an ihrem Bein festgeklammert hatte.

»Komm mir ja nicht näher.« Megan musste sich krampfhaft das Lachen verbeißen, als Hannahs blaue Augen voller Unfug aufblitzten, während sie einen Satz über die Decke machte. Lachend hob Megan Emma hoch, rannte zur Haustür und schloss die Fliegengittertür vor Hannahs Nase. Alexis kam über die Einfahrt, stieg über Megans Gladiolen und zielte mit der fast leeren Wasserpistole auf ihre ältere Schwester.

»Alexis Marie Taylor, wenn du deine Schwester mit noch mehr Wasser bespritzt, bekommt sie die Hälfte von deinem Eis«, drohte Megan ihr.

Alexis' Augen wurden größer, als sie die Wasserpistole ins Gras fallen ließ und zur Veranda hinübersprang, bevor sie ihre Arme um Hannahs Schultern legte.

»Würde ich das jemals tun?« Alexis neigte ihren Kopf und setzte das unschuldigste Lächeln auf, das Megan je gesehen hatte.

Megan schnaubte: »Macht keinen Quatsch, ihr beiden, sonst werden Emma und ich euer Eis essen. Verstanden?« Megan kniff ihre Augen zusammen und schürzte die Lippen. Wer weiß? Vielleicht half der ernste Blick.

»Kommt herein und trocknet euch ab. Euer Dad sollte bald hier sein.« Sie öffnete den Mädchen die Fliegengittertür und schloss sie wieder. In den letzten paar Tagen hatte sich Emma hinter Megans Rücken hinausgeschlichen, um

Schmetterlinge zu fangen. Zumindest wollte sie es versuchen.

Zum Abendessen hatten sie vor, in die Stadt zu gehen, um die Parade zu sehen und dort auf dem Jahrmarkt Corn Dogs, also Hot Dogs mit Mais- statt Weizenbrötchen, kandierte Äpfel und Zuckerwatte zu essen. Die Mädchen waren schon so aufgeregt. Peter hatte ihnen sogar versprochen, für jede einen Stoffteddybär zu gewinnen, während Megan es kaum erwarten konnte, Emma die Clowns zu zeigen.

»Wollen wir *Himmel und Hölle* spielen, während wir auf euren Dad warten?«, rief Megan den Mädchen nach, als sie die Treppe hochrannten, um sich umzuziehen. Sie liebte es, Mutter zu sein, obwohl es anstrengend war, drei Mädchen altersmäßig so nahe beieinander zu haben. Mutter zu sein erfüllte sie auf vielfältigere Weise, als sie es für möglich gehalten hätte.

»Hey, Em? Wie wär's, wenn wir noch mehr Limonade machten? Diesmal mit weniger Zucker.« Sie hatte die Mädchen gleich nach dem Mittagessen Limonade zubereiten lassen und Alexis hatte fast die ganze Zuckerpackung in die Schale geschüttet.

Das Telefon klingelte in dem Moment, als Fußtritte die Stufen herunterpolterten.

»Ich geh nur schnell hinaus, um mein Stirnband zu holen!«, rief Hannah.

»Schließ die Tür ab, wenn du wieder hereinkommst!«, rief Megan hinaus. In diesem Augenblick flog bereits die Gittertür laut krachend zu.

Den Hörer zwischen Schulter und Ohr geklemmt, öffnete Megan den Kühlschrank und griff nach dem Krug mit gefiltertem Wasser. Sie stöhnte, als sie merkte, dass er leer war. Sie hatte vergessen, ihn aufzufüllen, als sie sich zuvor ein Glas eingeschenkt hatte. Die automatische Ansage informierte sie, dass die Katalogbestellung von *Sears* eingetroffen war. Sie runzelte die Stirn. Sie hatte doch nichts bestellt. Als die automatische Stimme die Ansage wiederholte, nahm Megan ihren Terminkalender und blätterte durch die letzten paar Wochen, um zu sehen, ob sie etwas aufgeschrieben hatte. Eigenartig. In ihren Notizen war nichts zu finden.

Nachdem sie den Hörer aufgelegt hatte, bestätigte ein schneller Blick auf die Uhr, dass Peter jeden Moment nach Hause kam.

»Auf, Mäuschen, gehen wir dein Windelhöschen wechseln, und dann machen wir uns für die Parade fertig. Warte nur, bis du die Clowns siehst…« Megan drehte sich nach Emma um, musste aber feststellen, dass sie mit einem leeren Zimmer sprach.

»Emma?« Megan ging ins Wohnzimmer und erwartete, Emma dort beim Spielen mit den neuen Ponys zu finden, die Peter ihr an diesem Morgen gegeben hatte.

Das Zimmer war leer.

Sie ging denselben Weg zurück und trat in den Flur hinaus.

»Emma, bist du oben? Mädchen, ist eure Schwester bei euch?« Megan setzte den Fuß auf die Treppenstufe, griff nach dem Geländer und wartete darauf, Emmas Schritte zu hören. Sie konnte sich nicht daran erinnern, gehört zu haben, dass die Gittertür zuschlug, als Hannah wieder hereinkam.

»Nicht hier!«, rief Hannah herunter.

Überrascht nahm Megan den Fuß von der Stufe, blickte herum und schaute auf die Gittertür. »Hannah, hast du die Tür zugemacht, wie ich dir gesagt habe?« Sie kämpfte damit, nicht panisch zu klingen, als sie durch den Flur zum offenen Eingang des Hauses rannte.

Megan verschlug es den Atem.

Nicht verschlossen!

»Emma!« Megan rannte nach draußen und rief den Namen ihres Babys. Mitten auf der Einfahrt blieb sie stehen und suchte die Gegend ab. Nichts. Emma jagte keine Schmetterlinge, pflückte keine Blumen aus dem Garten und spielte auch nicht mit den Pusteblumen. Sie war nirgendwo.

Megan schrie, so laut sie konnte, während ihr die Tränen übers Gesicht flossen.

Emma war verschwunden.

ZWEI JAHRE SPÄTER

KAPITEL ZWEI

Wenn Blicke töten könnten, wäre ihre Tochter eine Göttin, deren durchdringende Augen Megan im Flur zu Staub zerfallen ließen. Und das alles durch einen Blick einer Zehnjährigen.

»Warum, Mom? Warum lässt du uns nicht zu Fuß gehen?« Alexis drehte sich auf der Treppe halb um, die Hände auf die Hüften gestemmt, als sie eine Regel infrage stellte, die sie vor zwei Jahren aufgestellt hatte.

Megan schloss die Augen und kniff sich in die Nasenspitze. Wasser tropfte ihr von dem hohen Pferdeschwanz den Halsrücken hinunter. Sie hatte sich gerade schnell geduscht.

»Alexis, du weißt, warum«, sagte sie. In ihrem Kopf hämmerte es. Na großartig. Es war erst acht Uhr morgens, und sie hatte bereits dröhnende Schmerzen. Megan ging in die Küche, um sich eine Aspirin und Wasser zu holen.

»Aber du lässt uns zu Fuß nach Hause gehen …« Alexis folgte ihr.

»Ja, mit einem Erwachsenen. Nicht alleine. Tut mir leid, aber du gehst nicht alleine zur Schule. Ehrlich, Alex. Warum willst du das unbedingt? Und ausgerechnet heute.« Mit der versuchten Entführung von letzter Nacht, über die überall in den Nachrichten berichtet wurde, kam es überhaupt nicht infrage, dass noch eine ihrer Töchter gekidnappt würde. Nicht dieses Mal.

Das Sichere-Wege-Programm, das sie für nachmittags in die Wege geleitet hatte, ging gut, aber sie konnte nicht genug Freiwillige organisieren, um morgens auszuhelfen. Sie hoffte, dass es bis zum nächsten Jahr klappen würde. Bis dahin würde sie weiterhin ihre Töchter zur Schule fahren. Es war das Mindeste, was sie tun konnte.

»Was ist schon dabei? Dad hat genug Vertrauen zu uns, dass wir zu Fuß nach Hause gehen dürfen.«

Megan schluckte die Pillen und lehnte sich gegen die Küchenanrichte. »Ich bin nicht Dad.«

Der trotzige Gesichtsausdruck ihrer Tochter löste sich auf, bevor sie aus der Küche und wieder nach oben ging.

Megan schüttelte den Kopf. »Hör auf zu argumentieren, und sieh zu, dass du fertig wirst!«, rief sie über ihre Schulter.

Das dumpfe Geräusch von Alexis Füßen auf dem Parkettboden war zu hören, als sie die Treppe nach oben stampfte.

»Und zieh dir eine Hose ohne Löcher in den Knien an«, sagte sie, bevor Alexis die Gelegenheit hatte, die Tür zuzuschlagen.

Megan nahm ihr Glas Wasser und ging in Peters Büro.

Sein Schreibtisch war ein Chaos. In einer Ecke stapelten sich Bücher, in der anderen häuften sich Rechnungen und Hausgutachten. Sein Laptop war an den Schreibtischrand verschoben, damit er die Morgenzeitung lesen konnte. Peter saß da, seine Finger in die Haare gespreizt.

»Hast du das gewusst?« Er lehnte sich im Stuhl zurück und hielt die Titelseite hoch, damit sie es sehen konnte.

Die Schlagzeile sprang ihr ins Gesicht: VERMISST. Es traf sie wie ein Faustschlag in den Magen. *O Gott, bitte lass es diesem kleinen Mädchen gut gehen.* Ihr Herz raste bei dem Gedanken, dass eine andere Familie diesen Albtraum durchmachen musste.

Sie zog die Zeitung zu sich heran, als sie merkte, dass es nicht das Bild des kleinen Mädchens war, das überall in den Abendnachrichten kam, sondern das von Emma.

Ihr Baby.

»Im stetigen Gedenken, in stetiger Liebe. Emma Taylor wird heute fünf Jahre alt. Als Bewohner dieser Stadt beten wir für ihre sichere Heimkehr.«

»Ich hatte keine Ahnung.« Megans Hand zitterte, als sie den Bericht überflog und unterhalb der Zusammenfassung über Emmas Verschwinden vom Entführungsversuch las. Sie gab die Zeitung wieder an Peter zurück, der sie zusammenfaltete und auf den Boden fallen ließ, bevor er seine Hand nach Megan ausstreckte.

»Ich dachte, wir könnten die Schule schwänzen und den Tag gemeinsam verbringen. Wie wär's mit einem Ausflug zum Strand?« Peter zog Megan auf seinen Schoß und streichelte ihr über die Wangen. Dann zog er sie am Nacken zu sich.

Megan wich zurück. »Ich habe heute am späteren Nachmittag diese Versammlung. Dafür muss ich mich vorbereiten.«

Sie sah, wie Peters Augen sich verdüsterten. »Aber ich könnte auf jeden Fall Kaffee mitbringen …«

Peter schielte auf ihre Brust und zwinkerte. »Steht neben dem Kaffee sonst noch etwas auf der Speisekarte?«

Megan beugte sich vor und drückte ihm einen zarten Kuss auf die Lippen.

»Vielleicht«, flüsterte sie verführerisch. Sie wollte sich ihm entziehen, wurde jedoch zurückgehalten. Diesmal gab sich Peter nicht mit einem kleinen Kuss zufrieden. Als seine Lippen auf ihre trafen, hielt er sich nicht zurück. Er stellte sicher, dass sie wusste, was er auf der Speisekarte wünschte. Megan seufzte. Es war schon so lange her …

»Igitt, müsst ihr das hier tun? Krass!« Alexis stöhnte von draußen durch die Tür.

»Oh, oh!«, meinte Megan, während Peter mit der freien Hand über sein Gesicht rieb. »Ich hol Kaffee.«

Peters Stimme hielt sie zurück. »Versprochen?«

Megan schaute Peter an. Sie sah ihn wirklich an. Sie wusste, dass er mehr als nur Kaffee meinte. Ihr Intimleben, oder eher die Abwesenheit davon, fing an, ihrer Ehe zu schaden. Sie konnte es in seinen Augen sehen.

»Ja«, sagte sie und zwinkerte ihm zu, bevor sie sich ihrer Tochter zuwandte.

»Ich dachte, wir könnten heute Abend Eis essen gehen oder so etwas. Zur Feier …« Sie hörte auf die Stille, die ihren Worten begegnete.

Sie nahm die Bürste und den Gummi, die Alexis ihr hinreichte, drehte ihre Tochter herum, sodass der Rücken zu ihr schaute, und zog dann Alexis' Haare zu einem hohen Pferdeschwanz zusammen.

»Werden wir wirklich Emmas Geburtstag feiern?«, wollte Alexis wissen.

Peter ging aus dem Zimmer.

Megan schluckte den Kloß in ihrem Hals hinunter, als sie seine bedrückte Haltung sah. »Natürlich werden wir das.« Sie gab ihrer Tochter einen Kuss auf den Scheitel, drehte sie dann für eine kurze Umarmung zu sich herum und betrachtete ihr neues Outfit. Alexis trug jetzt ein braunes Sommerkleid mit kleinen weißen Blümchen am Saum, darüber eine Strickjacke in zartem Violett und blaue Socken, die weit hochgezogen waren. Megan schüttelte den Kopf, hielt aber den Mund. *Dieser Kampf war es nicht wert.* Zumindest hatte sie die Hose gewechselt.

»Also gut, du. Fertig? Wie wär's, wenn ich dich diesmal an der Ecke herauslasse, damit du so tun kannst, als ob du nicht zur Schule gefahren wurdest?« Megan legte ihren Arm um die Schultern der Tochter.

Alexis zuckte die Achseln. »Was auch immer.« Sie wussten beide, dass Megan nicht wegfahren würde, bis sie Gewissheit hatte, dass beide Kinder sicher in der Schule waren. Das tat sie nie.

Megan schlug ihre Finger im Takt zum Song im Radio auf das Lenkrad. Es ging um ein Mädchen und ein weißes Pferd. Sie hörte nicht wirklich auf den Song, sie mochte einfach den Rhythmus.

Sie zog ihr Telefon aus der Tasche und scrollte durch die Benachrichtigungen. Sieben neue E-Mails und eine SMS. Sie stand in der Schlange beim Drive-in, blickte hoch und bemerkte, dass sich das Auto vor ihr noch nicht bewegt hatte. Sie hätte einfach hineingehen und bestellen sollen. Als sie aber die Schlange der Leute an den Eingängen mit der Autoschlange verglich, war das Warten im Wagen ganz klar die bessere Entscheidung.

Sie klickte auf die SMS ihres Mannes – *komm schnell nach Hause.* Ein Lächeln zeichnete sich auf Megans Gesicht ab. Ihre Finger tanzten über die Tastatur des Telefons, als sie ihm zurückschrieb. Der Mann musste sich etwas gedulden. Es war schon zu lange her, seit sie die Schule geschwänzt hatten. Schon der Gedanke daran ließ ihren Magen vor Aufregung flattern. Es war in der Tat schon zu lange her.

Megan warf einen Blick in ihren Seitenspiegel. Da schon zwei Autos hinter ihr standen, war es zu spät, ihr Vorhaben zu ändern und vorzuschlagen, dass sie einfach zu Hause Kaffee kochten. Es könnte hier noch eine Weile dauern.

Sie legte ihr Telefon auf den Beifahrersitz und dachte daran, wie sie Alexis und Hannah an der Schule abgesetzt hatte. Einen Häuserblock von der Schule entfernt hatte Alexis sie gebeten anzuhalten. Weiter vorne war eine Gruppe Kinder, die sie kannte, und sie wollte keinesfalls mit ihrer Mutter gesehen werden. Megan hatte gewartet, während die beiden schnell den Gehsteig hinunterliefen, um die Gruppe einzuholen. Nur Hannah, ihre Älteste, sah zurück, um zu winken. Wie erwartet fuhr Megan nicht weg, bis sie sich davon überzeugt hatte, dass die Mädchen sicher innerhalb des Schulgeländes waren.

Ihr Telefon summte. Noch eine SMS von Peter. Als sie nach dem Telefon griff, sprang ihr das Auf und Ab eines blonden Lockenkopfes im Rückspiegel ins Auge. Ihr Herz blieb stehen.

Emma.

Sie umklammerte fest ihr Lenkrad und zwang sich, tief durchzuatmen. Sie versuchte, sich an die Schritte zu erinnern, die ihre Therapeutin ihr angegeben hatte und die sie das nächste Mal tun sollte, wenn sie dachte, sie würde ihre vermisste Tochter sehen.

Erstens: Nimm einen tiefen Atemzug. Richtig. Megan füllte ihre Lungen und versuchte auszuatmen, aber die Luft blieb ihr im Halse stecken.

Diese blonden Locken bewegten sich wieder auf und ab, daneben eine ausgestreckte Hand.

Zweitens: Zähl bis fünf. Eins. Megan ließ die Luft heraus, die sich in ihren Lungen angestaut hatte. Zwei. Sie schaute wieder in den Spiegel und versuchte verzweifelt, noch einen Blick zu erhaschen. Drei. Sie sog den Anblick des kleinen Mädchens ein. Zwei kleine Zöpfchen mit einem rosa Band an den Haargummis. Sie trug eine leichte Jacke mit großen bunten Blumen.

Dreh deinen Kopf um. Bitte dreh deinen Kopf um.

Megan hielt das Lenkrad fest. Sie hörte mit dem Zählen auf, während sie darauf wartete, das Gesicht des kleinen Mädchens zu sehen. Im seitlich gedrehten Kopf zeigte sich ein kleines Grübchen, als das Mädchen der Frau, die ihre Hand hielt, ein großes Lächeln zuwarf.

Emma hat ein Grübchen.

Das Telefon vibrierte wieder auf dem Sitz. Megan ignorierte es. Ihre Hand bewegte sich langsam zum Türgriff, ihre Finger griffen nach dem Riegel, und sie zog ihn auf. Das war ihre Tochter. Sie wusste es. Das blonde, lockige Haar, das Grübchen in der Wange, sie schien die gleiche Größe und dasselbe Alter zu haben. Sie musste es sein.

Sie öffnete die Tür und schwang ein Bein hinaus, dabei machte ihr Jeep einen Ruck nach vorne. Sie trat mit dem Fuß heftig auf die Bremse, riss den Ganghebel auf *Parken* und sprang hinaus.

Das Mädchen war weg. Sie ignorierte die Autos hinter ihr, rannte über den Parkplatz und griff nach der zuschlagenden Ladentür.

Ihre Tochter und eine fremde Frau standen vor ihr. Sie waren ihr mit dem Rücken zugewandt. Sie hielt inne, horchte auf den sanften Tonfall von Emmas Stimme, ließ sie auf sich wirken, bevor sie vortrat und die kleine Hand ihrer Tochter aus der Hand der Frau entriss. Das kleine Mädchen drehte sich um.

Megan sank in die Knie. Ihre Sicht verschwamm in den Tränen, die aus ihren Augen quollen.

»Emm…a.« Megans Stimme stockte, als sie in die Augen des kleinen Mädchens vor ihr blickte. Sie waren braun. Braun. Nicht blau. Nicht das Meeresblau, das strahlte, wenn Emma glücklich war, oder das blasse Blau, das schimmerte, wenn sie Tränen in den Augen hatte.

Es waren nicht Emmas Augen.

Megan stand da und trat einen Schritt zurück. Sie hob die Hände.

»Es tut mir leid. So leid … Ich dachte, sie … meine Tochter … sie wird seit zwei Jahren vermisst.« Megans Stimme stockte. Sie konnte nicht auf das kleine Mädchen hinunterschauen, deshalb starrte sie nur auf die Frau, die sie aus einer Mischung von Mitleid und Wut anschaute.

»Es tut mir so leid«, flüsterte Megan wieder.

Sie trat noch einen Schritt zurück, aber etwas hielt sie auf. Sie drehte sich um und sah, dass ihr Fluchtweg von einem älteren Mann blockiert war, der seine Hand nach ihr ausstreckte, um ihr Halt zu geben. Megan hob ihre Arme hoch, stieß seine Hände weg und rannte aus dem Kaffeeladen. Tränen nahmen ihr die Sicht, und sie stolperte fast über den Randstein.

Jemand hupte. Sie schaute auf. Eine Frau im Van, die hinter ihr parkte, sah sie verärgert an. Megan eilte zu ihrem Jeep, öffnete die Tür und fummelte an ihrem Sicherheitsgurt herum. Das Hupen hörte nicht auf, gleichzeitig summte ihr Telefon. Megan legte den Kopf in die Hände und schluchzte unkontrolliert.

Es war nicht Emma. Sie wollte sich nur noch in ihrem Bett verkriechen und sich dem Schmerz des gerade Erlebten hingeben.

Der Van hinter ihr hupte noch einmal, diesmal länger. Megan legte den Hebel auf *Drive* und fuhr los. Aus dem Drive-in gab es keinen Ausweg. Kein Entfliehen vor der Frau mit dem Kind. Das Kind, das so sehr wie Emma aussah, war doch nicht ihres.

Megan bog in ihre Einfahrt ein. Ihr wurde bewusst, dass sie Peter ganz vergessen hatte. Sie starrte auf die inzwischen kalt gewordenen Kaffees neben sich und seufzte. Als ob dieser Tag nicht schon schlimm genug wäre. In der Schlange im Drive-in hatte sie es geschafft, ihre Kaffeebestellung herauszuwürgen. Am Fenster hatte sie ihr Gesicht versteckt, wortlos das Geld hinübergereicht und war losgefahren, ohne auf das Wechselgeld zu warten. Sie war sinnlos durch die Gegend gefahren. Irgendwann fuhr sie an den Fahrbahnrand, um ihre müden Augen zu schließen. Sie hatte weder Tränen noch Gefühle übrig.

Als sie ins Haus ging, schlug ihr die Stille ins Gesicht. Megan streifte ihre Schuhe ab und eilte in die Küche. Sie stellte den Kaffee auf die Kochinsel und las die Notiz, die Peter hinterlassen hatte.

»Gebrochene Versprechen tun weh. Handlungen sagen mehr als Worte.«

Megan vergrub den Kopf in den Händen. Stück um Stück brach ihre Ehe auseinander. Die Tatsache, dass er ihr solch eine Nachricht hinterließ, sagte viel. Zu viel. Es gab eine Zeit, da wäre das kein Problem gewesen, er hätte es verstanden. Aber nicht jetzt. Sie knüllte das Papier zusammen und warf es in den Recyclingeimer neben dem Müll. Sie schaute auf den Kaffee, nicht bereit, ihn kalt zu trinken, aber auch nicht in der Lage, ihn aufzuwärmen.

Das Telefon klingelte. Megan schloss ihre Augen und versuchte, das pausenlose Klingeln zu ignorieren. Sie ging ins Wohnzimmer und ließ sich in den Sessel sinken, der am nächsten zu den großen Erkerfenstern stand. Mit dem Kopf gegen das Kissen gelehnt, entspannte Megan den Körper, ein weiterer Schritt, den ihr die Therapeutin zu versuchen vorgeschlagen hatte. Sich von allen Gedanken frei machen, mit Willenskraft die Spannung aus den Schultern lösen, sich vorstellen, dass die Füße mit der Erde verbunden sind und die ganze negative Energie abfließen lassen, beim Kopf oben angefangen bis zu den Zehenspitzen.

Ihre Therapeutin sagte etwas über einen Baum mit Wurzeln und sich auf die Tiefe dieser Wurzeln zu konzentrieren, aber das schien ihr zu sehr New Age zu sein. Ihre Mutter wollte, dass sie betete, aber all ihre Gebete blieben unerhört, deshalb entschloss sie sich für einen Mittelweg. Sie nahm einen tiefen Atemzug und zählte bis fünf, bevor sie ihn wieder losließ. Ihr Körper entspannte sich, als die Luft aus ihren Lungen entwich.

Als sie in den Sessel sank, öffnete sie ihre Augen und konzentrierte sich auf ein Bild vor ihr an der Wand. Emma. Jene Weihnacht, bevor sie entführt wurde. Ihre süßen kleinen Pausbäckchen mit dem Grübchen in der Mitte.

Kommissar Riley, der für Emmas Fall zuständige Beamte, hatte sie gewarnt, dass ihre Wangen seit jenen Weihnachten dünner geworden sind, die Grübchen aber nie verschwinden würden. Das war nicht die einzige Veränderung, die sie zu erwarten hätten. Diese bewundernswerten Locken würden abgeschnitten sein, ihr Haar wäre kurz. Es könnte sogar sein, dass man sie die erste Zeit wie einen kleinen Jungen aussehen ließ. Megan erschauerte bei diesem Gedanken. Die meisten Kidnapper werden direkt nach der Entführung alles tun, was sie können, um das Aussehen eines Kindes zu verändern, damit man sie in der Öffentlichkeit übersieht. Man würde nach einem kleinen Mädchen suchen, nicht nach einem Jungen. Aber es war jetzt schon mehr als zwei Jahre her, und ihr Haar wäre wieder gewachsen. Egal, wie sie aussah, Megan wusste, dass sie ihre Tochter erkennen würde.

So wie ich sie heute erkannt hatte?

Megan schüttelte den Kopf, während sie von Scham erfüllt war. Ihr Herz drückte, als sich ihre Lungen zusammenzogen. Ihr stockte der Atem, als ihr bewusst wurde, was geschehen war. Ihre Therapeutin hatte sie davor gewarnt. Sie musste aufhören, nach ihrer Tochter zu suchen. Ihre Aktionen hatten Konsequenzen. Sie wusste, dass sie dieses kleine Mädchen heute erschreckt und wahrscheinlich auch der Mutter Angst eingejagt hatte. Sie hatte sich wie eine Verrückte benommen. Geistesgestört. Völlig daneben. Außer Kontrolle.

Megan beugte den Kopf. Genau das passierte mit ihr. Sie fing an, den Verstand zu verlieren. Alles, worüber sich ihre Mutter, Peter und selbst ihre beste Freundin Laurie Sorgen machten, traf ein. Sie konnte es Peter nicht erzählen. Er wäre wütend mit ihr, weil sie es wieder getan hatte. Sie könnte ihre Therapeutin anrufen, aber sie wusste bereits, was die sagen würde. Medikamente.

Megan schüttelte verneinend den Kopf. Sie wollte keine Medikamente. Die Erinnerung an diese ersten paar Monate nach Emmas Verschwinden erschienen ihr wegen der Medikamente wie ein Nebel. Sie wollte das nicht noch einmal durchmachen. Sein Kind zu verlieren war keine Krankheit. Sie finden zu wollen, nie aufzugeben, das war nicht etwas, was man mit Medikamenten behandeln musste.

Das Telefon klingelte wieder. Sie zählte jedes Läuten mit, wartete, bis es aufhörte. Sie wusste, es könnte Peter sein, aber sie konnte nicht mit ihm sprechen. Nicht jetzt. Nicht nach dem, was an diesem Morgen geschehen war. Sie wollte sich nur noch verkriechen.

Ohne Emma war sie nur eine Hülle. Eine Hülle einer Mutter, einer Ehefrau, einer Frau. Egal, wie sehr sie versuchte, die ruhige und gelassene Person zu sein, die jeder kannte und der jeder vertraute, es war alles vorgegaukelt. Nach dem heutigen Tag war sie nicht sicher, ob sie es aufrechterhalten konnte.

Megan griff nach der Decke, die sie letzte Weihnachten gestrickt hatte, und wickelte sich damit ein. Sie starrte aus dem Fenster, hypnotisiert vom Wiegen des Grases in der sanften Brise. Sie stellte sich das Gefühl der Brise in ihrem Haar vor, das Kitzeln einer Pusteblume, die fest im Griff eines Kleinkindes war und gegen ihre Wangen strich.

Ein Schluchzen durchzog Megans Körper. Sie hatte so sehr versucht, nicht an diesen Tag zu denken.

Das beharrliche Klopfen schreckte Megan auf. Sie erhob sich von ihrem Sessel und machte sich auf den Weg zur Tür.

»Als du nicht ans Telefon gingst, wusste ich, dass etwas nicht stimmt.« Laurie Dunlop, ihre beste Freundin, drängte sich an ihr vorbei und ging direkt Richtung Küche.

»Ich sage es ungern, meine Freundin, aber du siehst beschissen aus.« Laurie reichte Megan einen Becher Kaffee, den sie mitgebracht hatte, und schob ihn ihr in die Hände.

Megan legte ihre Finger um den heißen Pappbecher. Ihr war so kalt.

»Warum bist du nicht angezogen?« Laurie griff in ihre Handtasche, die sie auf der Küchenanrichte abgestellt hatte, und knallte die *Kinrich-Zeitung* hin.

»Das bin ich doch.« Megan weigerte sich, auf die Zeitung zu schauen. Stattdessen warf sie einen Blick auf die Jeans und das schwarze T-Shirt, das sie trug. Was stimmte mit ihrem Outfit nicht?

Laurie schüttelte den Kopf. »Meg, ich liebe dich, und ich weiß, dass heute ein schwerer Tag für dich ist, aber das kannst du nicht zur Versammlung tragen.«

Megan sank gegen die Anrichte und starrte Laurie schockiert an. Sie hatte die Versammlung ganz vergessen. Der

Kaffee schwappte im Becher herum, sie führte ihre zitternden Hände an die Lippen.

»Du hast es vergessen, nicht wahr?«

Megan biss sich auf die Lippe. Die Versammlung bedeutete ihr so viel. Sie hatte sie speziell für heute, an Emmas Geburtstag, geplant. Sie wollte, dass Emma in jedermanns Erinnerung blieb. Wie hatte sie das vergessen können?

»Das sieht dir nicht ähnlich. Ist etwas passiert?«

Megan warf einen Blick auf die Uhr. In anderthalb Stunden musste sie schon wieder an der Schule sein. Sie schüttelte den Kopf und ging zur Treppe.

»Meg, ist alles in Ordnung?« Laurie folgte ihr und blieb am Treppenabsatz stehen.

Megan biss sich auf die Lippe. Sie konnte es ihr nicht sagen. Nicht jetzt. Sie konnte es sich nicht leisten, zusammenzubrechen, aber genau das würde passieren. Tränen stiegen ihr in die Augen, bevor sie sie wegblinzeln konnte.

Sie ließ die Schultern hängen, als sie sich die Stufen hochzog. Es blieben ihr zehn Minuten Zeit, um sich zusammenzureißen. Zehn Minuten, um wieder zu der starken Frau zu werden, an die jeder glaubte.

KAPITEL DREI

Megan streckte die Hand nach dem kalten metallenen Türgriff aus und hielt inne. Ihre Hand zitterte wie der Körper eines Süchtigen auf Entzug. *Reiß dich zusammen, Frau.* Sie stand schon vor größeren Riesen als diesen Knirpsen hinter der Tür der Turnhalle. Eins. Sie atmete ein. Zwei. Das gedämpfte Getöse der Menge, das durch die leeren Korridore der Schule hallte, drang zu ihr. Ein Ausbruch von Panik drohte sie zu überwältigen, als kleine Punkte ihre Sicht trübten.

Nicht jetzt. Bitte, lieber Gott, nicht jetzt. Nicht schon wieder.

Über hundert Kinder warteten in der Turnhalle auf sie. Das war jetzt nicht der richtige Moment für eine Panikattacke. Megan nahm einen tiefen Atemzug; ihre Nasenflügel blähten sich auf, als sie damit kämpfte, sich zu beruhigen. Sie langte noch einmal nach dem Türgriff, aber ihre Hand rutschte ab. Sie war schweißnass. Wenn sie jetzt nicht durch diese Türen ging, würde sie sich für immer hassen. Noch etwas, das sie ihrer Schuld hinzufügen konnte. Mit zusammengebissenen Zähnen zog sie die Tür auf und setzte ein Lächeln auf. Jill Maguire, die Rektorin der Meadowvale-Grundschule, trat auf sie zu und nahm sie fest in ihre Arme.

»Ich habe die heutige Zeitung gesehen. Ich bewundere Ihre Stärke«, flüsterte sie.

Stärke hatte nichts damit zu tun. Die versuchte Entführung, über die letzten Abend überall in den Nachrichten berichtet wurde, hatte nur Megans Feuer und ihre Entschlossenheit angefacht.

Sie wischte sich die verschwitzten Handflächen an den Oberschenkeln ab, als eine Runde Beifall die Turnhalle erfüllte. Megan winkte den Kindern, die sie mit strahlenden Augen beobachteten, leicht zu.

Sie zählte die Schritte bis zum Podium. Zählen beruhigte sie – zumindest sagte das ihre Therapeutin. Außerdem machte sie einen dummen Eindruck, wenn sie vergaß, vor sich hin zu zählen.

Als sich der Lärm im Raum legte, räusperte sich Megan und öffnete ihr Notizbuch. Sie hatte Jill in Bezug auf ihre Eröffnung bereits gewarnt. Es war nicht die Zeit für Märchengeschichten und Schulterklopfen. Es gab einen Sexualstraftäter in ihrer Gemeinde, und sie weigerte sich, an der Seite zu stehen, während er versuchte, ein weiteres Mädchen zu kidnappen.

»Hallo, Leute.« Megan winkte, als sie über das Podium schaute. »Es freut mich, euch wiederzusehen. Johnny, du solltest Beckys Haare in Ruhe lassen.« Die Menge lachte. Sie kannte diese Kinder. Sie wohnten in ihrer Straße, nahmen am Sichere-Wege-Programm teil, und ihre Töchter wurden zu ihren Geburtstagspartys eingeladen.

»Gestern Abend kam ein Mann in unsere Stadt und hatte versucht, ein Mädchen ihrer Familie wegzunehmen. Sie waren beim Einkaufen, das Mädchen wagte sich von ihren Eltern weg und wurde von einem Fremden angesprochen.« Sie blickte über die Menge und bemerkte, dass alle Augen auf sie gerichtet waren. Der ganze Raum war still. Sie hielt sich an der Seite des Podiums fest und straffte ihre Schultern. Sie wurde sofort ruhig.

»Wir wissen alle, was zu tun ist, wenn sich ein Fremder uns nähert, richtig?«

»Nach Hilfe rufen!« Der Schrei hallte durch die Turnhalle.

Megan stieß als Erwiderung die Faust in die Luft.

»Was ist, wenn der Fremde euch irgendwohin mitnehmen will?«

Die Erregung in der Turnhalle stieg an, und sie liebte dieses Gefühl. Die Kinder hörten zu. »Nicht mitgehen!«, schrien die Zuhörer einstimmig.

»Wisst ihr, was das kleine Mädchen getan hat, obwohl der Mann zu ihr sagte, er sei Polizist? Sie rief um Hilfe, und ihre Eltern kamen sofort angelaufen. Aber der Mann entkam. Und er ist irgendwo da draußen, wartet auf einen anderen Jungen oder ein Mädchen, das ihm vertraut. Ich bin heute hier, um sicherzustellen, dass dies nicht geschieht.«

Der Raum brach in einen Beifall aus, während Megan ein Schluchzen hinunterschluckte. Tränen traten ihr in die Augen, und sie blinzelte durch sie hindurch. Als sich der Lärm legte, verließ Megan das Podium und trat näher an die versammelte Menge heran.

Sie hielt die Zeitung der Stadt hoch, damit sie alle sehen konnten. Es war gut zu wissen, dass sie in diesem Kampf nicht alleine war.

»Ihr kennt alle meine Geschichte. Aber lasst sie mich euch näherbringen.« Tränen rollten ihre Wangen hinunter, sammelten sich auf ihrem Kinn und fielen dann zu Boden. Megan wischte sich die Tränen aus den Augen, bevor sie fortfuhr. »Die Schlagzeile in der heutigen Zeitung enthält ein Bild meiner jüngsten Tochter. Ihr habt das alle früher schon gesehen. Heute ist Emmas Geburtstag. Es ist auch der Tag, als sie uns weggenommen wurde, auch von einem Fremden in der Stadt. Emma hatte nicht die Gelegenheit, um Hilfe zu rufen. Aber ihr schon. Wenn ich einen Geburtstagswunsch für Emma haben könnte, außer dass sie heute noch nach Hause kommt, dann wäre es der, dass jeder Einzelne von euch so laut schreit, wie er nur kann, wenn ihr je einem Fremden begegnet, der euch ohne die Erlaubnis eurer Eltern irgendwohin mitnehmen will. Das wäre mein Wunsch.«

Megan trat in Emmas Zimmer und wurde von den Emotionen, die sie so sehr unter Kontrolle halten wollte, überwältigt. Es war hier, im Zimmer ihres Babys, dass die Mauern, die Megans Herz umgaben, zusammenbrachen. Für die meisten Leute war Megan eine Säule der Stärke. Eine Kämpferin. Nur Peter kannte die Wahrheit. Hier, in Emmas Zimmer, war Megan nur eine Mutter mit einem gebrochenen Herzen.

Wie sie heute wohl aussehen würde?

Megan ging durch das Zimmer zu Emmas Bett und strich über das Bild ihrer jüngsten Tochter auf dem Nachttisch. Emmas süßes Lächeln nahm ihr Herz gefangen.

Ist ihr Haar immer noch so blond? Megan nahm den Rahmen hoch, während ihr die Tränen in die Augen traten. *Ob sie wohl immer noch ähnlich aussieht wie ich als Kind, oder ist sie dem entwachsen wie Alexis, als sie fünf wurde?*

Sie blickte auf den Umschlag, den sie fest in ihrer Hand hielt. Ihre Augen brannten, als sie die dicke kursive Schrift las, die sich auf dem weißen Papier abhob.

Alles Gute zum Geburtstag, Emma. In Liebe, Daddy.

Draußen schlug eine Wagentür zu. Mit einem Seufzer erhob sich Megan von Emmas Bett und ging langsam zum Fenster. Peter war schon früh zu Hause. Sie schlang ihre

Arme um sich, im Versuch, sich aufzuwärmen. Seit dem Augenblick, als sie aus dem Bett gestiegen war, fühlte sich ihr Körper an, als ob er in Eis gepackt wäre. Es erschöpfte sie. Die heutige Versammlung hatte sie ausgelaugt. Mehr, als sie zugeben wollte.

Sie war es leid, für alle anderen in ihrem Leben stark zu sein, allen immer zeigen zu wollen, dass sie okay war und kein Nervenbündel. Megan brauchte Zeit für sich allein, Zeit, sich ihrem Selbstmitleid und der Einsamkeit hinzugeben, bevor ihre Mädchen nach Hause kamen und sie stark sein musste. Wieder.

Megan lehnte ihren Kopf gegen das Fenster und beobachtete, wie Peter das Haus betrat. Diejenigen, die es nicht verstanden, sagten ihr, dass es leichter werden würde. Leichter für wen? Für jene, die vergessen? Für jene, die ihr Kind immer noch sicher in ihren Armen halten? Das Leben wird nicht leichter. Es ist nicht fair.

Die schweren Schritte auf der Treppe verkündeten die Anwesenheit ihres Mannes.

»Du hast ihr eine Karte besorgt«, sagte Megan. Ihre Stimme war nur ein Flüstern gegen die Stille des Zimmers. Sie zählte die Schritte, die Peter brauchte, um zu ihr zu kommen. Sie entspannte sich, als er sie in die Arme nahm. Ihr Körper zitterte, als er von den unterdrückten Schluchzern überwältigt wurde.

Megan stockte der Atem, als Peter ihr die Karte, die er im Zimmer hinterlassen hatte, aus der Hand nahm. Er beugte sich zur Seite und legte die Karte auf das Bett. Mit dem Bild nach oben. Megan konnte ihren Blick nicht davon abwenden. Ein Gefühl der Kälte hatte sich tief in ihrem Innern festgesetzt, ihren Körper eingefroren, bis der Fluss ihres Blutes langsamer wurde. Sie wartete darauf, dass seine Wärme bis zu ihren Knochen durchdrang.

»Das kleine Mädchen auf der Karte erinnerte mich an Emma. Ich musste sie kaufen.« Die Rauheit seiner Stimme erfüllte das Zimmer. Eine Hand streichelte ihren Rücken.

Megan zog den Kopf zurück und sah, wie Tränen aus den kristallblauen Augen ihres Mannes liefen. Sie konnte an einer Hand abzählen, wie oft sie ihn weinen sah. Sie berührte eine Träne mit ihrem Finger und wischte mit dem Daumenballen den Rest weg.

»Sie ist perfekt.« Sie legte ihren Kopf wieder gegen seine Brust. Sie stand da, und es fühlte sich wie Jahre an, aber in Wirklichkeit waren es nur Minuten, bis Peter ihre Arme ergriff und sich zurücklehnte, um ihr in die Augen zu sehen.

»Wie war die Versammlung?«

»Es war … okay. Schwer, aber ich bin damit fertiggeworden. Nach dem, was wir gestern Abend in den Nachrichten gehört haben, konnte ich es nicht verschieben. Nicht heute. Auch wenn ich diesen Kindern nur die Schritte in Erinnerung bringe, die sie machen können, falls je etwas passieren sollte. Dann war es das wert.« Sie trat zurück und stellte sich neben das Bett.

»Du hast dich dabei fertiggemacht, war es das wert?« Ein trauriges Lächeln lag auf Peters Gesicht.

»Das ist ein bisschen melodramatisch, glaubst du nicht? Ich mach mich nicht fertig. Vielleicht bin ich müde, aber ich brauch einfach nur mehr Schlaf. Dann geht's mir wieder gut.«

»Bis du zusammenbrichst. Ich will nur, dass du vorsichtig bist. Letztes Jahr …« Peter ging einen Schritt auf sie zu, aber Megan wich zurück.

»Es geht mir gut.«

Als Peter seine Schultern hängen ließ, wusste sie, dass er ihr nicht glaubte. Sie erwartete, dass er anfing zu argumentieren, dass er darauf bestand, es besser zu wissen, dass er die

Zeichen kannte. Als er das nicht tat, zuckte sie die Achseln. Es gibt Siege, mit denen man nicht prahlen darf.

»Wegen heute Morgen …« Sie hasste die kleinen Auseinandersetzungen, die in ihrem geschäftigen Leben regelrecht zur Routine wurden.

»Ich habe angenommen, dass etwas vorgefallen war.« Peter strich seine Hände über Megans Arm. »Du frierst ja. Willst du ein Bad nehmen?«

Megan ließ sich auf Emmas Bett sinken. Sie wusste, dass sie ihm von dem kleinen Mädchen heute Morgen erzählen sollte, aber sie konnte es nicht. Stattdessen strich sie die Decke glatt, schüttelte das Kissen auf und richtete das Stoffschäfchen auf, das auf der Seite lag.

»Das werde ich gleich tun.« Sie wartete, bis Peters Schritte Emmas Zimmer verlassen hatten, dann ließ sie ihre Schultern fallen und beugte den Kopf. Ihre Augen blieben trocken. Die Tränen von zwei Jahren wurden bereits in diesem Zimmer vergossen.

»Ich vermisse dich, mein Baby. Es tut mir so leid, dass ich dich verloren habe. Ich hätte besser aufpassen sollen.«

Megan zog den Vorhang zurück und suchte den Gehsteig draußen ab.

»Sie werden bald zu Hause sein. Entspann dich. Ich habe Tee gekocht.« Peter kam durch das Wohnzimmer und reichte ihr eine dampfende Tasse.

Sie warf ihm ein kurzes Lächeln zu, bevor sie ihre Aufmerksamkeit wieder nach draußen lenkte.

»Warum haben sie nicht angerufen? Sie wissen, dass sie anrufen müssen, wenn sie sich verspäten. Ich hätte sie abholen sollen.« Sie biss sich auf die Lippe.

»Megan. Hör auf. Sie werden schon kommen.« Peter setzte sich in den Ecksessel, griff zur neuesten Ausgabe des *Der-Bauherr*-Magazins und blätterte durch die Seiten.

Sie nahm einen Schluck von ihrem Tee, bevor sie ihn auf dem Couchtisch abstellte. Wie konnte Peter so ruhig sein?

Nach einem weiteren Blick durchs Fenster ging Megan zur Haustür. Sie wollte einfach draußen auf sie warten, vielleicht in Richtung Schule laufen und sie irgendwo dazwischen treffen. *Sie konnten doch nicht so weit weg sein, oder?*

»Wo gehst du hin?« Der ärgerliche Ton in Peters Stimme hielt sie auf.

»Ich werde draußen auf sie warten.« Sie legte ihre Hand auf den Türknopf, öffnete die Tür und hörte auf die programmierte Stimme, die verkündete, dass die Haustür einen Spalt offen stand. Obwohl das Alarmsystem bereits vor zwei Jahren installiert wurde, war Megan immer noch besorgt, dass es eines Tages nicht mehr funktionieren könnte.

»Du musst sie erwachsen werden lassen. Sie sind jetzt alt genug, alleine heimzulaufen.«

Es war das erste Mal seit der Einführung des Sichere-Wege-Programms, dass ihre Kinder ohne Begleitung eines Erwachsenen waren. Megan zählte bis drei. Eins. Tief einatmen. Zwei. Das funktionierte nicht. Drei. Sie musste sich eine andere Methode ausdenken, um sich zu beruhigen. Sie wollte nicht mehr zur Psychiaterin zurück.

»Warte auf mich. Ich komme mit dir«, sagte Peter. Das typische Knarren des Sessels ließ Megan wissen, dass er aufgestanden war. Sie hörte auch den Seufzer in seiner Stimme.

Sie zog die Tür auf und hielt sie für Peter offen. Er kannte sie so gut.

»Mrs Temple hat uns bis zur Ecke begleitet, aber dann haben wir einen kleinen Hund gesehen, der ganz alleine war, deshalb wollte Hannah sehen, ob er sich verlaufen hat. Ich habe ihr dann aber gesagt, dass wir spät dran sind.« Alexis, ihre Neunjährige, sprang neben Peter her, während Megan die Hand ihrer ältesten Tochter Hannah hielt. Sie hatten die Mädchen am Ende des Häuserblocks getroffen. Es war alles, was Megan tun konnte, um ihre Emotionen im Zaum zu halten und sie nicht durchgehen zu lassen.

Hannah drückte ihre Hand dreimal, die stille Botschaft in ihrer Familie. *Ich – liebe – dich.* Megan blickte hinunter und lächelte. Der besorgte Ausdruck in Hannahs Augen war immer noch da.

»Was haben wir euch Mädchen über streunende Hunde gesagt?« Peter schaute stirnrunzelnd über seine Schulter auf Hannah.

Hannah ließ den Kopf auf die Brust fallen, und ihre Füße schlurften über den Gehsteig.

»Ich dachte, es sei der Hund des alten Mister Patterson. Ehrlich. Ich bin ihm nicht zu nahe gekommen«, flüsterte sie. Sie blickte zu Megan hoch. »Nicht wie beim letzten Mal.«

Megan rieb mit ihrem Daumen über die Narben auf Hannahs Hand, wobei ihre Tochter den Griff verstärkte.

»Ich weiß. Wir haben uns nur Sorgen gemacht. Habt ihr Mrs Temple gedankt, dass sie euch so weit begleitet hat?« Megan wollte nicht vergessen, ihr ein paar Dankesworte zu schreiben.

»Ja, das habe ich. Sie sagte, keine Ursache und dass es heute schwer genug sei und dass du dir keine Sorgen machen solltest, wenn wir alleine heimgingen.« Hannah biss sich auf die Lippen und rückte den Rucksackriemen über ihrer Schulter zurecht.

»Das war nett von ihr«, sagte Megan, als sie die Einfahrt hochliefen. Peter und Alexis waren bereits ins Haus gegangen, aber Hannah ließ sich Zeit.

»Was ist los, Kindchen?«

»Nichts.« Hannah starrte auf den Boden, während ihre Füße über den Gehsteig schlurften.

»Bist du sicher?« Megan legte den Arm um die schlanke Gestalt ihrer Tochter und drücke sie. Heute war für alle ein schwerer Tag.

»Mom, ich …« Hannah ließ die Schultern hängen. »Können wir im Vertrauen sprechen?«

Megans Herz blieb fast stehen, als sie Hannahs sorgenvolle Stimme vernahm. »Sicher können wir das. Setzen wir uns auf die Schaukel hinter dem Haus.«

Alexis streckte ihren Kopf aus der Haustür und hielt das schnurlose Telefon hoch.

»Oma ist am Telefon.«

Megan seufzte. Für sie war jetzt nicht der richtige Moment, um mit ihrer Mutter zu sprechen.

»Sag ihr, ich rufe sie zurück!«, rief sie.

Alexis schüttelte den Kopf. »Nein. Oma sagt, sie will dich sprechen. Und diesmal keine Ausreden.«

Megan hob die Augenbraue, als sie ihre Tochter anschaute. »Wie bitte?«

Alexis zuckte mit der Schulter. »Genau das soll ich dir von Oma ausrichten.«

Megan schloss ihre Augen und stöhnte. Für eine Frau, die ihren Kindern beigebracht hat, ältere Leute immer zu respektieren, setzte sie kein gutes Beispiel, wenn es darum ging, ihren Enkelkindern das Gleiche zu vermitteln.

»Wir sprechen nachher, okay?« Megan beugte sich hinunter und küsste Hannah auf den Scheitel.

Hannah verdrehte die Augen, und Megan musste sich

verkneifen, nicht ärgerlich zu werden. Stattdessen nahm sie Alexis das Telefon aus der Hand und sah zu, wie Hannah ihren Rucksack von der Schulter schwang und ihn am Boden entlangschleifte.

Megan wartete, bis die Kinder im Haus waren, bevor sie sich in einen der Verandastühle setzte und den Hörer ans Ohr legte.

»Endlich. Wie hältst du durch, Megan? Dein Dad und ich denken heute an dich.«

»Wir sind okay, danke der Nachfrage.« Megan lehnte sich in den Stuhl zurück.

»Ich wollte nur nicht, dass du glaubst, wir hätten Emmas Geburtstag vergessen.«

»Ich weiß, dass ihr das nicht vergessen hättet. Warum treffen wir uns diese Woche nicht zum Mittagessen?«, fragte Megan. »Es ist schon eine Weile her, und ich habe Lust auf ein gutes chinesisches Essen.«

»Es ist nur deshalb eine Weile her, weil du nie mehr anrufst. Du antwortest mir auch nicht auf meine E-Mails oder schreibst Kommentare auf dieser neuartigen Webseite, die du für mich eingerichtet hast auf dieser Book-Geschichte.«

»Facebook, Mom. Es nennt sich Facebook.« Megans Kopf fing heftig an zu pochen.

»Ich mach mir Sorgen um dich. Du machst dich ganz fertig, wenn du versuchst, alles zu tun. Fall bloß nicht in alte Gewohnheiten zurück. Du weißt schon, depressiv werden und all so was wieder.« Sheila flüsterte *depressiv*, als ob das Wort an sich übel wäre.

Megan wollte lachen. Wenn ihre Mutter nur wüsste. »Ich bin nicht depressiv.«

»Bist du sicher? Ich mach mir Sorgen«, sagte Sheila. Wieder.

»Ja, ich bin sicher.« Eine Welle der Niedergeschlagenheit

überkam Megan, als sie sich verabschiedete und das Telefon auflegte.

Peter öffnete die Haustür und streckte seinen Kopf heraus. »Was wollte sie?«

Megan schüttelte den Kopf und erhob sich vom Stuhl. »Nichts Wichtiges.«

Natürlich würde Emma heimkommen. Das stand nicht einmal infrage. Megans ganzes Ziel im Leben war, sicherzustellen, dass ihre Tochter nach Hause kam. Deshalb organisierte sie Versammlungen, verteilte Handzettel und schrieb für Onlinepressekanäle über vermisste Kinder. Alles nur, um ihre Tochter heimzubringen. Sie kannte die Statistiken besser, als sie sollte. Über achthunderttausend Kinder wurden jedes Jahr als vermisst gemeldet, und die Mehrzahl dieser Kinder wird nie gefunden, und sie werden für tot gehalten. Megan weigerte sich zu glauben, dass ihre Tochter nur eine Statistik darstellte.

Das konnte nicht sein. Emma lebte noch, das wusste sie. Das Herz einer Mutter würde wissen, ob ihr Kind tot ist oder nicht. Da ist eine besondere Verbindung, ein Band. Dieses Band war immer noch da.

Megan erhob sich mit zitternden Beinen.

Warum fühlte sie diese Verbindung also nicht mehr?

KAPITEL VIER

Hallo, Mama.«

Megan zwang sich zu lächeln, als sie die große sonnige Küche betrat.

Hannah und Alexis saßen an der Küchenbar. Alexis' Barhocker war zurückgekippt, sodass ihre Brust zu den Knien reichte, während Hannah gerade wie ein Stock auf ihrem saß. Die beiden Mädchen waren in Aussehen und Temperament so verschieden, obwohl sie nur sechzehn Monate auseinander waren. Alexis knabberte an ihrem schulterlangen braunen Haar, eine ärgerliche Angewohnheit, die Megan nicht ausstehen konnte. Sie stand hinter den beiden und legte ihre Hände auf die Rücken der Mädchen.

Bei Alexis fügte sie etwas Kraft hinzu und zwang ihren Hocker wieder auf vier Beine. Als Alexis hochblickte, zog Megan ihre Augenbrauen hoch und wartete, bis ihre Tochter richtig auf dem Hocker saß. Megan wollte gar nicht anfangen zu zählen, wie oft Alexis diesen Hocker schon umgekippt hatte, weil sie sich zu weit zurückgelehnt hatte. Eine Fahrt ins Krankenhaus und fünf Stiche am Kopf war genug für ein ganzes Leben.

»Also, erzählt mal, wie war's in der Schule?« Sie schaute ihnen über die Schultern.

Alexis arbeitete an einer naturwissenschaftlichen Aufgabe, ein Thema, das sie schwer fand, und Hannah kritzelte an einem Mathearbeitsblatt herum.

»Langweilig.« Alexis kaute am Ende ihres Bleistifts, während sie den Kopf nach hinten neigte. »Ich kann's kaum erwarten, bis die Schule vorbei ist.«

»Und wer hat heute die andere Gruppe Kinder nach Hause begleitet? Wisst ihr das?« Die erste Schule, wo Megans Sichere-Wege-Programm eingeführt wurde, war die der Mädchen. Es gab inzwischen fünf freiwillige Eltern, die bei den Routen aushalfen.

»Ericas Mutter«, murmelte Alexis. Megan erkannte am Ton, dass Alexis sie nicht mochte. Aus irgendeinem Grund kam Alexis mit Mrs Johnston nicht zurecht, die Frau hatte jedoch ein Herz aus Gold.

»Schönes Outfit.« Megan verschränkte die Arme, als sie Alexis' schwarzes T-Shirt mit dem Totenkopf und den kurzen Rock betrachtete.

Alexis blickte auf ihre Kleidung hinunter. Ihre Wangen erröteten. Was? Hatte sie geglaubt, Megan würde nichts sagen?

»Ich mag es«, murmelte Alexis.

»Es ist nicht das, was du heute Morgen angehabt hast, oder? Hast du geglaubt, ich würde es nicht merken? Du bist irgendwie in der Menge aufgefallen, Alex, mit deinem hellen lindgrünen Sweater.«

Alexis verschränkte die Arme und schmollte.

»Es sind nur Kleider, Mama. Außerdem sagt Oma, ich sei einzigartig und ich müsse der Welt zeigen, dass ich ein Original sei.«

»Und hat Oma dir auch gesagt, dass es in Ordnung sei, den Eltern nicht zu gehorchen und hinter ihrem Rücken in der Schule die Kleider zu wechseln?« Wenn die liebe Sheila jetzt hier wäre, würde ihr klar werden, dass ihre Sorgen wegen Depressionen unbegründet waren. Wut? Ja, das wäre wohl eine andere Geschichte.

Zumindest hatte ihre Tochter den Anstand, beschämt den Kopf zu senken.

»Nein.«

»Das hab ich mir gedacht«, sagte Megan. Sie drückte Alexis' Schulter, bevor sie sich umdrehte.

Hannah sah von ihrem Arbeitsblatt nie auf. Megan legte ihre Arme um Hannahs Körper und zog sie an ihre Brust. Es dauerte einen Augenblick, bis Hannah ihre steife Haltung entspannte und sich an ihren Körper schmiegte.

Megan legte ihre Wangen auf Hannahs Haar.

»Schwerer Tag?«

Hannah nickte.

Megan blickte zu Peter hoch, der mit dem Rücken zum Herd stand. Er zuckte die Achseln.

»Ich habe auf meinem Heimweg Pizza bestellt«, sagte Peter. Niemand antwortete. Pizza war Emmas Lieblingsessen.

»Vielleicht können wir uns später ein Eis holen?« Megan ging zum Spülbecken hinüber. Das Frühstücksgeschirr lag immer noch im kalten, trüben Wasser. Die alltägliche Aufgabe schien leicht zu bewerkstelligen zu sein, alles, was sie von der Bedeutung des heutigen Tages ablenkte. Sie hielt ihre kalten Finger unter das fließende heiße Wasser und horchte auf das leise Geplapper ihrer Töchter, während sie ihre Hausaufgaben machten.

Eine Hand legte sich auf ihre Schulter.

»Brauchst du Hilfe?« Peter hielt ein Geschirrtuch in der Hand.

»Danke«, sagte sie.

»Ach.« Hannahs Stimme erregte ihre Aufmerksamkeit.

Megan drehte sich um und sah ihre Tochter an. Hannah hatte ihre Bücher weggestoßen und hielt einen Bleistift in der Hand. Ihr langes blondes Haar umrahmte ihr Gesicht, in ihren großen blauen Augen schimmerten Tränen. Hannahs Kinn zitterte.

»Was ist los?«

»Blödes Mathe.« Hannah ließ die Schultern hängen.

Megan ging zu ihr hinüber, nahm das Buch und überflog es. »Es ist dieselbe Frage wie oben, nur anders formuliert.« Sie sah ihrer Tochter in die Augen und musste sie einfach umarmen.

Hannah drehte sich mit ihrem Hocker um und streckte ihre Arme aus. Tiefe Schluchzer durchfuhren ihren Körper, als sie sich an Megan klammerte.

»Hannah, Liebes, es ist okay. Pscht, alles wird gut«, sagte Megan. Ihre Stimme war weich, als sie ihre älteste Tochter in den Armen hielt.

Die Türglocke klingelte.

Als Peter aus dem Zimmer ging, wich Megan ein Stück zurück und hob Hannahs Kinn hoch, damit sie ihr in die Augen sehen konnte. »Was ist los?«

Hannah fing zu schluchzen an. Alexis, die immer noch auf dem Hocker neben Hannah saß, kicherte. Megan sah sie streng an und deutete ihr mit einem Kopfnicken an, aus dem Wohnzimmer zu gehen. Nachdem Alexis heruntergesprungen und in das andere Zimmer gelaufen war, nahm sich Megan den Hocker und zog ihn nahe zu ihrem Kind heran. Hannah fasste zaghaft nach Megans Hand.

»Ich vermisse sie.«

Hannahs Stimme war so leise, dass Megan sie kaum verstehen konnte. Ihr blieb fast das Herz stehen, als sie das Verhalten ihrer Tochter wahrnahm. Während Megan sich zerbrochen *fühlte*, sah Hannah so aus. Hannah war in sich zusammengesunken, die Schultern hingen nach vorne, der Oberkörper war gebeugt, und unter ihren Augen zeichneten sich dunkle Ringe ab.

»Ich vermisse sie wirklich, Mama.«

»Ich auch, Liebes, ich auch«, sagte Megan. Die ganze Familie litt. Emmas Verschwinden hinterließ tiefe Wunden in ihren Seelen.

»Aber es ist meine Schuld. Mama, es ist meine Schuld, dass Emma fort ist.«

Megan biss sich auf die Lippe. Sie sind das immer wieder durchgegangen. Hannah weigerte sich, zu akzeptieren, dass es nicht ihre Schuld war. Vielleicht war es an der Zeit, mit ihr wieder zur Familientherapeutin zu gehen.

»Ich wusste, dass das ein Fehler war«, murrte Peter, als sie in den überfüllten Parkplatz des lokalen Eissalons einbogen. Die Fenster waren hell beleuchtet und die Tische voll besetzt mit Leuten, die auch nach dem besten Eis der Stadt begehrten.

»Das war die Pizza auch. Aber niemand hat sich beklagt, oder?«, meinte Megan.

»Ja! Die Mackenzies sind da.«

Megan warf einen Blick auf den Rücksitz ihres Jeeps. Alexis hüpfte mit dem Po auf und ab. Megan wusste, dass Alexis zur Tür draußen sein würde, sobald der Wagen anhielt.

»Beruhige dich, Liebling. Sie geht nirgendwo hin«, sagte Peter.

Megan machte fast einen Satz, als Peters Hand die ihre berührte. Gerade als sie dabei war, ihren Gurt abzuschnallen, schaute sie hoch und sah seinen besorgten Blick.

»Wir bleiben nicht lange, oder?«

Megan schüttelte den Kopf. »Lange genug, um unser Eis zu genießen. Warum?«

Peter nahm ihre Hand und schlang seine Finger in die ihren. »Mir ist nicht nach Gesellschaft zumute.«

Megan runzelte ihre Stirn. Das ging ihr auch so, aber deswegen sind sie nicht hergekommen. Sie warf einen Blick in den Salon und sah Paare, mit denen sie befreundet waren, Leute, die sie schon zum Kaffee und zum Grillen eingeladen und mit denen sie während Alexis' Fußballturnieren und Hannahs Schwimmtreffen zusammen Picknick gemacht hatten.

»Dann lass es halt.« Megan stieg aus dem Jeep und ließ Peter alleine zurück.

Im Laden blieb Megan bei der ersten Nische stehen, wo ein älteres Paar, das als Oma Kathy und Opa Herb bekannt war, sich einen Bananensplit teilte.

»Wie geht es dir, Liebste?« Kathy streckte ihre Hand aus und tätschelte Megan den Arm.

Das Paar war so süß. Sie saßen in der Nische einander gegenüber und himmelten sich an.

»Es geht mir gut. Danke der Nachfrage.« Megan setzte ein breites Lächeln auf und hoffte, Kathy würde zu sehr unter Zucker stehen, um den falschen Klang ihrer Stimme zu bemerken.

»Weißt du, Herbie und ich dachten gerade an eure Familie. Wie schwer es für euch heute sein muss. Aber gebt nur die Hoffnung nicht auf, hörst du? Euer süßes Baby wird heimkommen. Das spüre ich in meinen Knochen.« Kathy nickte mit dem Kopf, während Herb zustimmend auf den Tisch klopfte.

»Das stimmt. Und weißt du, wenn Kate es in ihren Knochen spürt, dann spricht Gott zu ihr. Denk an ihre Worte, dieses kleine Mädchen wird schneller zu Hause sein, als ihr es erwartet.« Herb seufzte und schob sich dann einen großen Patzen Eis in den Mund.

»Natürlich wird sie das«, sagte Megan. Ein Schauer schlich sich über ihren Rücken, und sie zitterte. *Ihr Wort in Gottes Ohr, so ging doch das Sprichwort, oder?*

Megan lief ein paar Schritte weiter, bis sie hinter der Schlange stand. Sie blickte sich suchend nach ihren Töchtern um. Panik erfasste sie kurz, bis sie die beiden schließlich in der Nische an der Ecke neben Freunden sitzen sah.

Es tat gut, sie lachen zu sehen. Beide Mädchen waren während des ganzen Abendessens missmutig gewesen, aber Megan konnte ihnen keine Schuld geben. War es dieses Jahr richtig, Emmas Geburtstag zu feiern? Vielleicht hatte Peter recht. Es gab nicht viel Grund, sich zu freuen. Emma war nicht hier, um ihre Kerzen auszublasen oder um sich überhaupt etwas zu wünschen. Wusste sie überhaupt, dass heute ihr Geburtstag war? War sie glücklich?

Megan unterdrückte ein Schluchzen, ehe sie sich erinnerte, wo sie sich befand. In einem überfüllten Laden, wo jeder sie anstarrte und auf ihren Zusammenbruch wartete.

Sie zog die Schultern hoch, richtete sich gerade auf und bemerkte plötzlich ein kleines Ziehen an ihrer Tasche. Als sie hinuntersah, stand Johnny aus der Versammlung am Nachmittag mit einem strahlenden Lächeln im Gesicht vor ihr.

»Mrs Taylor?« Er strahlte sie mit einem zahnlosen Grinsen an, dass das Eis in ihrem Herz schmolz. Bei einem solchen Grinsen konnte sie gar nicht anders. »Mrs Taylor, heute ist mein Geburtstag, haben Sie das gewusst?«

Johnnys Worte überraschten sie. Sie hatte keine Ahnung, dass der Junge am selben Tag Geburtstag hat wie Emma.

Sie beugte sich zu ihm hinunter und umarmte ihn sanft.

»Alles Gute zum Geburtstag, Johnny. Mögen sich alle deine Wünsche erfüllen«, flüsterte sie ihm ins Ohr.

Johnny wich zurück und wurde rot im Gesicht.

»Das haben sie. Jetzt sind Sie an der Reihe. Meine Mama sagte, ich könnte Ihnen das geben.«

Megan sah auf die pummeligen Hände hinunter, die mit Schokoladeeis überzogen waren. Er hielt eine weiße Kerze in der Hand.

Er streckte die Kerze hoch, bis sie direkt unter ihrer Nase war. »Sie müssen sich dabei etwas wünschen, Mrs Taylor«, sagte er mit ernstem Gesicht.

Megan starrte auf die kleine weiße Kerze. Sie war nichts Besonderes. Zehn zu eins, dass seine Mutter sie im Lebensmittelgeschäft gekauft hatte. Trotzdem glaubte er, es sei eine magische Kerze.

Sie warf einen Blick auf die Nische, wo Johnnys Familie saß. Alle schauten zu ihr herüber. Die Leute von Kinrich hatten ein wirklich gutes Herz. Sie war stolz, diese Stadt ihre Heimat zu nennen.

»Das werde ich. Ich verspreche es.« Sie zerzauste sein struppiges Haar, bevor er zu seinem Eis zurückrannte.

»Was versprichst du?« Peter stand hinter ihr.

»Dass ich mir bei dieser magischen Kerze wünschen werde, dass Emma heimkommt.« Megan hielt ihm die Kerze hin, damit er sie sehen konnte.

»Als ob das funktionieren würde.« Peters Blick strich über die harmlose Kerze in ihrer Hand, bevor er sich der Theke mit all den Eisbechern zuwandte.

Megan nahm die Kerze fest in die Hand und steckte sie in ihre Tasche. Sie hätte nur ihre Mädchen mitnehmen und ihn zu Hause lassen sollen.

Egal, was Johnnys Wunsch war, er erfüllte sich, weil ihn seine Eltern glücklich sehen wollten. Wer weiß? Vielleicht würde sich dann auch Megans Wunsch erfüllen. Gott erhört immer noch Gebete, oder?

KAPITEL FÜNF

Für was hast du so lange gebraucht?« Laurie lief beim Eingang zum Stadtpark mitten in der Innenstadt, wo sie und Megan sich jeden Morgen trafen, auf der Stelle. Eine blonde Haarsträhne fiel ihr über die Augen. Sie blies sie weg und klopfte auf ihre Armbanduhr.

Megan zuckte die Achseln und ging an ihrer Freundin vorbei. Der Victoria-Park lag auf halbem Weg zwischen ihren Häusern und direkt gegenüber dem Hafen. Fast jeden Morgen genoss sie die Farbenpracht, wenn die Sonne über dem Wasser aufging, die Reflexion, die in den Wellen tanzte, wenn sie durch den Park und hinunter zum Strand rannte. Kinrich war für seine großartigen Sonnenaufgänge bekannt. Aber heute Morgen wollte sie eigentlich nur eine heiße Tasse Kaffee. Peter musste sie ein paarmal anstoßen, bis sie die Energie aufbrachte, aus dem Bett zu steigen.

»Hey, warte!«, rief ihr Laurie nach.

Megan schüttelte den Kopf. Jetzt, da sie munter war, wusste sie, dass ihr das Laufen helfen könnte, den Dampf abzulassen, der immer noch in ihr hochstieg. Die emotionale Achterbahn von gestern Abend hatte sich bis in den heutigen Tag fortgesetzt. Peter hatte sich den restlichen Abend geweigert, mit ihr zu sprechen, nachdem er gesehen hatte, wie sie die Kerze hielt. Ihre Ehe war seit Emmas Verschwinden nicht mehr dieselbe. Sie dachte, sie würden es gut machen. Sicher, es gab schwierige Phasen, aber sie hatten es geschafft, sie zu überwinden. Sie hoffte, dass es diesmal nicht anders sein würde.

Megan schaute nach links. Laurie hatte sie eingeholt. Sie erreichten schweigend die andere Seite des Parks. Als sie aber an der Fußgängerampel warteten, ging Laurie an ihr vorbei und stellte sich ihr direkt in den Weg.

Wenn Blicke töten könnten! Lauries stechender Blick war nie etwas Gutes. Zum einen sah Lauries Gesicht dann hässlich missmutig aus, und wenn es etwas gab, das Laurie hasste, dann war es, hässlich auszusehen. Zum anderen war Laurie sehr ehrlich. Manchmal zu ehrlich. Megan war nicht sicher, ob sie wirklich hören wollte, was ihre beste Freundin zu sagen hatte.

»Was ist los?«

Megan schüttelte den Kopf und sah zur Seite.

»Wie lief es gestern Abend?«

Megan schürzte die Lippen. Sie wünschte, die Ampel würde auf Grün wechseln, damit sie ihren Lauf zum Strand fortsetzen konnten. Der Gedanke an das Joggen im Sand und an die Muskelerschöpfung, die sich danach einstellen würde, ließ ihren Puls höher schlagen.

Das Ampelmännchen über der Straße leuchtete weiß auf. Megan ging an Laurie vorbei, rannte über die Fahrbahn, bog nach links ab und ging an einem Kaffeehaus vorbei, das gerade aufgemacht hatte. Der Duft frisch gemahlener Bohnen zog durch das offene Fenster und folgte Megan, als sie weiterlief.

Das Stampfen von Lauries Laufschuhen, die ihr Tempo erhöhte, trieb auch Megan schneller voran. Wenn sie Laurie davonliefe, könnte sie vielleicht die emotionale Überlastung ignorieren, die bestimmt folgen würde, wenn Laurie sie einmal gestellt hatte und Antworten verlangte.

»Bleib stehen.«

Megan überhörte absichtlich Lauries Bitte und behielt ihr Tempo bei. Die Ecke war direkt vor ihnen. Wenn sie einmal nach links abgebogen war, ging es auf gerader Strecke zum Strand hinunter.

»Megan, bitte BLEIB STEHEN!«

Megan warf einen Blick über ihre Schulter. Laurie hatte sich gegen eine Metallbank vor einem Blumenladen gelehnt. Ihre Arme waren vor der Brust verschränkt und die Augenbrauen zusammengezogen. Megan hielt an. Sie blickte nach vorne auf den Strand und dann zurück zu ihrer Freundin. Seit einem Jahr liefen sie jeden Morgen gemeinsam, und Megan hatte Laurie noch nie allein gelassen.

Megan blieb stehen, drehte dem sanften Locken des Sandstrandes den Rücken und ging auf ihre beste Freundin zu. »Tut mir leid. Ich bin nur …«

Laurie hob die Hand. »Du musst dich nicht entschuldigen. Ich weiß, dass gestern nicht der beste Tag für dich war. Aber schließ mich nicht aus, okay?«

Megan ließ den Kopf hängen und fixierte ihre Laufschuhe. Laurie hatte recht. »Du hast recht. Es tut mir leid.« Sie blickte auf und bemerkte das Funkeln in den Augen ihrer Freundin.

»Ich weiß. Meistens habe ich recht«, sagte Laurie.

Eine Glocke klingelte über der Tür des Kaffeehauses, als sie auf ihrem Rückweg dort vorbeigingen.

»Ich habe gestern der Vermisste-Kinder-Gesellschaft etwas gespendet. Als Geburtstagsgeschenk für Emma«, sagte Laurie.

Megans Augen füllten sich mit Tränen. »Danke. Das bedeutet mir viel.«

Megan drückte Lauries Arm. Sie schluckte die Tränen hinunter und tat ihr Bestes, um ein Lächeln auf ihr Gesicht zu zaubern.

»Was würde ich ohne dich tun?«

Als sie am Fußgängerüberweg standen und darauf warteten, die Straße wieder in Richtung Park zu überqueren, zog Laurie ihren Arm von Megan weg und legte ihn ihr um die Taille. »Zum Glück werden wir das nie herausfinden.«

Im Park genoss Megan die Stille. Obwohl sie nicht so gelaufen war, wie sie wollte, fühlte sie sich dennoch viel besser. Ohne Laurie wäre sie verloren.

»Dir geht's doch gut, oder? Gibt es etwas, das du mit deiner besten Freundin teilen willst, was du niemand anderem gesagt hast?«

Megan starrte Laurie still an. *Das darf doch nicht wahr sein? Nicht sie auch noch.*

»Mir geht's gut. Ich verberge nichts vor dir oder vor sonst jemandem, was das betrifft. Mach dir keine Sorgen, okay?«

Megan spielte mit der Karte, die Laurie ihr am frühen Morgen zugesteckt hatte, als sie sich verabschiedeten.

Wenn das Leben dir Zitronen reicht, wähle Schokolade. Das funktioniert immer. In Liebe, Laurie.

Um elf Uhr vormittags hielt Megan die Stille im Haus nicht länger aus. Sie nahm die Schlüssel, die auf der Kommode lagen, und ließ sie in der Hand baumeln. Sie spielte mit dem Gedanken, als Überraschung in Peters Büro vorbeizuschauen. Vielleicht hatte er Zeit, sich für ein frühes Mittagessen davonzuschleichen. Da die Sommerferien bevorstanden, ein Sommer voller Kinderaktivitäten, war Megans freie Zeit fast vorbei. Sie könnte sie zumindest ausnutzen.

Als sie in die Einfahrt zu seinem Büro einbog, bewunderte sie das Sandsteinhaus, das Peter für sein Immobilienunternehmen gemietet hatte. Es stand auf einem Eckgrundstück in einer bevorzugten Lage. In die kleine Stadt Kinrich führten nur drei große Straßen. Als das historische Gebäude an der Ecke der Hauptstraße zu mieten war, griff Peter zu. Es war eine Investition, aber beide waren sich einig, dass es das wert war.

Die Glocke über der Tür bimmelte, als Megan eintrat.

»Hallo, Mrs Taylor.«

Dana, die zierliche Empfangsdame, eine junge Frau um die zwanzig mit einer Aufmerksamkeitsspanne, die in Minuten gemessen werden konnte, begrüßte sie. Sie saß mit gekreuzten Beinen und einer Nagelfeile in der Hand an ihrem Schreibtisch. Megan konnte nicht verstehen, warum Peter sie als Mitarbeiterin behielt.

»Dana, deine Nagellackfarbe liebe ich.« Megan zügelte den Sarkasmus in ihrer Stimme. Nicht, dass es etwas ausgemacht hätte.

»Ach wirklich?« Danas Augen wurden vor Freude größer. Sie streckte ihre Finger aus und bewunderte ihre hellvioletten Nägel. »Wissen Sie, violett ist das neue Schwarz. Es ist die angesagte Farbe für den Sommer.« Dana lächelte. Das leuchtende Weiß ihrer Zähne strahlte. Megan zuckte zusammen. Zu weiß.

»Ist Peter da?«

»Oh.« Dana schaute ganz nervös in ihrem Terminbuch nach. »Nein, er ist gerade weggegangen. *Gerade* weggegangen.« Ihre zarten kleinen Schultern zuckten.

Überrascht schaute Megan zur Haustür hinaus. Peters Wagen stand noch da. Wo ist er also hingegangen?

»Oh, er ist mit Sam weg«, sagte Dana. Ein geziertes Lächeln kroch über ihr Gesicht.

Megan biss sich auf die Lippe. *Sie. Er ist mit ihr weg.*

Samantha Grayson. Peters schöne Geschäftspartnerin. Der personifizierte Teufel im Minirock. Kurz nachdem

Emma geboren war, fing Samantha an, als Immobilienmaklerin mit Peter zu arbeiten. Vielleicht war es die postnatale Depression oder weil der Schwangerschaftsspeck Zeit brauchte, um zu verschwinden, aber seit ihrer ersten Begegnung war Sam für Megan nur SIE.

Samantha war alles, was Megan nicht war. Groß, mit einem Körper wie ein Model – ihre ganze Gestalt strahlte etwas Geheimnisvolles aus. Alles, was ein Mann begehren könnte, in einem Paket verpackt, vollständig mit High Heels und engen Röcken.

»Wissen Sie, wann er zurück sein wollte?« Megan schluckte die Bemerkung, die ihr auf der Zunge lag, hinunter.

Dana zuckte die Achseln und feilte weiter an ihren Fingernägeln.

Megan biss sich auf die Lippe, straffte dann ihre Schultern und setzte das wärmste falsche Lächeln auf, das sie zustande brachte.

»Richten Sie ihm bitte aus, dass ich da war, okay?«

»Ja, natürlich. Er hat aber heute sehr viel zu tun. Sein Terminkalender ist voll. Es gibt einen neuen Kunden, den sie an Land ziehen wollen.« Dana drehte ihren Stuhl herum, bis sie den Computer vor sich hatte, ihre falschen Fingernägel balancierten über die Tastatur.

Megan griff nach dem Türknopf und drückte ihn. Sie zählte bis drei.

»Danke, Dana«, sagte Megan durch ihre zusammengebissenen Zähne. *Die kleine Göre.*

Sie zog die Tür mit zu viel Kraft auf. Dabei rutschte ihr der Türknopf aus der Hand. Als die Tür aufschwang, kam Peter herein. Sein Blick war auf den Boden gerichtet, während er in sein Mobiltelefon sprach.

»Ich weiß nicht, was ich ohne dich tun würde. Eines

Tages frage ich mich …« Peter stotterte, als Megan ihn am Arm festhielt, ehe er sie wegstieß. »Ich sehe dich in ein paar Minuten, Sam.«

Megan beobachtete ihren Mann, wie er sein Telefon in die Hosentasche gleiten ließ, die leichte Rötung, die von seinem Hals zu den Wangen hochkroch. Sie drehte ihr Gesicht ein wenig weg, als er ihr einen unbeholfenen Kuss auf den Mundwinkel gab.

»Ich habe dich hier nicht erwartet.« Er stand nervös im Eingang.

Megan zuckte die Achseln. »Ich dachte, ich schau mal, ob du Zeit für einen Kaffee hast oder vielleicht für ein frühes Mittagessen.« Sie rückte den Schulterriemen ihrer Tasche zurecht und wartete. Sie war sich nicht sicher, wie sie das, was sie gerade gehörte hatte, aufnehmen sollte.

»Ich, äh … ich bin eigentlich spät dran für einen Termin. Ich hatte den Vertrag vergessen …« Er wackelte mit der Aktentasche in seiner Hand, um ihr zu verstehen zu geben, dass der Vertrag nicht da drin war.

Megan hob ihre Augenbraue und schaute an ihm vorbei auf Sams nagelneuen Hybridwagen.

Peter warf einen verstohlenen Blick über seine Schulter. »Oh, Sam ist beim neuen Kunden geblieben. Weißt du, um eine Verbindung zu schaffen, den Deal an Land zu holen. Ich muss gleich zurück.«

Megan zählte bis drei, lächelte und trat zur Seite. »Natürlich musst du das.« Ihre Wangen schmerzten vom Hochziehen der Lippen. »Vielleicht backe ich einen Kuchen, um den Vertragsabschluss zu feiern.«

»Oh, aber wir haben ihn noch nicht.« Peter schaute wieder auf seine Uhr.

Diesmal hatte sie kein Problem, das Lächeln auf ihrem Gesicht zu halten. »Wie ich Sam kenne, bezweifle ich nicht, dass sie zu eurem neuen Kunden eine Verbindung schaffen wird. Das tut sie doch immer.«

Sie trat einen Schritt auf ihn zu, stellte sich auf die Zehenspitzen und gab Peter einen sanften Kuss auf die Wange. Sie sah die Überraschung in seinen Augen.

Megan hielt einen Moment an, nur einen kurzen Moment, ehe sie zur Haustür hinaus und zu ihrem Jeep ging. Sie schaute nicht einmal hoch, um zu sehen, ob Peter ihr nachblickte. Sie wusste, dass er das nicht tat.

Es gab einmal eine Zeit, da war Megan eine aktive Partnerin in Peters Unternehmen gewesen. Nach Emmas Geburt hatten sie entschieden, dass Megan für kurze Zeit, was den Job betraf, einen Schritt kürzer treten und sich auf ihre Familie konzentrieren sollte. Sie nahm die Arbeit nie mehr wirklich auf.

Nachdem Emma verschwunden war, einigten sich beide darauf, dass Megan ihre ganze Aufmerksamkeit und Energie in das Finden ihrer Tochter stecken würde. Sie hatte damit nicht gerechnet, aber Megans Fehlen in der Firma machte es notwendig, dass Samantha eintrat und zur Partnerin in der Firma wurde. Megan verwünschte den Tag, als Samanthas Anwesenheit notwendig wurde. Ob es fair war oder nicht, Megan traute ihr nicht. Megan hatte nicht nur das Gefühl, dass Samantha ihr irgendwie den Platz in der Firma gestohlen hatte, sondern sie war sich auch ziemlich sicher, dass Samantha zusätzlich darauf aus war, ihr den Mann zu stehlen.

KAPITEL SECHS

Die Sonne schien auf Jacks kahlen Kopf herab, und Schweißperlen sammelten sich zu winzig kleinen Bächlein, die in die Furchen seines Halses flossen. Seine Augen brannten von den Tröpfchen, die von seinen Wimpern hingen. Seine Fingernägel waren von der schwarzen Erde seiner Blumenbeete ganz verfärbt. Jack wischte die knotigen Hände an seinem alten Overall ab.

Während er die Augen vor dem grellen Sonnenlicht abschirmte, lächelte er. Vom langen Bücken hatte er Rückenschmerzen, die Finger waren an jedem Gelenk geschwollen, und seine Knie knackten jedes Mal, wenn er sie streckte, aber das war es alles wert. Der perfekte Junitag, um in seinem Garten zu arbeiten.

»Emmie, Schatz, kannst du Opa noch ein Glas Wasser holen?«

Emmie, gerade fünf Jahre alt, stieß einen tiefen Seufzer aus, als sie sich von ihrem Platz auf der Veranda erhob. Ihr geflochtenes langes blondes Haar schwang hin und her, als sie sich bewegte. Sie trug ein Kleid, das ihr kaum bis zum Knie reichte. Dottie sollte mit ihr einkaufen gehen. Emmie liebte ihre Kleider; nichts anderes würde zu ihr passen.

»Okay, Opa«, sagte sie in einem Singsang.

Sie sprang über die Veranda, um die Gittertür zu öffnen. Er wartete, bis er die Tür gegen den alten Holzrahmen schlagen hörte. Als es so weit war, zuckte er zusammen. Er hoffte, Dottie würde trotz Emmies Wirbel im Haus schlafen. Er hätte selbst hineingehen sollen.

Jack ging den Steinweg entlang. Er hatte ihn vor Jahren angelegt. Jetzt war er bereits an vielen Stellen gebrochen und rissig. Er hatte sich immer Sorgen gemacht, dass Emmie fallen und sich verletzen könnte, als sie anfangs zu ihnen kam. Er zählte jeden Tritt bis zur Treppe. Einer der Tritte gab nach. Noch etwas, das gerichtet werden musste. Er schaute auf sein Zuhause.

Es war ein altmodisches Bauernhaus, draußen an einer Landstraße. Es hatte einen gelben Anstrich, der über die Jahre verblasst war, die Fensterläden waren aus weiß getünchtem Holz. Die Jahre hatten ihren Tribut vom alten Haus gefordert. Es schien ihm, als wäre es erst gestern gewesen, dass er die gelbe Farbe im Geschäft geholt hatte. Aber das war schon Jahre her, damals, als er vom Krieg zurückkam. *Setz noch Farbe auf die Liste.*

Bei den Terrassenstufen hielt er an. Emmies kleiner Hund lag auf dem Weg.

»Schon gut, Daisy, los, auf.«

Jack benutzte das Geländer, um sich jede Stufe hochzuziehen. Es schmerzte, sein Bein hoch über die Unordnung zu heben, die Emmie am Boden hinterlassen hatte. Er tat es ächzend und setzte sich dann in einen der weißen Rattansessel, die die umlaufende Veranda schmückten. Die Fliegengittertür öffnete sich, und Emmie hielt ein Glas Wasser in den Händen.

»Da, Opa. Ich war auch leise.« Ein breites Lächeln zog sich über ihr Gesicht, als sie ihm das Glas reichte.

Jack trank das Wasser mit einem Schluck aus und wischte sich mit dem Ärmel über den Mund.

»Danke, Schatz. Schläft Oma noch?«

»Ja.« Emmie wirbelte über die Veranda und ließ sich neben

ihren Malstiften und dem Papier nieder. »Schau, das Bild, das ich gemalt habe. Das bist du in deinem Garten.« Emmie winkte mit dem Papier in der Hand. »Und da ist Daisy, die im Gras schläft. Sie schläft viel. Gefallen dir meine Blumen, Opa?«

Emmie streckte die Hand so weit aus, wie sie konnte, und reichte Jack das Blatt. Er bewunderte das Bild mit den passenden Lauten. Sie hatte ihn als dünnes Strichmännchen gezeichnet, was ihm durchaus recht war. In die Mitte seines Körpers hatte sie ein großes rotes Herz gemalt.

»Magst du meine Blumen, Emmie?« Jack lehnte sich im Sessel zurück und schloss die Augen. Manchmal wünschte er sich, er wäre zwanzig Jahre jünger.

»Kann ich gehen und an ihnen riechen?«

Jack drückte ein Auge auf. Sobald Emmie sein Lächeln sah, leuchtete ihr Gesicht auf, und sie hüpfte die Verandastufen hinunter. Mit geschlossenen Augen wartete Jack. Emmie liebte Blumen. Er hoffte, sie würde das Unkraut finden, das er übersehen hatte.

»Opa.«

»Emmie.«

»Kann Daisy deine Blumen essen?«, rief Emmie mit süßer Stimme.

»DAISY!«

Wenn dieser Hund meine Blumen durcheinanderbringt …

Auf dem Weg war das Trippeln von Daisys Pfoten zu hören, als sie zu ihm sprang. Ehe er sich noch aufsetzen konnte, hüpfte das Energiebündel auf seinen Schoß und leckte ihm über das Gesicht. Mit quietschendem Lachen rannte Emmie die Verandastufen hoch, um beim Spaß mit dabei zu sein.

Er schnappte sich seine Enkelin, setzte sie auf seinen Schoß, beugte seinen Kopf hinunter und rieb mit seinem

Bart über ihr Gesicht. Emmie lachte nur, reichte mit ihren zwei kleinen Händchen hoch und zog seinen Kopf nach vorne, um ihm einen Kuss auf die Nase zu geben.

»An was denkst du, Opa?«

Jack knuddelte sie fest und legte seinen Kopf auf den ihren. Ihr Haar roch nach Erdbeeren. »Ich denke, ein kleines Schläfchen würde guttun. Du warst vorher ziemlich ruhig, Prinzessin. Was hast du gedacht?«

Emmie drehte sich auf seinem Schoß, bis sie in einer bequemeren Position war. Ihr Ellbogen stieß ihn ein paarmal in die Rippen, während sie sich drehte. Sie legte ihren Kopf gegen seine Brust und fing mit leiser Stimme an, sich selbst etwas vorzusingen.

»Emmie?«

»Ich vermisse Mami.« Ein schlürfendes, saugendes Geräusch drang an Jacks Ohr. Sie nuckelte wohl wieder an ihrem Daumen. »Wann kommt sie? Warum kommt sie mich nicht holen?«

Jack legte seine Arme fester um sie. »Ich schlag dir etwas vor, Prinzessin. Wie wär's, wenn wir beide eine Teestunde abhalten?« Eigentlich wollte er sich hinlegen, aber er konnte es nicht ertragen, sein kleines Mädchen so verzweifelt zu sehen. Ihre Mama würde nie kommen, um sie zu holen.

»Kann ich ihr ein Bild malen?« Emmie sah mit traurigen Augen zu ihm hoch.

Das Letzte, was er tun wollte, war, ihr das Herz zu brechen. »Natürlich kannst du das, Schätzchen. Du malst so schöne Bilder. Malst du mir auch eines?«

Emmie kletterte von seinem Schoß, hob Daisy hoch und ging ins Haus.

Jack dachte an all die anderen Bilder, die Emmie für ihre Mom gemalt hatte. Bilder, die alle in einer Schublade landeten, versteckt vor Emmie, damit sie nicht erfuhr, dass sie nie abgeschickt wurden.

Wenn es einen Ort in seinem eigenen Haus gab, wo sich Jack unwohl fühlte, dann war es in Emmies Zimmer. Dottie hatte ein Wunder vollbracht, als Emmie zu ihnen kam. Sie hatte den Dachboden in ein Traumzimmer verwandelt, das jeder Prinzessin gerecht wurde.

Der einst von Spinnweben durchzogene Dachboden war jetzt ein rosa Zimmer, das voller Stofftiere war. Emmies Bett stand mitten im Raum. Entlang den Bettpfosten hing an einem Draht ein langer, weißer Spitzenvorhang. Dottie hatte einen Veloursteppich gefunden, um Emmies Zehen morgens warm zu halten.

Rechts von Emmies Bett stand ein bequemer alter Sessel, den Jack die Treppe hochgeschleppt hatte. Abends saß entweder er oder Dottie, mit Emmie in den Schoß gekuschelt, in diesem Sessel, wo sie ihr eine Geschichte vorlasen, bis sie einschlief. Auf der anderen Seite des Bettes stand ein Holztisch mit kleinen Stühlen, die Jack ursprünglich für Emmies Mami gezimmert hatte, als diese noch ein kleines Mädchen war.

Jack saß mit einem ganzen Sortiment Puppen in einen der Sessel hineingequetscht. Emmie hatte ihm ihre Namen genannt, aber für ihn war eine Puppe eine Puppe. Daisy saß zu Emmis Füßen und wartete auf kleine Happen, die ihren Weg von Emmies Händen in seinen Mund fanden. Jacks Knie schlugen jedes Mal gegen den Tisch, wenn er sich in seinem Stuhl wandt. Dabei schwappten Teetropfen von ihren Tassen auf die Tischplatte.

»Opa, deine Krone fällt herunter.«

Die Krone passte nicht so gut auf Jacks kahlen Kopf. Sie rutschte oft herunter.

»Das ist nicht meine Krone, sie ist zu klein. Wer hat die gemacht?« Jack murrte, als er die Papierkrone wieder richtete, damit sie auf dem Kopf saß.

Seine Enkelin fing zu kichern an, wobei sie ihren Rosenknospenmund mit ihren Fingern bedeckte.

»Dummer Opa, *du* hast sie doch gemacht.«

Jack knurrte spielerisch, was Emmie noch mehr zum Lachen brachte. Er bemühte sich, das Lachen zurückzuhalten, und konzentrierte sich auf die Stofftiere, die in den anderen Sesseln saßen. Er tat, als würde er sie kitzeln. Daisy machte bei dem spaßigen Treiben mit. Ihr Bellen klang wie Japsen, und Emmie fiel vor Lachen um. Als sie auf dem Boden lag, sprang Daisy auf sie drauf.

»Opa, Hilfe!«, rief Emmie, als ihr Körper sich krümmte.

Jack liebte es, ihr Lachen zu hören. Als Emmie damals an Dotties Hand hier ankam, war sie ein ganz stilles kleines Mädchen. Jack hätte nie gedacht, dass Emmie mit dem Verlust ihrer Mutter fertigwerden würde, wie sie es dann doch tat. Sie lachen und kichern zu hören bedeutete Jack alles.

»Was ist hier los?« Eine wütende Stimme ging durch den Raum.

Im Zimmer wurde es still. Daisy kauerte auf dem Boden, den Kopf zwischen beiden Pfoten versteckt. Emmie stand mit hängendem Kopf da. Jack drehte sich um und konnte nicht glauben, was er sah.

»Ich fragte, was hier los ist?«

Dottie stand mit wütend gerunzelter Stirn in der Tür. Sie gab sich alle Mühe, den mürrischen Gesichtsausdruck aufrechtzuhalten. Als Jack ihr zuzwinkerte, entkam ihr ein Lächeln, sie wischte es aber wieder aus dem Gesicht, bevor Emmie es bemerkte. Sie zog die Schultern hoch, stützte die Hände auf die Hüften und ging mit langen, schweren Schritten auf ihre Enkelin zu. Sie fragte sich, wie lange Emmie das Lachen noch zurückhalten konnte.

Gebückt schob sie ihr Gesicht nahe an Emmies.

Gerade als ihre Nase Emmies Stirn fast berührte, fing ihre Enkelin zu kichern an, streckte ihre Arme aus und zog Dottie mit einer ungestümen Umarmung fast zu Boden. Aber nicht lange.

»Oma!«

»Kann denn eine Frau hier keinen Frieden und Ruhe finden? Ihr habt mich mit dem ganzen Gelächter aufgeweckt.« Dottie strich über die Haarsträhnen um Emmies Stirn.

»Wir veranstalten eine Teestunde. Siehst du es?« Emmie schwang ihre Arme wirbelnd herum, während Dottie zuschaute.

»Das sehe ich. Ich sehe auch, dass Daisy Kekskrümel vom Tisch isst. Emmie, du weißt, wir wollen nicht, dass Daisy das tut.«

Emmie schmollte.

»O nein, nicht doch, kleines Mädchen! Komm schon, ich glaube, Daisy muss nach draußen.« Dottie griff nach Emmies Hand, während Jack Daisy hochnahm. Sie gingen in die Küche.

Dottie hantierte in ihrer Küche herum, als Jack mit dem Hund nach draußen ging. Emmie griff in den Korb voller Farbstifte, Knetmasse und Bücher. Ein paar Puppenmöbel für Emmie waren auch dabei. Dottie sah zu, wie Emmie die Puppenmöbel und zwei Puppen hervorholte.

»Emmie, willst du mir helfen, Scones zu backen?« Dottie nahm ihre Schürze vom Haken an der Wand und band sie sich um.

»Oma, wir haben doch schon Scones gebacken. Heute Morgen«, sagte Emmie. Sie hob dabei nicht einmal den

Kopf, sondern war ganz auf die Puppen konzentriert und auf das Arrangieren der Möbel auf dem Tisch.

Dottie schaute auf ihre Anrichte. Die Glasplatte für ihre Scones, Muffins und Gebäckstücke war leer. Dottie rieb sich die Stirn. Sie konnte sich nicht erinnern, heute schon gebacken zu haben. Mitten am Vormittag hatte sie starke Kopfschmerzen bekommen, deshalb hatte sie sich hinlegen müssen.

»Emmie, wir haben heute nichts gebacken. Aber gestern haben wir Muffins gemacht, Liebling, erinnerst du dich?« Dottie zog ihre große Rührschüssel heraus und öffnete ihre Vorratskammer, um Mehl und Zucker herauszuholen.

»Nein, Oma, Daisy war schuld, dass ich das Mehl fallen gelassen habe, und der ganze Boden war eine Schweinerei. Erinnerst du dich?« Emmie neigte den Kopf zur Seite, als sie hochblickte.

Dottie drehte sich weg und schaute aus dem Fenster über dem Spülbecken. Sie konnte sich nicht daran erinnern. Sie konnte sich nur an das Kopfweh erinnern. Diese schrecklichen Kopfschmerzen, die sie so oft bekam.

Jack kam ins Haus und goss sich ein Glas Wasser ein. Sie sah in das Gesicht, das sie schon seit Jahren liebte. Seine Gesichtsfalten waren fest bei ihr eingeprägt, sie kannte jede und auch den Grund dafür. Sie liebte seinen kahlen Kopf, das tat sie immer schon. Er war ihr Seelenverwandter, ihr Lebenspartner.

»Emmie sagt, wir hätten heute Scones gebacken?«

Ein zartes Lächeln erfüllte Jacks Gesicht. Sie sah die Traurigkeit in seinen Augen und wusste, dass ihre Erinnerung sie wieder betrogen hatte.

»Das hast du, Liebling. Emmie hat dir geholfen, das Mehl aufzuwischen, als du wieder dein Kopfweh bekommen hast. Ich habe dir gesagt, du sollst dich hinlegen. Es ist meine Schuld. Ich hab nicht gemerkt, dass die Scones im Ofen waren, und deshalb sind sie verbrannt. Ich musste sie wegwerfen.«

Dottie fühlte sich völlig erschöpft. Manche Tage waren schwerer zu überstehen als andere. Da Emmie jeden Tag um sie herum war, konnte sie nicht so tun, als wäre alles gut.

»Los, Prinzessin, lass uns mit Daisy nach draußen gehen, und dann machen wir sie fix und fertig. Du holst ihren Ball, und dann schauen wir, ob wir ihr das Fangen beibringen können. Ich glaube, Oma braucht eine heiße Tasse Tee«, sagte Jack. Als er sich hinunterbeugte, um Dottie auf die Wange zu küssen, hob sie ihre Hand und strich über die Stoppeln auf seinem Kinn.

»Dank dir.«

Dottie wartete, bis die Gittertür hinter Jack und Emmie zuschlug. Sie ging zum Küchentisch hinüber, räumte Emmis Spielzeug auf und ließ sich in den Sessel sinken, sprang aber gleich wieder auf, als der Teekessel pfiff. Sie goss das Wasser in die Teekanne. Ihre Strickerei lag auf dem Schaukelstuhl im Wohnzimmer. Sie ging hinüber, nahm den Pullover hoch, den sie für Emmie strickte, und wickelte die Wolle um ihre Finger. Eins rechts, zwei links.

Der Tee und ihre Familie waren vergessen.

KAPITEL SIEBEN

Hilfe!« Sherri sprang hoch. In ihrer Eile stieß sie an den Verandatisch, dabei schwappte Wasser aus ihrem Glas und ergoss sich über das offene Magazin. Sie nahm es auf und fächelte damit, während sie den Garten überflog. Bei so viel Stimmengeschrei war sie nicht sicher, von welchem Kind der Ruf kam. Sie quetschte ihre Füße in die Flip-Flops und lief über den Garten.

»Hilf mir! Jemand soll mir helfen!«

Sherri rannte an der Gruppe Kinder vorbei, die im Sandkasten spielten, und lief den leichten Hügel in ihrem Garten hinunter, vorbei an ihrem dürftigen Gemüsegarten und blieb stehen. Um sich vor der grellen Sonne zu schützen, legte sie die Hand über die Augen und runzelte die Stirn.

Auf Sherris Grundstück gab es an der Seite einen kleinen Hügel. Die Kinder ihrer Tagesbetreuung liebten es, am Fuße des Hügels zu spielen. Weil sie noch so klein waren, unter einem Meter, glaubten sie nicht, dass sie gesehen werden konnten. Sie wussten wohl nicht, dass Sherri, die ein Meter zweiundfünfzig war, sie gut sehen konnte.

»David Jackson, was tust du da? Lass sofort Travis los!«

»Wir spielen nur, Sherri.« David rappelte sich hoch und streifte das Gras von den Knien seiner Jeans. Sogar aus dieser Entfernung konnte Sherri die Flecken sehen. Großartig, seine Mutter würde ausflippen. Wieder einmal. Travis blieb sitzen, sein Gesicht war blass, und er rang nach Luft.

»Travis, brauchst du dein Spray?«

Travis hob seine Hand, seinen Asthmainhalator fest mit der Faust umklammert. Er hielt das Röhrchen in seinen Mund. Sherri beobachtete ihn, bis sie wusste, dass es ihm wieder gut ging.

Sie lief wieder in Richtung Veranda und zählte für sich die Köpfe jeder Kindergruppe. Fünf, sechs, sieben … sieben … wer fehlt mir? Sie schaute über den Sandkasten, die Spielgeräte und die Gruppe von Mädchen, die auf dem Picknicktisch Bilder malten.

Sherris Blick blieb an der Schaukel hängen. Ein Kind mit einem kurzen Haarschnitt schwang seine Beine vor und zurück.

»Tonya, wo ist deine Schwester? Wo ist Sarah?«

»Sie ist dort drüben.« Tonya zeigte auf Sherris Zaun an der Seite. »Kannst du mich anstoßen?«

Die Anspannung in Sherris Brust löste sich vor Erleichterung. Gott sei Dank, Sarah war okay. Drüben am Zaun saß Sarah nahe an den Holzlatten, ihre Beine waren gekreuzt, und sie drehte eine Pusteblume zwischen ihren Fingern. Acht. Sherri schloss die Augen und nahm einen tiefen Atemzug. Alle Kinder in den Augen zu behalten …

»Natürlich kann ich das, Liebes.« Sie stieß Tonya an und sah zu, wie das Kind sich auf der Schaukel zurückwarf, dann die Beine hochschwang und höher schaukelte als zuvor.

Sherri schlenderte zum Zaun hinüber. Der Tag war gefüllt mit Lachen, aufgeregtem Geschnatter und einem sanften Wind, der die Stimmen der Kinder mit sich trug. Sie saugte, mit dem Gesicht gegen den Himmel gerichtet, die Sonne auf. Sie liebte das Gefühl des frischen Grases, das ihre Zehen beim Durchqueren des Gartens kitzelte. Sarah saß am Zaun. Als sie Sherri sah, strahlte ihr Gesicht. Sherri musste unwillkürlich zurücklächeln.

»Hallo, Sarah, warum bist du ganz alleine hier drüben?« Sherri sank ins Gras und kreuzte ihre Beine. Sie nahm eine weggeworfene Pusteblume auf und kitzelte damit Sarahs Kinn.

Sarah beugte sich nach vorne und versuchte, Sherri am Kinn zu kitzeln, aber ihr Arm reichte nicht weit genug. »Nicht alleine«, sagte Sarah, wobei sie einen Finger zwischen zwei Zaunlatten steckte.

Sherri beugte sich zur Seite. Durch die Spalten zwischen den Latten war die Silhouette einer kleinen Gestalt zu sehen.

»Na, hallo!«

»M-meine Freundin«, sagte Sarah. Ihre großen geschlitzten Augen leuchteten, als sie die Worte lallte. Von allen Kindern, um die sich Sherri kümmerte, hatte Sarah einen besonderen Platz in ihrem Herzen. Sie war erst drei Jahre alt und hatte das Downsyndrom.

Ein gewispertes, sanftes »Hallo« war durch die Latten zu hören. Sherri beugte sich näher. Auf der anderen Seite des Zauns saß ein kleines Mädchen. *Sarah hat also eine neue Freundin*. Sherri erhob sich und lehnte sich über den Zaun. Das kleine Mädchen sah zu ihr hoch und lächelte sie scheu an.

»Siehst du?«, sagte Sarah. »Meine Freundin.«

»Ich sehe es.« Sherri lächelte. »Schön, dich zu treffen, Freundin von Sarah. Ich bin Sherri.«

Sherri schaute über den Garten und winkte. Ihre ältere Nachbarin stand in ihrem Garten und runzelte die Stirn. *Oh-oh.* Sherri winkte noch einmal und hoffte, einen freundlichen Eindruck zu machen, als die Frau auf den Zaun zukam. In ihrem Magen machte sich ein nervöses Flattern breit. Sie hatte eigentlich vorgehabt, hinüberzugehen und sich bei den Nachbarn vorzustellen.

»Emmie, komm her, meine Liebe.«

Sherri blickte hoch. Das kleine Mädchen, Emmie, machte die Beine lang und stand auf. In der Hand hielt sie Pusteblumen, die sie ihrer Großmutter entgegenstreckte. Die Frau kniete sich nieder, als sie beim Mädchen war, zog sie eng an sich und flüsterte ihr ins Ohr.

»Hallo, ich bin Sherri. Ich wollte hinüberkommen und mich vorstellen, seit wir hier eingezogen sind, aber die Tage sind einfach nicht lang genug.« Sherri trat einen Schritt näher an den Zaun und streckte ihre Hand aus. Sie wartete darauf, dass ihre Nachbarin zum Zaun kam, ihre Hand entgegennahm und sie begrüßte.

Die Frau fasste Emmie an der Hand und zog sie hinter sich. Sherri bemühte sich, gelassen zu bleiben, freundliche Nachbarn, von wegen.

»Dorothy. Das ist meine Enkelin, Emmie. Ich hoffe, sie hat Sie nicht gestört«, sagte sie, während sie den Gartenhandschuh abstreifte und Sherri die Hand gab. Dorothys Hand war weich, wenn auch etwas faltig. Emmie streckte den Kopf hinter der Großmutter hervor.

»Natürlich nicht.« Sherri lächelte Emmie an. »Darf sie herüberkommen und mit Sarah spielen?« Sherri reichte hinunter und hob Sarah hoch, damit sie über den Zaun sehen konnte. »Ich glaube, die Mädchen haben sich angefreundet.«

»Ich bin sicher, das wäre schön, aber vielleicht an einem anderen Tag. Es ist Zeit für das Abendessen, und Emmie ist meine kleine Helferin.« Dottie nickte mit dem Kopf, drehte sich um und legte ihre Hand auf Emmies Schulter. »Was denkst du, Emmie, ist es nicht Zeit, nach unserem Brot zu sehen und das Abendessen zu richten?«

Sherri hielt Sarah fest, als Emmie und Dorothy weggingen. »Meine Freundin«, sagte Sarah, wobei sich ihr Kopf eng an Sherris Hals schmiegte.

»Das ist sie bestimmt. Wir werden sie zum Spielen einladen, okay?«, meinte Sherri, wobei sie Sarah wieder auf dem Gras absetzte, ihre Hand hielt und zu den anderen Kindern zurückbrachte.

Sarah sah hoch, ihre Augen groß vor Freude: »Morgen?«, fragte sie.

Sherri schaute über den Zaun zurück. Ihre neue Nachbarin war im Haus verschwunden. Sherri war es nicht gewohnt, zurückgewiesen zu werden. »Das hoffe ich, Liebes, das hoffe ich.«

»Kann ich eine Schokomilch haben?« Emmie lief zum Kühlschrank hinüber und bemühte sich, den Milchkrug zu erreichen.

Dottie sah aus dem Küchenfenster in ihren Garten und dachte an die neue Nachbarin, Sherri, mit ihrer Horde von Kindern. Das hatte ihr gerade noch gefehlt – eine Tagespflege gleich nebenan. Gut, dass ihre Häuser ziemlich weit auseinanderlagen, sonst würde sie das Schreien und Rufen der Kinder stören. Ein Kind war genug. Mehr als das, und sie würde ihre Geduld verlieren.

»Oma?«

Dottie drehte sich um. Emmie kniete auf dem Stuhl, die Hände auf den Hüften, und runzelte die Stirn.

»Oma?« Emmies Stimme wurde diesmal eindringlicher.

»Nur einen Augenblick«, sagte Dottie, während sie das heiße Wasser in ihre Teetasse goss. Ein Stuhl schleifte über den Boden.

»Emmie, ich sagte, einen Augenblick.« Dottie war mit dem Einschenken fertig, drehte sich um und sah Emmie auf den Zehenspitzen auf einem der Stühle stehen, ihre Hand im Schrank. Der Stuhl kippte unter Emmies Gewicht nach vorne. Dottie eilte durch die Küche und hielt Emmie fest, als sie anfing, auf dem Stuhl zu schwanken. Sie half Emmie herunter und schob den Stuhl aus dem Weg.

»Machen wir eine Party, Oma?«

»Wofür, Kind?« Dottie begriff manchmal nicht, was im Verstand ihrer Enkelin vorging.

»Für mich.« Auf Emmies Gesicht machte sich ein Lächeln breit. Sie legte ihre Hände, Fingerspitze an Fingerspitze, aneinander.

»Bitte, Oma. Mit Kuchen!« Ihr Kopf neigte sich zur Seite, als sie flehte.

Dottie gab vor, sich das zu überlegen, während sie es genoss, Emmie zuzusehen. Ein Lächeln machte sich auf deren Gesicht breit, als sie auf eine Antwort wartete.

»Oh, ich glaube, das könnten wir machen.«

In Emmies Auge war ein Glitzern zu sehen. »Mamis Kuchen?«

Seit Emmie herausgefunden hatte, dass Schokolade-Kokosnuss Marys Lieblingskuchen war, wollte sie nur noch diesen. Alles, um sich näher bei ihr zu fühlen.

»Ich vermisse Mami. Ich wünschte, sie könnte zu meiner Party kommen. Glaubst du, im Himmel gibt es Partys, Oma?«

KAPITEL ACHT

Jack wischte sich die Hände an seiner Jacke ab, als er über den Garten ging. Dottie würde Hackfleisch aus ihm machen, wenn er mit Sägemehl an den Händen ins Haus käme. Er zog die Jacke aus und bemerkte, dass seine Hose auch ganz staubig war. Was soll's. »Mitgefangen, mitgehangen«, wie sein Dad zu sagen pflegte. Er klopfte seine Stiefel an der hinteren Veranda ab. Eine Staubwolke stieg von seinen Füßen hoch.

Jack schnupperte die Luft. Der Duft von gebratenen Zwiebeln zog durch das Fliegengitter und machte ihm den Mund wässrig. Aufgeregtes Geplapper begrüßte ihn, als er durch die Tür trat. Emmie saß am Küchentisch, ihr Gesicht war mit Schokolade beschmiert. In der einen Hand hielt sie ein Kindermesser aus Plastik und in der anderen eine Schüssel mit Glasur.

»Opa!«

Jack gab seiner Enkelin einen Kuss auf den Scheitel und rieb sein stoppeliges Gesicht an ihrer Wange. Emmie zog den Kopf ein und strahlte ihn lächelnd an.

»Ach, Opa, du bist albern.«

Er küsste sie auf ihre roten Wangen, bevor er zu Dottie ging. Er beugte sich über ihre Schulter und küsste sie auf ihre verwitterte Wange.

»Jack, du bist ja ganz schmutzig. Geh und zieh dich um, bevor du in die Nähe meines Essens kommst«, sagte Dottie.

Sie roch nach Zwiebeln, Knoblauch und Erde. Er lächelte, als er ihre runde Gestalt drückte.

»Ja, Frau«, sagte er, nahm sich ein Glas aus dem Schrank und füllte es mit Wasser. Für seine ausgetrocknete Kehle war das Wasser eine Wohltat. Die Staubpartikel, die er in seinem Hals fühlte, wurden wegspült.

»Ich habe Hunger, Frau. Was gibt's zum Abendessen?« Jack blieb auf dem Weg die Treppe hoch stehen und rief hinunter. Er wartete, bis er die Antwort erhielt, von der er wusste, dass er sie bekommen würde, um sich dann auf den Weg ins Badezimmer zu machen.

»Kümmere dich nicht darum, alter Mann. Geh dich waschen, dann wird das Essen schon auf dem Tisch stehen. Beeil dich jetzt.«

Der Klang von Emmies Lachen folgte ihm bis zum Badezimmer hoch. *Ah, es ist gut, zu Hause zu sein.*

Kerzenschein erhellte die Küche, als Jack die Treppe herunterkam. Ihr schlichter Holztisch war mit Dotties gutem Tischtuch bedeckt. Jack zögerte; hat er einen besonderen Tag vergessen? Es war nicht ihr Jahrestag, auch nicht Dotties Geburtstag oder der von Emmie. Beide Ladys saßen am Tisch.

Emmie trug eine Krone auf dem Kopf – dieselbe von der Teestunde, an der er gezwungen wurde teilzunehmen. Zwei Kerzen steckten in Glasbehältern in der Mitte des Tisches zwischen Dotties Porzellangedeck. Sein Magen fing nervös zu flattern an. Dotties Porzellangeschirr wurde nur bei besonderen Anlässen herausgeholt.

Jack rieb die Hände aneinander, während seine Mädchen ihn anstrahlten. Das hätte ihm Mut machen sollen. *Hätte, sollte, könnte* – diese Wörter zählen nicht, wenn es um die Frauen im Haus geht, etwas, das Jack schon vor Jahren gelernt hatte. Es könnte alles Mögliche anstehen. Jack zog seinen Stuhl heraus und zuckte zusammen, als er über den Fußboden kratzte. Er wartete darauf, dass Dottie wieder so etwas sagte wie: »Du liebe Güte, Jack, kannst du nicht den Stuhl hochheben und Manieren zeigen?«, aber sie schwieg.

Emmie kicherte. Sie bedeckte den Mund mit ihren Fingern, und ihre Augen waren so groß wie Untertassen, aber das Kichern hörte nicht auf. Dottie lächelte. Jack ließ die Luft aus. Unbemerkt hatte er sie angehalten. Er griff nach seinem Wasserbecher. Er hatte jenen großen Becher erwartet, den er immer benutzte. Jenen, den Emmie ihm zu Weihnachten geschenkt hatte, mit dem rosa Glitzern und den kleinen roten Worten *Ich liebe Dich*.

Neben ihm erklang ein Kichern. Er schaute auf Dottie, dann auf den Tisch hinab. Eine kleine Teetasse stand am Platz seines großen Bechers. Eine kleine Teetasse.

»Wessen tolle Idee war das?«, fragte er und fuchtelte mit seinem Finger in der Luft.

Emmie kicherte, als er mit seinem Finger auf sie zeigte. Sie streckte vorsichtig ihre Hand hoch.

»Deine?« Jack musste innerlich grinsen, als sie mit dem Kopf nickte.

»Emmie wollte heute Abend eine Erwachsenenparty«, sagte Dottie, zog dabei ihre Serviette aus dem Keramikhalter und legte sie auf ihren Schoß.

Jack schaute auf seine eigene Serviette. *Oh, nicht doch.* Emmie räusperte sich und hielt ihre Serviette hoch. Sie sah so süß aus, wie sie mit ihrer Serviette in der Luft dasaß. Mit ihrer kleinen Augenbraue hochgezogen, wartete sie auf ihn. *Oh, um Himmels willen.* Jack nahm die Serviette, zog sie aus dem Keramikhalter, entfaltete sie feierlich und legte sie auf seinen Schoß.

»Was muss ein Mann hier alles tun, um Essen zu kriegen, hm?« Jack stellte sicher, dass sein Murren laut genug war, um gehört zu werden.

Jack lächelte Dottie an, ihm blieb die Luft weg. Ihre Augen waren voller Leben, ihr Gesicht strahlte vor Glück. Das war die Dottie, die er geheiratet, und die Frau, in die er sich vor so vielen Jahren verliebt hatte. In letzter Zeit hatte er nur Traurigkeit in ihren Augen gesehen. Er reichte über den Tisch, schlang seine Finger in die ihren und drückte sie.

Als der Tisch bis auf die Kerzen abgeräumt war, brachte Dottie auf einer Platte den teils glasierten Kuchen. Emmie klatschte in die Hände, kletterte auf ihren Stuhl und freute sich auf den Kuchen. Jack bekam ein extra großes Stück, genau wie er es mochte. Er nahm einen Bissen vom Kuchen und schmatzte mit den Lippen.

»Also, ich glaube, diese Party war perfekt. Gute Idee, Süße.« Jack klatschte in die Hände. Emmie kletterte von ihrem Stuhl und drehte eine Pirouette, dann hielt sie ihr Kleidchen hoch und machte eine schöne Verbeugung.

Jack erhob sich und trug seinen Teller zum Abwasch hinüber. Dottie war mit der Hüfte gegen die Anrichte gelehnt, ein sanftes Lächeln auf dem Gesicht, als sie zusah, wie Emmie über den Küchenboden tanzte und ein Lied über den Sonnenschein trällerte. Er legte seine Arme um ihre Taille und zog sie zu sich heran. Dottie wiegte sich in seinen Armen, während sie zu Emmies Lied tanzten.

Jack beugte sich nahe heran und flüsterte in Dotties Ohr: »Kann ich morgen Emmie mit in die Stadt nehmen? Die Jungs im Kaffeeladen möchten sie gerne treffen. Es ist jetzt über zwei Jahre her. Sie glauben, ich erfinde sie.«

Dotties Körper versteifte sich in Jacks Armen. »Nein.«

Jack seufzte. »Das verstehe ich nicht. Ihr Leben spielt sich nur in diesem Bauernhaus und mit uns ab. Sie muss mal raus. Was kann es ihr schaden?«

»Ich sagte Nein, Jack. Lass es dabei.«

Jack zog sich von Dottie zurück. Sie konnte manchmal so stur sein. Er verstand nicht, was es schaden könnte. Dottie verhätschelte sie zu sehr. Anfangs hatte er es noch verstanden, aber konnte es so weitergehen? Es verwirrte ihn. Das Kind brauchte Kontakte. Sie brauchte Freunde. Sie brauchte ein Leben außerhalb dieses Hauses, wenn auch nur für ein oder zwei Stunden.

Er wollte nicht denselben Fehler bei Emmie machen, wie sie ihn bei Mary gemacht hatten.

»Ich bin aber nicht müde, Oma.« Emmie steckte ihre Hände in das Oberteil, das ihre Großmutter ihr hinhielt, und schob ihren Kopf durch die Öffnung. Sie zitterte, da eine kühle Brise sie am Bauch kitzelte, ehe ihr Pyjamahemd ihn bedeckte.

»Ich weiß, dass du nicht müde bist, Emmie, aber deine Omi schon. Diese Party hat mich müde gemacht. Wir trocknen jetzt deine Haare, damit Opa hochkommen kann, um dich zuzudecken, okay?«

Die Prinzessinnenlampen in Emmies Zimmer glimmten auf, als die Großmutter den Schalter betätigte. Ein sanftes Leuchten erfüllte das Zimmer. Sie liebte ihr Schlafzimmer.

Emmie zuckte zusammen, als die Großmutter das Handtuch von ihrem Haar abnahm. Sie zog immer daran, wenn sie das tat.

Die Großmutter ging zum Bett hinüber und setzte sich auf die Fersen. Sie klopfte auf das Bett. Emmie ließ sich auf den Boden fallen und rührte sich nicht vom Fleck. Sie hob den pinkfarbenen Löwen neben sich auf und drückte ihn fest an sich. Pinky mochte auch nicht, wenn ihre Haare gekämmt wurden.

»Tut mir leid, Liebes. Hier, komm und setz dich vor mich.«

Emmie stand auf und seufzte. Opa würde bald hier sein, und er würde ihr keine Geschichte vorlesen, wenn ihre Haare nicht trocken waren.

»Da, so ist es recht«, sagte Oma.

Emmie schlug die Beine unter, genau wie Oma.

»Versprichst du, vorsichtig zu sein?« Emmie hielt den Kamm fest in ihrer Hand.

»Erinnerst du dich an diese Spülung, die wir in deine Haare gegeben haben und die nach Kokosnuss riecht? Das löst alle Knoten auf, Emmie.« Sie streckte ihre Hand aus. »Also, gib mir jetzt bitte den Kamm.«

Emmie erinnerte sich an die Flasche mit dem pelzigen Tier darauf. Oma nannte es Koalabär. Sie schloss die Augen, während der Kamm durch ihre Haare strich. Ein paarmal wurde ihr Kopf nach hinten gezogen, aber es hat bis jetzt nicht wehgetan. Oma summte ein Lied; es klang schön.

»Mama hat mir dieses Lied auch vorgesungen, wenn sie mein Haar kämmte. Ich mag es«, sagte Emmie. Das Kämmen hörte auf, und sie konnte Oma nicht mehr summen hören.

»Also, sind wir schon bereit für eine Geschichte?«

Emmie sprang auf. Opas Stimme überraschte sie.

»Oh, Jack, ihre Haare sind noch nicht trocken«, sagte Oma. Emmie ließ die Schultern hängen. »Warte noch, Liebling, wir machen für heute Nacht einen Zopf, okay?«

Die Großmutter fuhr mit dem Kamm noch einmal durch ihr Haar. Emmies Kopf wurde beim Flechten ein paarmal zurückgezogen, sie konzentrierte sich mit ihrem Blick auf Opa.

Er lächelte sie an.

»Kann ich eine Geschichte aussuchen, Opa?«, fragte Emmie. Jack hatte ein Buch aus ihrem Regal gezogen, es war aber nicht das richtige. Emmie dachte an ein besonderes Buch für heute Abend.

Sie sprang von ihrem Bett, sobald die Großmutter ihr Haar fertig geflochten hatte, und rannte zum Bücherregal. Kniend ging Emmie ihre Bücher durch und suchte nach dem einen mit dem rosa Umschlag. Als sie es fand, zog sie es heraus und hielt es hoch. »Dieses hier.«

Opa zog seine Nase hoch und klopfte dann mit seinen Fingern auf das Buch. Als er sich niederbeugte und Emmie in die Augen sah, riss sie das Buch aus seiner Hand und hielt es nahe an ihre Brust.

»Warum gerade dieses Buch, Herzchen?«, wollte Opa wissen.

Emmie streichelte seine Wange. Die kratzigen Haare kitzelten. Opa legte seine Hand über ihre.

»Weil es mein Lieblingsbuch ist.« Emmie sah ihm in die Augen. »Können wir es heute Abend lesen?«

Als Opa seine Hand ausstreckte und sie zu sich zog, kuschelte sie sich eng an ihn. Sie liebte es, wenn er sie festhielt. Das Buch fest zwischen sich und Opa geklemmt, legte Emmie ihre Arme um seinen großen Körper und drückte ihn, so fest sie konnte. Manchmal versuchte sie, ihre Finger hinter ihm zusammenzubringen. Noch nicht, aber eines Tages, wenn sie größer war, würde sie es schaffen.

»Natürlich können wir das. Los, komm«, sagte Opa.

Emmie quietschte, als er seine Arme unter ihre Beine schob und sie in die Luft warf. Ihr Magen drehte sich um. Sie hatte Angst, dass Opa sie fallen ließ.

»Sag mir, warum du dieses Buch so sehr magst, Emmie«, sagte Opa, als er sie auf ihr Bett plumpsen ließ. Ihre Decken bauschten sich um sie herum auf, als sie in die Matratze sank. Ihr Körper federte ein paarmal hoch, und sie kicherte.

Sie wartete, bis er sich mit ihrem Lieblingsbuch in der Hand an den Rand ihres Bettes setzte. Er schlug es auf und legte seinen Finger unter das erste Wort. Emmie starrte das Bild auf der Seite an.

»Weil das da ist, wo Mami ist.«

KAPITEL NEUN

Das Haus war von Stille durchflutet. Das einzige Geräusch war das Klatschen einer Karte, als sie auf dem Küchentisch landete. Ein sanfter Schein der gedimmten Beleuchtung überzog den Tisch. Es war hell genug, dass Jack die Karten in der Hand sehen konnte, die er ausspielte, aber noch dunkel genug, um durch das Küchenfenster zu beobachten, wie die Sonne hinter dem Hügel hervortrat.

Er war bei seinem dritten Patiencespiel und trank seine zweite Tasse honiggesüßten Tee, als er das Tapsen von kleinen Füßen auf der Treppe hörte. Er warf einen Blick auf die Uhr, die auf dem Tisch lag. Sie war früh dran. Er spielte sein Spiel weiter; eine weitere Karte klatschte auf den Tisch, bevor Emmie auf einen Stuhl neben ihm kletterte.

»Guten Morgen, Opa«, sagte Emmie und gähnte. Sie rieb sich die Augen und legte ihren Kopf auf die verschränkten Arme, wobei sie sich kaum wach halten konnte. Haarsträhnen hingen aus ihrem Zopf; die lockigen Teile bedeckten den Kopf wie eine Decke.

»Guten Morgen, meine Süße.« Jack sah die Zehen, die unter Emmies rosa Morgenmantel hervorschielten. Sie wackelten, als wollten sie Hallo sagen.

»Wo sind die Pantoffeln? Du weißt, dass es am Morgen zu kalt für deine Füße ist.«

Emmie gähnte noch einmal. »Die schlafen doch noch, Opa.«

Jack streckte seine Hand aus und zerzauste ihr Haar. »Das solltest *du* auch, Prinzessin. Es ist noch zu früh, um aufzustehen. Siehst du?« Er deutete auf das dunkle Fenster. »Die Sonne schläft auch noch.«

Jack nahm einen Schluck aus der Teetasse und verzog das Gesicht, als die kalte Flüssigkeit seine Lippen berührte. Stöhnend arbeitete er sich aus dem Stuhl hoch. Seine Knie knackten, als er sich am Tisch abstützte.

Als er seinen Becher mit Wasser nachfüllte, piepte Emmies schläfrige Stimme hinter ihm. »Kann ich Tee haben, Opa?«

Er tauchte seinen Teebeutel ein paarmal ins heiße Wasser, ehe er dann Wasser in die andere Tasse goss, die bereits auf der Anrichte stand. Jeden Morgen war es die gleiche Routine. Er trug beide Tassen zum Tisch hinüber, tauchte seinen Löffel in den Honig ein und rührte damit in der Tasse herum. Emmie tat es ihm dann nach. Sie drehte den Löffel erst im Uhrzeigersinn und dann gegen den Uhrzeigersinn, genau wie Jack jeden Morgen. Er duckte sich weg, um ein Lächeln zu verbergen.

Jack nahm sein Kartenspiel auf und wollte gerade die oberste Karte ziehen, ohne auf die Kartenreihe auf dem Tisch zu achten, als ein kleines Kichern ertönte. Er ließ die Karte in seiner Hand sinken und sah seine Enkelin blinzelnd an, dann schaute er auf den Tisch. Er überflog jede Reihe ein paarmal, bevor er den Trick bemerkte, den sie abgezogen hatte. Sie hatte seine Karten vermischt.

Die kleine Hexe.

»Pst«, sagte Jack, »du willst doch Oma nicht aufwecken.«

Emmie legte ihre Hände auf den Mund und beruhigte sich. Ihre Augen funkelten immer noch.

Jack legte seine Karten neu. »Ich wollte dir eigentlich ein Geheimnis verraten, aber ich glaube, damit warte ich jetzt.«

Mit gesenktem Kopf schielte er aus einem Augenwinkel, um Emmies Reaktion zu sehen.

Ihre kleinen Lippen waren zu einem Schmollmund geformt. Jack grinste. So ein liebes kleines Mädchen. Er klopfte mit den Fingern auf den Tisch, während sie wartete. Genau wie Mary.

Sein Herz schmerzte, als er an seine Tochter dachte. Er vermisste sie. Es war schon über zwei Jahre her, seit er das letzte Mal mit ihr gesprochen hatte. Er hatte sie angefleht, nach Hause zu kommen, die Straßen und das Leben, das sie lebte, hinter sich zu lassen. Aber sie hatte sich geweigert. Obwohl es sie umbrachte, wollte sie nicht nach Hause kommen. Er fragte sich oft, was er falsch gemacht hatte. Was hatte er ihr getan, dass sie weglief und nie mehr nach Hause kam? War er ein so schlechter Vater gewesen? Hatte er seinem kleinen Mädchen nicht genug Aufmerksamkeit geschenkt?

Als Dottie Emmie nach Hause brachte, schwor er sich, die gleichen Fehler nicht zu wiederholen. Dieses Mal würde er es richtig angehen. So viel war er Mary schuldig.

»Opa.« Emmies Stimme unterbrach seine Träumerei. Sie streckte ihre Hand aus und berührte ihn. Er schaute auf und sah ihr Lächeln. Niemand konnte so lächeln wie Emmie. So strahlend, so voller Leben. Sein eigener kleiner Sonnenschein.

»Ich kann ein Geheimnis für mich behalten. Versprochen. Das kann ich«, sagte Emmie. Sie hielt zwei Finger gekreuzt hoch.

Er lachte und langte hinüber, um sie auseinanderzunehmen. »Das kannst du, nicht wahr?«, sagte er.

Sie nickte.

»Also … ich habe eine besondere Überraschung, aber du musst noch ein paar Tage warten. Es ist ein Geheimnis.« Jack legte eine weitere Karte ab.

»Opa, bitte!« Emmie legte ihren Kopf zur Seite; ihre Grübchen zeigten sich, als sie ihn anflehte.

Jack schüttelte den Kopf. »Du musst einfach ein braves kleines Mädchen sein.« Er legte noch eine Karte auf dem Tisch ab. In der Küche herrschte wieder Stille, die nur vom schlürfenden Geräusch unterbrochen wurde, das Emmie machte, als sie an ihrem honiggesüßten Wasser nippte.

»Schau, Opa.«

Jack sah hoch. Die Sonne ging auf. Unzählige Farben glänzten im taubedeckten Gras. Die aufgehende Sonne war von einem kristallklaren blauen Himmel und weißen, flauschigen Wolken umrahmt. Jack sammelte seine Karten ein und wickelte ein Gummiband drum herum.

»Wie ich höre, will da jemand seine ganz eigene Schaukel, hm?«, sagte Jack.

Emmies Kopf fuhr herum.

»Also, ich glaube, ich hätte da noch die alte Baumschaukel deiner Mami irgendwo im Gartenschuppen. Willst du mir später danach suchen helfen?«

Emmie sprang hoch. »Darf ich?«

Ehe Jack antworten konnte, waren Fußtritte auf der Treppe zu hören. Emmie setzte sich in ihren Stuhl, und Jack sammelte die beiden Tassen ein und ging zur Anrichte in der Küche.

»Kann sie *was*, Jack? Was kann Mary tun?«, wollte Dottie wissen, als sie in die Küche kam.

Jack hielt inne und sah sie an. Um ihre Augen waren dunkle Ringe, und ihre Haare sahen wie die einer Vogelscheuche aus. Sie drückte ihren zerrissenen Morgenmantel eng an den Körper.

»Dottie?«, fragte Jack. Er ging zu ihr und legte seine Arme um sie. Sie lehnte sich an ihn. »Hast du gut geschlafen, Schatz?«

Dotties Augen waren wie von einem müden Schleier umgeben, und sie zuckte die Achseln.

»Opa?« Emmie flüsterte durch die Küche. Er drehte sich zu ihr um. Emmie saß ganz klein vor dem großen Tisch. Sie wirkte so schmächtig. Ihre Augen waren groß wie Untertassen, als sie Dottie anstarrte.

»Was wird Mary tun, Jack?« Dottie hielt ihn mit ihren Fäusten am Hemd fest. Sie starrte ihm in die Augen. *Was ging ihr durch den Kopf?*

Jack lehnte seinen Kopf gegen Dotties. Er schloss seine Augen.

»Emmie. Nicht Mary, Emmie.« Jacks Stimme wurde brüchig, als er Marys Namen flüsterte.

»Emmie?« Dotties Augen schlossen sich, als sie den Namen aussprach. »Wo ist Mary? Jack, wo ist Mary?« Dotties Stimme wurde eine Oktave höher, ihre Finger waren weiß vom Griff, mit dem sie sein Hemd hielt. Jack zog sich weg. Sein Herz brach, als er das tat. Dottie so zu sehen tat weh. Es war nicht fair. Seine strahlende, fröhliche Frau wurde vor seinen Augen langsam zu einer Hülle.

Jack strich mit seinen Händen Dotties rauen Morgenmantel entlang. Er schaffte es zu lächeln und hoffte, Dottie könnte nicht dahintersehen.

»Liebling, Mary ist nicht hier. Aber ihre Tochter. Emmie. Emmie ist hier«, sagte Jack. Er sah zu seiner Enkelin hinüber und lächelte sie an. »Das ist Marys Tochter. Wir wollten später nach dieser Schaukel suchen, erinnerst du dich?«

Niemand sagte etwas. Dottie streifte Jacks Hand von ihrem Arm ab und trat einen Schritt zurück. Sie schaute auf Emmie, wandte dann aber ihren Kopf ab.

»Ich bin müde, Jack. Ich geh wieder ins Bett.«

Jack ließ die Schultern hängen. Seine Hände fielen an den Seiten herab. Er ging einen Schritt zurück und stieß an die

Ecke der Anrichte. Über der Küche hing eine schwere Stille. Niemand bewegte sich.

Bis Emmies kleine Stimme die Stille unterbrach. »Oma«, sagte sie mit tränengefüllten Augen. »Ich vermisse meine Mami.«

KAPITEL ZEHN

Megan lag auf dem Liegestuhl, das unaufhörliche Piepen ihrer Backofenuhr riss sie aus ihrer Träumerei. Das großartige Wetter hatte sie angemacht, und sie hatte Lust auf ein Sonnenbad bekommen, während ihre Schoko-Mandel-Scones im Ofen buken. Ihr träger Körper täuschte sie, als sie die warmen Sonnenstrahlen aufsaugte. Sie hätte einschlafen können, was auch passiert wäre, wenn die Scones nicht gewesen wären.

Sie genoss die Ruhe des Tages. Es kam nicht oft vor, aber ihr Kalender war leer. Keine Termine, niemanden, den sie anrufen musste. Eine leere Liste.

Es hätte für sie eine willkommene Schonfrist, eine erfreuliche Pause sein sollen, aber es machte Megan verrückt. Wenn sie nicht etwas hatte, auf das sie sich konzentrieren konnte, kamen die Erinnerungen wieder hoch. An Emma. An das kleine Mädchen im Donutladen. An Peters Telefonat mit Samantha.

Deshalb hatte sie gebacken.

Als sie die Scones aus dem Ofen zog, klingelte das Telefon. Megan schaute auf die Uhr. In zwei Stunden war die Schule aus. Sie zog sich den Topfhandschuh von der einen Hand, nahm das Telefon und klemmte es sich zwischen Schulter und Kinn.

»Hallo, Liebe, ich rufe nur an, weil ich wissen wollte, ob ich heute mit der Schulwegbegleitung dran bin. Ich kann mich nicht erinnern.« Lauries fröhlicher Ton zauberte ein Lächeln auf Megans Gesicht.

»Hast du nicht auf den Plan geschaut, den ich am Anfang des Monats gemailt habe?« Megan seufzte. Warum hatte sie überhaupt gefragt? Laurie hatte nicht das beste Gedächtnis für solche Dinge.

»Ähm, ich glaube, ich habe ihn gelöscht, ohne ihn auszudrucken.«

»Warum wundert mich das nicht?« Sie setzte die Scones auf die Platten zum Abkühlen und ging dann zum Korkboard neben dem Kalender an der Wand.

»Ja, du bist dran. Heute und dann am Freitag, die übliche Route.« Beide, Megan und Laurie, übernahmen zwei Schichten pro Woche in der Schule. Die meisten Eltern übernahmen nur alle zwei Wochen einen Tag.

»Super. Ich hatte das Gefühl, dass ich dran bin. Und, was machst du?«

»Backen.«

»Warum, was ist los?« Laurie kannte sie so gut, manchmal zu gut.

»Ich kann backen, ohne dass etwas nicht stimmt, weißt du«, sagte Megan.

Laurie schnaubte ins Telefon: »Ja, genau wie ich jeden Morgen mit dir laufen gehe, weil ich mich so gerne quäle. Du backst nur, wenn etwas nicht stimmt. Also, was gibt's?«

Megan nahm den anderen Topfhandschuh ab, legte beide in die Schublade und lehnte sich gegen den Schrank. »Es ist wieder einmal so ein Tag.« Sie starrte aus dem Fenster.

»Sie werden bald besser werden; sie müssen.«

Megan schüttelte einfach den Kopf. Wenn sie nur wüsste. Sie antwortete nicht. Stattdessen nahm sie den inzwischen kalten Kaffee, den sie heute Morgen gemacht hatte, goss ihn in ein Glas, gab ein paar Eiswürfel und Sahne dazu und ging wieder zu ihrem Liegestuhl zurück.

»Megan?«, unterbrach Laurie das Schweigen.

Megan stellte ihr Glas auf die Holzbank neben dem Liegestuhl und seufzte. Tränen liefen ihr über die Wangen.

»Was ist sonst noch passiert, Süße?«

»Ach, Laurie«, flüsterte Megan ins Telefon. Sie konnte es nicht fassen, dass sie weinte. Wieder. Sie war sich sicher, dass sie sich an diesem Morgen ausgeweint hatte.

»Okay, jetzt machst du mir Angst. Ist einem der Mädchen etwas passiert? Ist es wegen Emma?«

Megan unterdrückte ein Schluchzen. Sie wollte nicht darauf eingehen.

»Ich dachte, ich hätte neulich Emma gesehen«, sagte sie. Das zuzugeben, es laut auszusprechen tat weh. Aber wenn es jemand verstehen konnte, dann war es Laurie. Jene Freundin, die durch dick und dünn zu Megan hielt.

Megan wartete, bis Laurie etwas sagte. Irgendetwas. Etwas wie: »Ach, Süße, du bist okay«, aber stattdessen war da nur Schweigen. Eine ganze Weile lang nichts. Megans Herz schlug schneller. *Glaubt sie auch, dass ich verrückt werde?*

»Weiß es Peter?« Lauries Stimme war leise und sanft.

»Nein«, sagte Megan. Sie hatte Angst, es ihm zu sagen, obwohl sie das gegenüber Laurie nicht zugeben würde. Das konnte sie nicht. Das ging nur sie und Peter etwas an.

»Hast du deine Therapeutin angerufen? Du hast doch noch ihre Privatnummer für den Notfall, nicht wahr?«

Megan seufzte. Die Psychiaterin anzurufen war das Letzte, was sie tun wollte. Sie wollte keine Medikamente mehr nehmen.

»Megan?« Laurie musste den Seufzer gehört haben.

»Nein, ich habe nicht angerufen, und ja, ich habe die

Nummer noch. Du weißt, was passieren wird, wenn ich es ihr sage. Ich will nicht auf irgendwelche verrückten Drogen gesetzt werden, Laurie.« Megan nahm einen tiefen, ruhigen Atemzug. Ein und aus, ein und aus.

»Das sind keine verrückten Drogen, Meg, nur solche, die dich ein wenig beruhigen sollen.«

Megan verbiss sich eine scharfe Erwiderung. Wenn noch eine einzige Person ihr sagte, dass sie Medikamente bräuchte, würde sie schreien. Sie war *nicht* überwältigt. Es war einfach ein schlechter Tag. Morgen würde es besser sein. Es gab keinen Grund, sich Sorgen zu machen.

»Okay, hör zu. Du und Peter, ihr braucht heute Abend etwas Zeit für euch alleine, um darüber zu sprechen. Ich werde mich um die Mädchen kümmern. Ich hole sie von der Schule ab und mache mit ihnen einen Einkaufsbummel …«, sagte Laurie.

Megan unterbrach sie, bevor sie zu Ende sprechen konnte. »Nein, das ist schon in Ordnung. Wir schaffen das schon.«

Ein frustrierter Seufzer kam über das Telefon. »Würdest du mich ausreden lassen?«

Megan schloss die Augen. Sie war nicht sicher, was Laurie sagen wollte, aber sie konnte sich nicht vorstellen, dass es besser war als das, was sie bereits gesagt hatte und was Megan bereits dachte. Selbstverdammung war die schlimmste Form der Bestrafung.

»Die Mädchen können bei mir sein, damit du und Peter etwas Zeit für euch alleine habt. Du musst es ihm sagen, Megan. Du hast versprochen, dass du das tun würdest, wenn es je wieder vorkommt. Und du kannst den Stress der Mädchen um dich nicht gebrauchen, wenn du es ihm sagst«, meinte Laurie.

Megan nickte, räusperte sich aber, als ihr klar wurde, dass Laurie sie nicht sehen konnte.

»Den Mädchen macht das sicher Spaß. Danke.«

Sie legte das Telefon auf den Schoß und hob das Gesicht in die Sonne. Sie wollte sich einfach wieder warm fühlen. Aber irgendwie schien das Kältegefühl in ihrem Körper permanent zu sein.

Sie hielt das Telefon in ihrer Hand. Die Nummer hatte sie schon gewählt, sie musste nur noch die Verbindungstaste drücken. Warum zögerte sie dann? Sie stand auf ihrer Veranda und schaute über ihren Garten. Hüpfseile lagen achtlos auf der Wiese herum und dazu ein aufgeblasener Wasserball, den die Mädchen letztes Wochenende auf einer Geburtstagsparty erhalten hatten. Daneben schmückten Pusteblumen den Garten.

Megan lächelte, als sie sich das Bild von Emma an ihrem ersten Geburtstag in Erinnerung rief. Sie hatte angefangen zu laufen, hasste es aber, jede Art Schuhe oder Hausschuhe an ihren Füßen zu tragen. Sobald Megan sie im Gras abgesetzt hatte, fing sie auch schon an zu weinen. Sie mochte das kratzige Gefühl des Grases nicht an ihren empfindlichen Füßen. Peter hatte sie hochgehoben und sie Prinzessin genannt. Sie hörte erst auf zu weinen, als sie die Pusteblumen sah. Megan hatte Emma fotografiert, wie sie im Gras saß, ihren Schoß voll mit gepflückten Löwenzahnköpfen. Peter saß neben ihr und hatte eines dieser Unkräuter hinter Emmas Ohr gesteckt. Wirklich eine Prinzessin.

Megan atmete tief ein und drückte die Verbindungstaste am Telefon. Sie hatte ein flaues Gefühl im Magen, als sie auf das Klingelzeichen hörte. Während sie wartete, kribbelte ihre Haut an den Armen, als ob kleine Ameisen im Gänsemarsch zu ihrer Schulter hochmarschierten. Eine Stimme schrie in ihrem Kopf, sie solle auflegen. Sie hätte schon fast aufgegeben und aufgelegt, als sich eine Stimme meldete.

»Kommissar Thompson hier.«

Megan schluckte. Sie hatte Peter versprechen müssen, nicht ohne sein Wissen den Kommissar anzurufen, der Emmas Fall bearbeitete. Zu schade für Peter, dass seine Tochter wichtiger war.

»Hallo? Hier ist Kommissar Riley Thompson, was kann ich für Sie tun?«

Megan schaute auf die Pusteblumen und stellte sich ihre Tochter vor, wie sie da im Gras saß. Schließlich antwortete sie. »Riley, hier ist Megan. Megan Taylor«, sagte sie. Sie wusste, dass sie sich nicht vorstellen musste, da er sie wahrscheinlich an der Stimme erkannte, aber es war eben eine Gewohnheit. Das hielt die Beziehung auf einer professionellen Ebene.

»Mrs Taylor, es ist schon eine Weile her. Wie geht es Ihnen?«

Die warme Vertrautheit seiner Stimme hüllte sie ein; die Schmetterlinge in ihrem Bauch beruhigten sich. Es war richtig, anzurufen.

»Haben Sie irgendetwas gehört? Hat irgendjemand sie gesehen, oder gab es Anrufe bezüglich Emma?« Wenn sich ihr Gespräch auf Emma konzentrierte und auf sonst nichts, konnte Peter nichts dagegen haben. Oder?

»In der Tat, Meg… Mrs Taylor, ich wollte Sie gerade anrufen«, sagte er.

Megans Herz schlug bis zum Hals hoch. Sie bekam den Fehler in dem Moment mit, als er anfing, ihren Namen auszusprechen. Sie setzte sich auf die Verandastufen, beugte sich nach vorne und strich über die Blütenblätter der Petunien, die sie in einem Topf gepflanzt hatte.

»Es gibt eine forensische Zeichnerin, die mit unserer

Abteilung zusammenarbeitet. Ich weiß, dass Emmas Geburtstag bevorsteht, deshalb habe ich sie um ein aktuelles Phantombild gebeten.«

»Gestern«, flüsterte Megan ins Telefon.

»Wie bitte?«

»Gestern«, wiederholte Megan. »Emmas Geburtstag war gestern.« Es gab eine Pause am Telefon. Im Hintergrund war leichtes Papierrascheln zu hören.

»Richtig, gestern. Tut mir leid, ich wusste das. Ich wollte Ihnen Bescheid geben, dass ich altersgemäße Phantomzeichnungen von Emma habe. Ich kann sie vorbeibringen, wenn Sie möchten. Ihr Bild wurde auf der nationalen Website bereits aktualisiert. Auf der nächsten Reihe von Flugblättern, die in Umlauf kommt, wird ihr neues Bild sein.« Es war noch mehr Papierrascheln zu hören. »Das war eigentlich gestern.«

Megan stand auf und ging auf dem Steinweg in den hinteren Garten. Vor Jahren hatte sie entlang des Zaunes einen Blumengarten gepflanzt. Es gab ein paar Nachzügler, die andauernd blühten. Vielleicht sollte sie sich überlegen, in diesem Jahr ein paar Pflanzen zu kaufen. Das wäre ein gutes Sommerprojekt für Alexis.

»Sie meinen Phantombilder, wie sie jetzt aussehen würde, richtig?«, wollte Megan wissen. Als Emma zuerst verschwunden war, hatten sie ihr Foto überall verbreitet. Auf Anschlagtafeln, Telegrafenmasten und in Schaufenstern von Geschäften. Sie hatten viele Anrufe erhalten, aber nichts, das darauf hinweisen konnte, wo Emma war. Vielleicht war es diesmal anders. Zumindest war es gut, zu wissen, dass sie nicht die Einzige war, die versuchte, ihre Tochter zu finden.

»Richtig. Haben Sie und Peter heute Abend Zeit? Ich könnte sie bei Ihnen vorbeibringen, damit Sie sie anschauen können.«

Megans Hand fing leicht zu zittern an. Sie fing an, bis

drei zu zählen. Eins – einatmen. Zwei – ausatmen. Drei – die Augen aufmachen.

Der verlockende Gedanke, das Gesicht ihrer Tochter zu sehen, wie sie heute ausschauen würde, zerrte an ihr. Hätte sie denselben Fehler im Donutladen gemacht, wenn sie das Bild bereits gekannt hätte? Das Gesicht dieses kleinen Mädchens, dieser Ausdruck in dessen Augen, verfolgte Megan. Sie hätte es besser wissen müssen. Sie hätte sichergehen müssen, wirklich sicher, dass es Emma war, bevor sie die Hand des kleinen Mädchens ergriff.

Aber dann dachte sie daran, was ihr heute Abend bevorstand. Dass sie ehrlich zu Peter sein musste. Es war wahrscheinlich kein schlauer Schachzug, den Mann, dem sie sich auf der Suche nach Wärme fast zugewandt hätte, herkommen zu lassen und Peter beichten zu müssen, dass sie noch ein anderes Versprechen gebrochen hatte.

»Nein, Riley, ich fürchte, heute Abend passt es nicht.«

KAPITEL ELF

»Schöner kleiner Löwenzahn, bist ganz gelb gekleidet, lass uns ein Halsband für die schöne Prinzessin winden«, sang Emmie. In ihrem Schoß lagen lauter Löwenzahnköpfe, woraus sie eine Kette für ihren Hals machte. So schöne Blumen. Opa nannte sie *dieses verdammte Unkraut*, aber sie fand sie hübsch. Eine Kette hatte sie bereits fertig. Sie schmückte Daisys Hals. Für Oma sollte sie auch eine flechten. Vielleicht würde sie das glücklich machen.

Daisy bellte. Ihr kleines Gekläffe wurde lauter, während sie damit kämpfte, diese Kette loszuwerden.

»Pst, Daisy. Pssst! Weck Oma nicht auf.« Sie beugte sich vor, um Daisy zu packen, aber ihre Hände griffen ins Leere. *Oh, Daisy.*

Emmie blickte sich suchend im Garten um. Am Baum lehnte ein großes Rad. Opa hatte versprochen, dass er ihr eine Schaukel baute. Vielleicht, wenn er wieder zu Hause wäre. Sie sah auf die Einfahrt hinaus und die Straße hinunter, aber Opas Pick-up war nicht da. Emmies Körper fühlte sich in der warmen Sonne ganz schlaff an. *Ich wünschte, Opa würde sich beeilen*, dachte sie.

»Pssst, kleines Mädchen!«

Erschrocken sprang Emmie hoch. Der Löwenzahn fiel ihr aus dem Schoß, und sie zertrat ein paar davon unter ihren Füßen, als sie aufstand. Sie sah sich um. Wer hatte sie gerufen?

»Hallo, Freundin, hier drüben!«

Eine Hand winkte ihr durch den Zaun hinter Omas Garten zu. Ihre Freundin!

»Psssst«, antwortete Emmie flüsternd. Sie wollte nicht, dass Oma es hört. Emmie hüpfte zum Zaun hinüber. Das Gras kitzelte an ihren Fußsohlen. Sie hielt am Rande des Gartens an. Daisy bellte zur Begrüßung. Emmie sank auf die Knie, hob Daisy hoch und drückte sie eng an sich. Daisy leckte über Emmies Gesicht. Emmie kicherte, als Daisys nasse Zunge an ihrer Nase und an den Wangen kitzelte. Es war schwer, Daisy zu halten; sie drehte sich ständig in ihren Armen hin und her.

»Hallo, Freundin!« Eine Hand schaute zwischen dem Zaun heraus und winkte ihr zu.

Emmie hielt ihr Gesicht nahe an die Zaunbretter und lächelte. Ihre Freundin sah heute hübsch aus. Emmie gefiel ihr Kleid – es war hellgelb mit rosa Punkten. Emmie blickte auf ihr eigenes Kleid hinunter. Rosa mit gelben Blumen. Sie passten zusammen. Emmie kicherte. Ihre Freundin kicherte auch. Daisy fiel aus ihren Armen und steckte ihre Schnauze durch den Zaun.

»Freundin, ich hab das für dich«, sagte das kleine Mädchen. Sie streckte ein Eis durch den Zaun. Es tropfte schon am Stiel herunter.

Emmie rümpfte die Nase, ehe sie das Angebot annahm. Daisy sprang hoch, leckte daran und machte Sitz. Sie sah so süß aus, wenn sie den Kopf so geneigt hielt. Emmie quietschte vor Freude. *Daisy machte Sitz!* »Braves Mädchen, Daisy. Braves Mädchen!« Emmie kniete sich nieder und ließ sie zur Belohnung am Eis lecken.

»Dein kleiner Hund ist süß.«

Emmie schaute hoch und sah, wie ihre neue Freundin die Hand nach Daisy ausstreckte. Deshalb wollte sie Daisy näher hinschieben, aber sie wollte sich nicht bewegen.

»Freundin, kannst du zum Spielen kommen? Wir können uns auf die Schaukeln setzen. Das macht Spaß. Bitte!«

Emmie trat zur Seite, damit sie besser durch den Zaun gucken konnte, ohne dass ihre Freundin ihr die Sicht versperrte. Der Nachbargarten sah nach viel Spaß aus. Ein Picknicktisch, ein Sandkasten, Schaukeln. Emmie blickte auf die Reifenschaukel hinter ihr, die am Baum hing, und dann wieder auf die echten Schaukeln. Sie wünschte, sie könnte hinübergehen. Warum erlaubte es Oma nicht? Es war nicht fair. Oma war nie ein Kind. Emmie schüttelte den Kopf. Oma war einfach alt.

Sie ließ sich hinplumpsen und zupfte am langen Gras, das am Zaun entlangwuchs. Emmie pflückte ein paar Löwenzahn, wollte sie aber nicht alle. Sie sahen schön aus.

»Ich kann nicht«, sagte sie zum Mädchen. »Oma hat gesagt, ich könne nur in unserem Garten spielen.«

Ihre Freundin ließ sich auf den Boden nieder, zog ihren Rock über die Knie und lächelte. »Okay. Willst du also ein Spiel spielen?«

»Ich sehe was, was du nicht siehst?« Emmie spielte gerne Spiele. Mami hatte das oft mit ihr gespielt.

Das Mädchen auf der anderen Seite des Zaunes klatschte in die Hände. »Ich fange an! Ich sehe was, was du nicht siehst, und das ist gelb.«

Emmie sah sich um. »Ist es der Löwenzahn?«

»Nee.«

Emmie schaute auf das Kleid ihrer Freundin. Ein Lächeln erhellte ihr Gesicht. »Dein Kleid!«

»Ne-he.«

Emmie verzog das Gesicht. Opa sagte, dass man dadurch besser denken kann. Er sagte auch, wenn man sich den Kopf reibt oder am Kinn kratzt, funktioniert das auch. Sie dachte nach und dachte nach, schaute sich um, aber sie konnte nichts anderes finden, das gelb war. Daisy bellte hinter ihr, und sie sprang auf. Emmie drehte sich um. Vielleicht jagte Daisy nur eine Biene. Daisy stand an der Kieseinfahrt und wedelte mit ihrem kleinen Schwanz. Auf der anderen Seite der Einfahrt stand Oma. Mit verschränkten Armen. Oh-oh.

»Muss los«, flüsterte Emmie eilig und zupfte sich die Grasstückchen vom Kleid weg. Oma mochte es nicht, wenn sie ihre schönen Kleidchen schmutzig machte. Sie machte einen Schritt den kleinen Hügel hinunter, der zur Einfahrt führte. Die Stimme ihrer Freundin hielt sie auf.

»Es sind die schönen Blumen auf deinem Kleid«, sagte sie.

Emmie lächelte. Ihrer Freundin gefiel ihr Kleid. Sie hüpfte den Hügel hinab, bis ihre Füße die Steine auf der Einfahrt berührten. Ihre Füße taten weh, wenn sie über die Steinchen hüpfte. Opa meinte, er würde sie einebnen und einige Steine herausnehmen, aber das war ein Projekt für ein andermal. Das sagte er immer.

Sie ging auf Zehenspitzen, vorsichtig darauf bedacht, auf keine Steine zu treten. Oma stand an der Tür und hielt sie für Emmie auf. Sie lächelte nicht.

Emmie machte einen Schmollmund. Sie war in Schwierigkeiten. Mit gesenktem Kopf dachte sie, wie sie Oma zum Lächeln bringen könnte. Solange sie lächelte, wäre alles gut. Sie streckte ihre Hand aus. In ihrer Faust steckte ein schöner Blumenstrauß. Oma mochte ihre Blumen. Sie sah in das Gesicht der Frau, die Emmie mehr liebte als das Leben. »Mehr als das Leben«, das sagte Oma immer.

Oma lächelte. »Ich glaube, ich habe die perfekte Vase dafür. Was meinst du, Emmie? Wo sollen wir sie hinstellen?«

Mit dem dicken Seil um seinen Arm wartete Jack, bis die Tür des Haushaltsladens in Kinrich sich öffnete. Vor zwei Jahren hatten sie diese automatische Tür installiert. Er wusste immer noch nicht, warum die so viel besser war als die alte. Bis die Tür sich weit genug geöffnet hatte, dass er sich durchzwängen konnte, hätte er bei der alten Tür inzwischen schon in seinem Pick-up sitzen können. Das ist das Problem mit dieser Generation, es musste immer das Neueste sein. Jack schüttelte den Kopf. Manchmal war das Alte besser.

Als Jack über den Platz zu seinem Pick-up ging, fuhr der Besitzer in seinem neuen roten Dodge Ram 3500 gerade heran. Das Ding glänzte in der Sonne. Jack stieß einen anerkennenden Pfiff aus, während er zum Gruß mit dem Kopf nickte. Der kleine Chris O'Donnel, der dünne rothaarige Junge, der Jack im Sommer oft geärgert hatte, war zu einem heißen Feger herangewachsen. Er war nicht mehr so dünn. Der Körperumfang des Jungen hatte über die Jahre zugenommen, nachdem er den Laden von seinem Vater, der an einem Schlaganfall im Kornfeld gestorben war, übernommen hatte. Jack bezweifelte, dass er seiner Mutter und den Brüdern auf der Farm half. Das Einzige, was diesen Jungen interessierte, war Geld. Genau wie die übrige Generation.

Er warf das aufgewickelte Seil in eine Kiste und sah zu, wie eine Staubwolke in die Luft stieg. Sein alter Ford glänzte vielleicht nicht so wie der des heißen Fegers, und er war auch nicht mehr so neu, aber er lief noch gut. Sein alter Ford hatte in den Jahren, seit Jack ihn gekauft hatte, mehr erlebt, war weiter gefahren und hatte mehr geschleppt, als man von ihm erwarten würde. Sie werden nicht mehr so gebaut. Nein, meine Herren. Jack klopfte auf die Seite und grummelte. Das Einzige, was die alte Betty brauchte, war, mal wieder ordentlich geschrubbt zu werden. Vielleicht würde er das vor dem Abendessen tun.

Er schaute über den Platz zum Donutladen. Auf dem Parkplatz stand nur eine Handvoll Autos. Er sah dort keinen Pick-up der Jungs. Wahrscheinlich hatte er sie verpasst. Er fuhr trotzdem hinüber, um eine Schachtel Donuts zu holen, die er seiner Enkelin versprochen hatte. Emmie liebte die leckeren Teilchen, besonders die mit Schokolade und Erdbeer gefüllten. Er fuhr auf die andere Seite zum Eingang des Drive-in und fand dort die gesuchten Pick-ups. Er schüttelte den Kopf. Er stellte seinen Wagen auf einem leeren Parkplatz ab und ging hinein.

»Ich fragte mich schon, wann Sie kommen würden, die Jungs werden ungeduldig«, sagte die Bedienung an der Theke, als Jack den Laden betrat. Die kleinen Glöckchen an der Tür bimmelten, als sich die Tür hinter ihm schloss.

»Ich kann ja nicht so spät dran sein, wenn die immer noch hier herumhängen, oder?« Jack sah zu, wie sie ihm eine Tasse schwarzen Kaffee einschenkte. Er zeigte auf die Donuts im unteren Regal. »Ich nehme auch ein paar davon mit, wenn ich gehe.«

Jack schaute zur hintersten Nische. Beide Jungs, Doug und Kenny, saßen gebeugt über ihren Kaffees und starrten zu ihm herüber. Er kannte die Männer seit seiner Kindheit. Sie standen ihm näher als seine eigenen Brüder. Einmal in der Woche fuhr Jack in die Stadt, nur um mit ihnen Kaffee zu trinken. Doug klopfte mit der Hand auf seine Uhr. Jack zuckte die Achseln und drehte sich wieder der Theke zu.

»Ich könnte auch einen Donut vertragen. Kann diese Jungs nicht alleine essen lassen.«

»Wo warst du? Wir dachten schon, du würdest diese Woche nicht in die Stadt kommen. Dougie und ich sitzen schon eine ganze Weile hier wie eine Herde Kühe beim Wiederkäuen«, sagte Kenny, als Jack Kaffee und Teller auf den Tisch stellte. Er zog einen Stuhl von einem der anderen Tische heran und setzte sich.

Jack grummelte. »Ich arbeite die Wunschliste meiner Frau ab. Ich dachte, ihr Jungs wärt inzwischen schon lange weg.«

Jack nahm einen Schluck von seinem Kaffee und spähte über den Rand. Seine Tasse war die einzige volle. Schwarze Ringe zierten die beiden anderen leeren Tassen auf dem Tisch.

Er sah zu Doug. Mit seinem grau melierten Haar sah er alt aus.

»Wann bringst du also diese Enkelin von dir mit?«, fragte Doug, als er sich im Stuhl zurücklehnte und seinen Kopf nach unten neigte, um Jack über den Rand seiner Brille anzusehen.

»Ja, ich dachte, dass du sie heute mitbringen würdest. Sonst wäre ich schon längst gegangen. Ich habe noch anderes zu tun, weißt du.« Kenny spielte mit der leeren Tasse vor sich.

Jack zuckte mit den Schultern. Dottie hatte sich standhaft geweigert, dass er Emmie heute mitnehmen durfte. Sie ließ dieses Mädchen nie aus den Augen. Das ergab keinen Sinn für ihn. Kleine Mädchen brauchten mehr als nur Teestunden und Spielzeit für Teddybären und Puppen.

»Ist Dottie immer noch wie eine Glucke?«

Jack schaute zu Doug auf und war überrascht, dass er es so schnell erraten hatte. Das wäre auch kein Wunder gewesen. Doug kannte Dottie fast so gut wie Jack. Und das gefiel Jack in der Tat nicht.

»Sie sagte, sie wolle heute mit ihr Kekse backen. Vielleicht nächste Woche.«

Unsicher, warum er das Gefühl hatte, er müsse Dottie in Schutz nehmen, war Jack noch mehr überrascht, dass er log. Doug nickte nur, was ihn aus einem eigenartigen Grund irritierte. Ohne Zweifel, Doug wusste, dass er log.

»Nimmst du sie an diesem Wochenende zum Hanton-Jahrmarkt mit? Ich habe gehört, das Riesenrad sei neu«, sagte Kenny.

Jack hatte den Jahrmarkt ganz vergessen. Wenn man auf dem Land draußen lebt, wo keine Zeitung ausgetragen wird, ist es leicht, zu vergessen, dass das Leben um einen herum weitergeht. Er wollte Emmie letztes Jahr schon mitnehmen, aber es kam nie dazu. Es hieß, Emmie sei erkältet und fühle sich nicht gut. Jack hatte sie zwar nie husten gehört, aber Dottie wusste es besser. Vor ein paar Wochen hatte er den Jahrmarkt ihr gegenüber erwähnt, als die Plakate ausgehängt wurden, aber es schien sie nicht zu interessieren, deshalb hatte Jack es verdrängt. Bis jetzt.

»Ich denk drüber nach. Es ist schon eine Weile her, seit wir dort waren. Letztes Jahr haben wir es nie geschafft.«

Doug stöhnte neben ihm und streckte seine Arme über dem Kopf aus. »Es ist wohl an der Zeit, dass ich eine Frau für mich finde, damit ich jemanden habe, der meine Tiere füttert. Ich werde alt, wisst ihr, und diese ganze schwere Arbeit macht mich fertig.«

Die Falten in seinem Gesicht dehnten sich aus, als er lächelte und sein Goldzahn auf der Seite hervorschaute.

Kenny lachte. »Ah, du gehst Bingo spielen, oder? Wird Fräulein Hot Pants auch dort sein?«

Jack grinst süffisant, als er sah, wie Dougs Gesicht von einem Grinsen in Stirnrunzeln überging. Er war schon sein ganzes Leben lang ledig. Erst vor ein paar Monaten hatte sich Doug entschieden, über seine verlorene Liebe hinwegzukommen und jemand anderen zu finden, bevor es zu spät war.

Es war ja auch an der Zeit. Er sollte sich lieber beeilen;

alte Männer wie er finden auf ihre alten Tage nicht oft eine Liebe.

»Für dich ist sie immer noch Mrs Weatherall.« Doug zeigte mit einem Finger auf Kenny. »Und zumindest unternehme ich etwas, anstatt den ganzen Tag zu jammern, wie schwer es ist, Junggeselle zu sein.« Doug zog in dem Moment, als er das sagte, einen Schmollmund. Er war gerade zu weit gegangen, und alle wussten das.

Kenny stand auf, nahm seine Tasse und den Teller und ging. Jack schaute auf Doug, der Kenny nachblickte. Er sah verloren aus. Jack drehte sich um und beobachtete, wie Kenny sein schmutziges Geschirr der Bedienung an der Theke reichte und hinausging, ohne sich ein einziges Mal zu seinen zwei Freunden umzudrehen. Er schüttelte den Kopf. Nicht gut.

»Oh, Mann, das war vielleicht dumm. Warum hab ich das gesagt?«, brummte Doug, während er zusah, wie Kenny in seinen Pick-up kletterte und davonfuhr. Jack hatte Mitleid mit ihm. »Ich hab's vermasselt, oder?« Doug sank in seinen Stuhl und ließ niedergeschlagen seine Schultern hängen.

»Na, nichts, was nicht wieder geflickt werden könnte«, sagte Jack. Er räusperte sich und nahm einen Schluck von seinem warmen Kaffee. Der Donut blieb unberührt. »Ich nehm an, dass heute kein guter Tag für ihn war. Ist irgendetwas vorgefallen?«

Doug blickte auf. »Nichts Ungewöhnliches. Er wird vergesslich, und sein Körper wird alt, und da gibt's nichts, was er dagegen machen kann. Ich nehme an, sein Arzt will ihm irgendwelche neuen Medikamente verschreiben, aber Kenny will das nicht. Er hat alle anderen in seiner Familie überlebt und denkt, wenn es Zeit zu gehen ist, dann ist es eben Zeit. Ich sagte ihm, dass ich noch nicht so weit bin.« Doug zuckte mit den Schultern. »Von der alten Clique sind nicht mehr viele übrig. Du kommst kaum noch in die Stadt, und das Leben in der alten Hütte ist nicht mehr das, was es einmal war. Man kann nicht ewig Bingo spielen.«

Jack nickte. Er verstand, was Kenny durchmachte. Bei Dotties Demenz zwang ihr der Arzt ständig diese neuen Pillen auf. Wenn Emmie nicht wäre ... Ein Kind zu verlieren richtet sonderbare Dinge im Kopf einer Mutter an. Jack dachte an Dottie und wie sie ständig Emmies Namen verwechselte. Zu oft sagte sie Mary zu ihr. Sicher, sie glich Mary als Kind, aber trotzdem. Seit sie Emmie nach Hause gebracht hatte, ging es mit ihrem Erinnerungsvermögen bergab. Es machte ihm Angst. Er wollte nicht alleine enden und dabei ein kleines Kind großziehen müssen.

Jack nahm sich noch einen Kaffee und trank die Tasse bis zum letzten Tropfen aus.

»Also, ich sollte los. Ich muss heute noch eine Reifenschaukel für Emmie aufhängen«, sagte er. »Ich könnte Hilfe gebrauchen, wenn du etwas zu tun haben willst.« Jacks Blick blieb auf den Tisch gerichtet.

Es war das erste Mal seit Langem, dass er Doug auf die Farm eingeladen hatte. Vor langer Zeit hatte er einmal geschworen, dass er ihn mit seiner Flinte erschösse, wenn er je einen Fuß auf sein Land setzen würde. Das war schon ein ganzes Leben her. Doug hatte es nie getan. Sie hatten ihre Freundschaft wieder aufgebaut, aber nur bei Kaffees und Angelausflügen. Nie bei sich zu Hause.

»Na, ich sollte bei Kenny vorbeifahren und schauen, wie's ihm geht«, meinte Doug. Seine Stimme zitterte ein wenig. Jack grummelte. Wahrscheinlich war es gut, wenn er nicht kommen würde. Manche Brücken sind zu alt, um sie wieder zu richten.

Jack nahm sein Geschirr und ging zur Theke, während Doug noch am Tisch saß. Er schaute nicht zurück.

Das Mädchen stand bereits mit seiner Donutschachtel da. Sie öffnete den Behälter und gab noch seinen ungegessenen Donut dazu, wobei sie den Kopf schüttelte. »Bis morgen, Jungs.«

Jack wollte nach Hause gehen, um zu sehen, wie es Dottie ging und um die Reifenschaukel für Emmie aufzuhängen.

KAPITEL ZWÖLF

Megan stand oben im Schlafzimmer vor einem Spiegel. Sie beugte sich vor, sodass ihr langes braunes Haar in Wellen um ihr Gesicht fiel. Sie versuchte, ihr Halsband hinter ihrem Hals zu schließen, verpasste aber immer wieder die Öse. Als sie es endlich geschafft hatte, rückte sie die Kette auf ihrer Brust zurecht, um zu sehen, wie sie saß. Nicht so tief, wie sie es gerne gehabt hätte, aber okay. Sie hob den Kopf und starrte auf die Frau vor ihr. Sie erkannte sie nicht.

Die Frau im Spiegel sah alt aus, sogar ausgezehrt. Unter ihren Augen waren Ringe zu sehen, und kein Make-up konnte die dunklen Ringe verbergen. Sie sah auf ihre Jeans hinunter, die einmal eng auf ihren Hüften saß. Sie drehte ihre Hüfte und schaute noch einmal. Die Hose sah gut an ihr aus, an manchen Stellen etwas locker, aber besser als zuvor. Das Laufen half.

Sie fasste ihre Haare zusammen und zog sie zu einem Pferdeschwanz hoch. Sie hätte sie waschen sollen. Peter mochte ihr hochgestecktes Haar – nur damit er sie wieder aufmachen konnte. Sie schloss ihre Augen und stellte sich das Gefühl seiner Hände auf ihrem Nacken vor, wie es sich anfühlte, wenn er das Gewicht ihrer Haare in seiner Hand hielt.

Ihr Kopf machte einen Ruck nach hinten. Jemand zog das Gummiband aus ihrem Haar. Sie öffnete ihre Augen. Peter stand hinter ihr. Er grinste sie an und vergrub sein Gesicht in ihrem Nacken. Seine Lippen flüsterten Versprechen auf ihre Haut, mit magischen Händen erregte er sie. Sie lehnte sich gegen seinen festen Körper und stieß einen sanften Seufzer aus.

»So eine Überraschung.«

Megan drehte sich um, bis sie ihrem Mann von Angesicht zu Angesicht gegenüberstand. Sie legte ihre Hände auf seine Brust, sah ihm in die Augen und lächelte. »Laurie hat die Mädchen abgeholt und ist mit ihnen ausgegangen. Das heißt, wir sind alleine.«

»Und du hast dich zurechtgemacht. Warum?« Peter zog eine Augenbraue hoch; auf seinem Gesicht lag ein vielsagendes Lächeln, als er seinen Blick über ihren Körper wandern ließ.

»Weil ich dachte, wir könnten fein essen gehen. Es ist schon eine Weile her, dass wir Zeit für uns alleine hatten.« Sie beugte sich vor und drückte ihm einen sanften Kuss auf seine Lippen. »Vielleicht können wir ins *Silver Rose* gehen?«

Megan drehte sich wieder zum Spiegel. Sie brauchte nur noch Ohrringe und hohe Schuhe, und dann wäre sie fertig, um auszugehen. Ein kleiner Keim der Erwartung entfaltete sich in ihrem Herzen. Eigentlich freute sie sich darauf, einen Abend auszugehen. Sie würde das Versprechen an Laurie halten, aber das konnte bis nach dem Abendessen warten.

Dann sah sie Peters Schmollmund. Ihr kleiner Keim verdorrte. Wenn sie das von heute Morgen wiedergutmachen wollte, musste sie vielleicht etwas nachgeben.

»Oder sollen wir uns etwas kommen lassen?«, fragte Megan. So etwas wie ein Lächeln umspielte ihre Lippen. Sie zwinkerte sich selbst im Spiegel zu.

Hoffnung zeigte sich in Peters Augen. Er beugte seinen Kopf und küsste sie auf den Nacken.

»Ich mag Ihre Ideen, Mrs Taylor.« Peter wiegte seine Hüften in einem vielversprechenden Tanz, was Megan erröten ließ.

Diesen verführerischen Tanz im Spiegel zu beobachten fügte dem Erlebnis eine neue Dimension zu. Obwohl sie vollständig bekleidet war, hätte Megan genauso gut nackt und Peters Wunsch gegenüber wehrlos sein können. Seine Krawatte hatte er inzwischen abgelegt und fing an, langsam sein Hemd aufzuknöpfen. Megan legte ihre Hände auf seine Brust und schubste ihn. Er machte einige Schritte zurück, bis seine Beine an den Rand des Bettes stießen. Sie schubste ihn noch einmal. Er fiel mit ausgebreiteten Armen auf das Bett, wobei er die ganze Zeit grinste.

Megans Körper wurde von Leidenschaft überwältigt. Mit geschickten Fingern zog sie ihr Oberteil hoch, enthüllte ihren Bauch und zog es dann über den Kopf. Das Shirt fiel auf den Boden, während sie sich langsam dem Bett näherte. Peters Augen fingen an zu leuchten. Als ihre Beine zwischen seinen Füßen waren, hielt sie inne. Ihre Antwort auf das Verlangen in Peters Augen erschreckte und erregte sie gleichzeitig. Es war schon lange her, dass sie diese Rolle gespielt hatte. Sie hoffte, es würde ihr helfen. Wenn Peter herausfand, dass sie wieder ein Versprechen gebrochen hatte, könnte die Szene aus jeglichen zukünftigen Drehbüchern gestrichen sein.

Megan lehnte sich entspannt gegen die Couch im Wohnzimmer und wartete, bis Peter sich zu ihr gesellte. Das Moo Shu mit Schweinefleisch, eine Art gefüllte Pfannkuchen, das sie bestellt hatten, war köstlich. Dann fand Peter die Scones, die sie zuvor gebacken hatte, und bot an, einen Kaffee dazu zu kochen. Sogleich zog der Duft von Kaffee durch das Haus.

Sie setzte sich auf ihre Fersen und hob die Zeitschrift auf, die Laurie dagelassen hatte, als sie die Mädchen abgeholt hatte: *House & Garden*. Laurie hatte hellgelbe Post-it-Pfeile auf ihre Lieblingsrezepte geklebt. Laurie konnte nicht backen, somit war das offensichtlich ihre Art, Megan zu bitten, es für sie zu tun. So eine Schlaue.

Sie studierte ein Kokosnuss-Vanille-Kuchenrezept, als Peter mit dem Tablett hereinkam. Bei jedem Schritt, den er tat, schwappte Kaffee aus den zwei Tassen. Megan legte die Zeitschrift auf ihren Schoß und nahm sich den Kaffee, während ihr Mann vor ihr stand. Den Scone rührte sie nicht an.

»Hast du etwas Gutes gefunden?«, fragte Peter, wobei er auf die Zeitschrift deutete.

»Vielleicht.« Sie zuckte mit den Schultern. Megan drehte die Zeitschrift um und zeigte Peter das köstliche Bild eines weißen Kuchens mit Kokosnussguss. Es hing alles davon ab, wie ihr Gespräch heute Abend lief.

Peter nippte an seinem Kaffee und zog die Zeitschrift von ihrem Schoß.

Sie wartete darauf, dass er etwas sagte, aber er blätterte weiter durch die Seiten. Eine spannungsgeladene Stille erfüllte den Raum. Megan wusste, dass sie etwas sagen sollte, konnte aber nicht den richtigen Anfang finden. Sie warf einen Blick auf ihre Armbanduhr. In ein paar Stunden würden die Mädchen zurück sein. Sie konzentrierte sich auf ihre Kaffeetasse und horchte auf das Rascheln des Papiers, wenn Peter die Seiten umblätterte.

»Also, was ist los?«

Megan schaute hoch und sah, dass Peters Augen auf sie gerichtet waren. Ihr Herz war von Furcht ergriffen, ihr Magen verkrampfte sich schmerzhaft. *Er weiß es.* Das dumpfe

Geräusch beim Zuschlagen der Zeitschrift erschreckte sie.

Sie hielt die Kaffeetasse fest in ihren Händen. Die Wärme hatte keinen Einfluss auf die plötzliche Taubheit in ihren Fingern. Sie nahm einen tiefen Atemzug, hielt ihn an, zählte bis drei und atmete aus. Sie würde es schaffen. Er würde ihr verzeihen. Er würde es verstehen, er musste es verstehen.

»Vorgestern, als ich Kaffee holen ging …« Sie kämpfte mit den Worten. Ihre Finger umklammerten die Kaffeetasse.

»Du hast dich dafür schon entschuldigt«, sagte Peter emotionslos.

»Ich weiß.« Megan atmete tief ein. »Ich war am Drive-in, und da sah ich sie.« Megan schüttelte den Kopf. »Emma. Ich dachte, ich hätte Emma über den Parkplatz gehen sehen.«

Endlich war es gesagt. Sie redete sich nicht heraus und versuchte nicht einmal, es zu erklären. Es wäre sinnlos. Jedes Mal, wenn es passierte, war es immer das Gleiche. Ob sie Emmas Kopf in einer überfüllten Einkaufspassage sah oder ihre Stimme in einem stark frequentierten Park hörte, es endete immer gleich. Sie verließ das Gebiet alleine und war völlig zerstört, dass sie sich Hoffnung gemacht hatte. Nichts, was Peter sagen konnte, hätte so geschmerzt. Nichts.

Das stetige Tick-tick-tick der Uhr, die man aufziehen musste, auf dem Bücherregal füllte die Stille im Raum. Sie war ein Geschenk von Peter, als sie anfingen, miteinander auszugehen. Megan zupfte an ihren Fingernägeln, ihr Kopf war gesenkt, um dem Blick ihres Mannes auszuweichen. *Warum sagt er nichts?* Sie warf einen Blick aus ihrem Augenwinkel auf ihn und sah, dass er auf seine Hände starrte. Sein Gesichtsausdruck brach ihr Herz in kleine Stücke.

»Peter?« Megan zuckte zusammen. Es klang, als ob sie betteln würde. Was, wenn dieses kleine Mädchen Emma gewesen wäre? Würde sie ihn dann auch um Verzeihung bitten? Nein, dann wäre es umgekehrt. Warum konnte er es nicht verstehen?

»Was hast du getan?«

Megan hob den Kopf. Peters Stimme war so leise, dass Megan ihn fast gebeten hätte, zu wiederholen, was er sagte.

»Ich, äh …« Sie konnte es nicht sagen. Nicht ihm. Er wusste es bereits. Warum musste er überhaupt fragen?

Peter nahm den Kopf hoch und starrte auf die Wand vor sich. »Was, Megan? Was hast du getan? Hast du sie einfach beobachtet, bis du gemerkt hast, dass es nicht unsere Tochter war? Bist du aus deinem Jeep gestiegen und hast sie gepackt? Bist du ihr in den Laden gefolgt?« Peters Stimme wurde höher, als er sie mit seinen Fragen bombardierte. »Was genau hast du getan?«

Eine Träne lief Megan die Wange hinunter, als sie versuchte, die Worte zu finden, die Peter hören wollte. Sie öffnete den Mund, aber es kam nichts heraus.

Peter sprang von der Couch hoch und ging zum Kamin, wo eine Vielzahl von Familienfotos auf dem Kaminsims aufgestellt war. Obwohl er ihr den Rücken zukehrte, spürte sie seinen Ärger. Seine Schultern waren angespannt, seine Beine steif. Seine Rückenmuskeln traten unter seinem weißen T-Shirt hervor.

Sie konnte nicht sehen, was er tat, aber sie wusste es. Er stand an derselben Stelle, die sie bevorzugte. Genau vor Emmas Geburtstagsfoto, das direkt vor ihrer Entführung gemacht worden war.

»Peter, ich …« Megan zitterte, als ihr Mann die Schultern hängen ließ. Er stützte sich mit seinen Ellbogen auf den Kaminsims, sein Körper schüttelte sich. Was hatte sie getan?

»Ich vermisse sie auch.« Peter versagte die Stimme. »Mehr … mehr als du dir vorstellen kannst. Ich träume von ihr, ich wache auf, weil ich ihr Lachen höre. Ich sehe sie auch.« Sein Körper bebte. »Es ist immer außerhalb meiner Reichweite, ihre blonden Locken – immer außerhalb meiner Reichweite.«

Megan saß am Rande der Couch und war sich nicht sicher, ob sie zu ihm hingehen und ihn trösten sollte. *Was ist nur aus ihrer Ehe geworden?* Peter drehte sich um. Er schaute Megan mit seinen tränenerfüllten blauen Augen an. Sie bewegte sich nicht.

»Aber ich weiß, dass sie es nicht ist. Ich kenne den Unterschied zwischen meinen Träumen und der Realität, Megan. Und du?« Seine Augen forderten sie heraus, mit ihm zu argumentieren, zu versuchen, ihre Unschuld zu beweisen.

Sie wusste, dass sie das nicht sollte, aber sie tat es trotzdem. »Was, wenn, Peter? Was, wenn sie es gewesen wäre? Was, wenn es Emma wäre? Willst du, dass ich einfach aufgebe? Ist es das, was du willst?« Megan stand auf und verschränkte die Arme. *Bitte, sag Nein.*

Die Stille im Zimmer war erdrückend. Es brauchte nur ein Wort, um die prekäre Stille zu erschüttern. *Bitte, er soll es nicht sagen. Ich werde nicht wählen. Ich kann nicht.*

»Natürlich nicht. Aber du hast es versprochen, Meg. Du hast ein Versprechen gegeben und nicht gehalten. Mir gegenüber.« Peter ging zum Sessel vor der Couch und ließ sich hineinsinken.

Megan wusste nicht, was sie sagen sollte. Sie wusste nicht, was er hören musste.

»Ich kann nicht so weitermachen. Wir können nicht so weitermachen«, sagte Peter. Er stützte die Ellbogen auf seinen Knien ab und vergrub den Kopf in seinen Händen. »Wir müssen uns damit abfinden. Wir können unser Leben nicht mit Warten verbringen« – er atmete tief ein –, »auf etwas warten, das nie passieren wird.«

»Was sagst du da?« Megan bemühte sich sehr, ihre Stimme ruhig zu halten. Aber innerlich war sie erschüttert. Sie presste die Hände zusammen. Sie wollte ihn anschreien, mit ihm schimpfen, aber er sah ihr nicht einmal in die Augen.

»Vielleicht ist es an der Zeit, mit dem Leben weiterzumachen.« Seine Stimme, ein bloßes Flüstern, zerstörte jegliche Hoffnung, die Megan noch für sie alle hatte.

»Niemals.« Ihre Stimme war voller Wut und Hass. Es war ihr egal. Wie konnte er es wagen.

Peter hob den Kopf, in seinen Augen waren Tränen. »Nicht aufgeben, das meinte ich nicht.«

»Gott sei Dank. Einen Moment lang dachte ich, du könntest glauben, unsere Tochter sei tot.« Sie spuckte ihm die Worte entgegen, außer sich, dass er überhaupt annehmen konnte, sie sollten ohne Emma weitermachen. Verärgert hob sie die Hände hoch. Ihr ganzer Körper zitterte vor Wut. »Wag es nicht, von mir zu verlangen, dass ich aufgebe. Nicht, wenn es um Emma geht. Ich werde es nie akzeptieren, dass sie nicht nach Hause kommt. Niemals.« Sie ging in Richtung Haustür und befürchtete, sie würde nicht zurückkommen, wenn sie jetzt weggehen würde. Nicht zu diesem Zustand.

Peters Stimme hielt sie auf. »Jedes Mal, wenn du sie siehst und dann mit leeren Händen heimkommst, wird mein Herz erneut gebrochen. Obwohl es eigentlich nie ganz geheilt war. Ich will nicht akzeptieren, dass sie für immer weg ist, aber ich weiß nicht, was ich sonst tun soll. Wir haben zwei andere Kinder, die uns brauchen, Meg. Es wird für sie nichts mehr übrig bleiben, wenn mein Herz immer wieder gebrochen wird.«

Megan hielt sich am Türrahmen fest, ein Anker für ihren zitternden Körper. Sie drehte sich um. Peter stand mit ausgestreckten Armen vor ihr. Sie wich ihm aus. Seine Hand strich gegen ihren Arm. Sie ging zum Kamin und nahm ein Bild vom Sims.

»Wegen unserer anderen Kinder gebe ich Emma nicht auf. Wenn ich sie loslasse, dann lass ich sie im Stich. Du sprichst von gebrochenen Versprechen, Peter. Aber ich bin nicht die Einzige, die welche gebrochen hat. Was ist mit jenem Versprechen, das wir unseren Mädchen gegeben haben? Dass sie immer sicher sein werden? Aha, warte. Dafür gibst du mir auch die Schuld.«

Megan hielt dieses Bild fest. Ihre Finger waren schon ganz weiß vom Griff. Ein Familienbild, als sie noch alle beisammen waren, vollständig. Jetzt waren sie zerbrochen, in Stücke zersplittert, die für immer verloren waren. Megan wusste nicht, wie sie das richten konnte. Peter sollte der Schlüssel sein, der Leim, der sie alle zusammenhielt, während sie sich an die Hoffnung klammerte, dass ihre Tochter zurückkehrte.

Megans Kehle schnürte sich zusammen, als sie versuchte, ihre Wut hinunterzuschlucken. Es brauchte ein paar Anläufe, bevor sie sprechen konnte, ohne aggressiv zu klingen.

»Ich brauche dich, Peter. Du musst an mich glauben, an Emma glauben. Alles, was ich getan habe, war für sie. Vorher hast du mich gefragt, ob ich einen Rückfall habe. Unsere Tochter finden zu wollen ist das Einzige, was mich bei Verstand hält. Das *Einzige*. Aber ich schaff das nicht alleine. Du sprichst von deinem gebrochenen Herzen, aber hast du je daran gedacht, was ich durchmache? Glaubst du, ich genieße diese Todesqual? In Wirklichkeit sterbe ich innerlich jedes Mal, Peter. Ohne Emma bin ich nichts. *Nichts*.«

Megan brach schluchzend auf dem Boden zusammen. Der Bilderrahmen fiel ihr aus der Hand. Megan versuchte, den Rahmen aufzufangen, schaffte es aber nicht. Das Glas zerbrach am Kamin.

Sie starrte auf das zersplitterte Glas, auf die gezackten Linien, die sich über die Oberfläche zogen. Genauso lebte ihre Familie jetzt, im Kern zersplittert. Sie hob den Rahmen auf. Sie könnte das Glas ersetzen, und niemand würde es je bemerken. Ihre Familie konnte aber nicht so einfach geflickt werden. Dieser Schaden war nie wiedergutzumachen.

Sie sah hoch, fand sich aber alleine. Megan kämpfte sich zur Couch hinüber. Das ständige Ticken der Uhr erfüllte die Stille. Sie zog eine Wolldecke über ihren Körper und rollte sich darunter zu einer Kugel ein. Sie sah zum leeren Eingang und betete, dass Peter wieder zurückkommen würde. Er konnte doch nicht einfach gehen. Nicht so. Ihre Ehe stand auf wackeligem Boden, war denn ein Erdrutsch unumgänglich? Sie konnte nicht glauben, dass dies der Auslöser dazu sein könnte.

Sie lehnte sich mit geschlossenen Augen gegen die Couch. Das könnte das Ende ihrer Ehe sein. Selbst bei diesem Gedanken kamen ihr keine Tränen. Für Traurigkeit war nichts mehr übrig. Vielleicht würde es sie morgen treffen, wenn sie allein in ihrem Bett erwachte.

Minuten vergingen, während sie ganz benommen dasaß. Sie sollte sich bewegen, aber ihr Körper wollte nicht, er reagierte nur lethargisch. Also wartete sie. Wartete, bis die Benommenheit sie ganz erfüllte.

Ein leichter Händedruck auf ihrer Schulter zwang sie, ihre Augen zu öffnen. Peter war zurückgekommen. Er stand vor ihr, Tränen flossen über sein Gesicht, und er hielt ein Buch in der Hand.

Sie blickte verwirrt zum Buch hoch.

»Es macht mir etwas aus«, flüsterte Peter, als er ihr das Buch auf den Schoß legte. Er beugte sich hinunter, gab ihr einen zarten Kuss auf die Stirn und ließ sie dann wieder alleine.

Verwirrt hielt Megan das Buch in den Händen, drehte es um und war nicht sicher, was es bedeuten sollte.

Das Buch selbst war einfach. Es war auf der Umschlagseite nicht beschriftet und auch nicht auf dem Buchrücken. Sie schlug es auf, ihre Hand zitterte. Auf der vordersten Seite war Peters Handschrift zu lesen.

An meinen Liebling Emma. Es vergeht kein Tag, an dem ich nicht an Dich denke. Mein Baby. Meine Prinzessin. Mein Traum ist es, Dir eines Tages dieses Tagebuch zu überreichen und Dir die Worte zu erklären, die ich hier niedergeschrieben habe. Ich liebe Dich, Emma Wynn Taylor. Das werde ich immer.

Mit großer Sorgfalt blätterte Megan die Seite um. Es entging ihr nicht, wie das dünne Papier unter ihrer zitternden Hand raschelte. Auch übersah sie nicht die inzwischen getrockneten Flecken, die die ersten Seiten des Tagebuches bedeckten. Peters Worte. Peters Tränen. Sanft hielt sie jede Seite zwischen ihren Fingern. Auf einen Blick wurde dieses Buch zu einem wertvollen Schatz, etwas, das ihre äußerste Sorgfalt verdiente. Jede Seite war mit einem Datum versehen. Die Worte fügten sich zu einem Liebesbrief zusammen, von einem Vater an seine vermisste Tochter.

Tränen flossen über Megans Gesicht, wie Peters Herz vor ihr ausgebreitet lag. Nackt bis auf den Kern. Peter hatte es geschafft, etwas zu tun, das ihr nie in den Sinn kam. Etwas, das sie nie tun konnte.

KAPITEL DREIZEHN

W*enn alle Vormittage so sein könnten, würde ich als glücklicher Mann sterben.* Jack pfiff, als er noch eine Karte auf den Tisch klatschte. Er war neben einer Frau aufgewacht, die es immer noch schaffte, durch eine Berührung sein Herz höher schlagen zu lassen. Er lächelte. Wirklich ein glücklicher Mann.

Emmie saß neben ihm am Tisch. Während er sich entspannte und seine Patiencen legte, malte sie. Sie hatte heute länger geschlafen – was bei Emmie selten vorkam. Gestern Abend hatte es etwas gedauert, bis sie zur Ruhe gekommen war. Jack hatte ihr fast sechs Geschichten vorlesen müssen, bis sie eingeschlafen war. Er legte eine weitere Karte ab, während er sie beobachtete. Sie sah süß aus in ihrem rosa Pyjama mit Hundemuster, das Dottie für sie genäht hatte, und ihrem wilden Lockenkopf. Emmie konzentrierte sich über den Tisch gebeugt auf ihr Bild, ihre Zungenspitze schaute zwischen den Lippen hervor, während sie ein grünes Feld voller gelber Blumen malte.

»Das ist ein hübsches Bild, Emmie!«

In der Küche war es ein bisschen stickig. *Heute wird ein heißer Tag.* Jack ging zur Küchentür und öffnete sie halb, genug, um die frühe Morgenbrise hereinzulassen, aber nicht zu weit, damit es seiner Enkelin nicht zu kalt wurde.

Er strich ihr über das Haar, als er sich wieder in den Stuhl setzte. »Bist du das?«

Emmie malte ein Bild von einem kleinen Mädchen in einem rosa Kleid. Er erkannte es als das Kleid, das sie gestern getragen hatte. Er wartete, um zu sehen, ob sie ein Bild von Daisy malte, aber sie überraschte ihn, indem sie noch ein Mädchen zeichnete. Er lächelte. Kleine Mädchen und ihre Fantasie.

Jack starrte auf die Kartenreihe vor sich. Er hatte wieder eine Runde verloren. Das war heute schon die dritte. Normalerweise gewann er. Er warf einen flüchtigen Blick auf Emmie. Ihre Beharrlichkeit überraschte ihn. Seine Enkelin war normalerweise flatterhaft und stürzte sich von einer Sache in die nächste. Aber heute Morgen saß sie ganz auf ihr Bild konzentriert da und machte keinen Mucks.

Sein Magen knurrte, als Emmie ihren Kopf zur Seite neigte, um ihn anzusehen. Er legte seine Hand auf den Mund und tat überrascht. Sie kicherte. Er liebte dieses Geräusch. Es erinnerte ihn an seine Tochter.

Jack sah auf die Uhr. Dottie würde bald auf sein. Vielleicht überraschte er sie mit einem Frühstück. »Bist du schon hungrig, Kleine? Wie wär's mit einem Toast mit Zimt und Ei?«

Ein Lächeln huschte Emmie übers Gesicht. Ihr Lieblingsfrühstück.

»Also, dann gibt's Toast mit Zimt und Ei.«

Jack durchstöberte den Schrank nach Zimt. Er wollte gerade Emmie fragen, ob sie ihm helfen wolle, und schaute sich um, aber sie saß nicht mehr am Tisch. Er drehte sich ganz um. Sie stand mit ihrer Zeichnung in der Hand vor ihm.

»Kann ich dir ein Geheimnis verraten, Opa?«

Sie setzte ein ernstes Gesicht auf. Ihr Leuchten verschwand bei den Worten.

Jack wusste, dass es ihr ernst war, deshalb ging er in die

Hocke, bis er auf Augenhöhe mit ihr war. Er verkniff sich das Lachen. »Ja natürlich. Du kannst mir alles verraten.«

Emmie neigte den Kopf zur Seite, zog einen Schmollmund und blickte ihm direkt und fest in die Augen. »Du darfst es aber nicht Oma sagen. Versprochen?«

Jack dachte einen Moment darüber nach und schüttelte dann den Kopf. Seine Knie fingen an wehzutun, sein Rücken wollte sich wieder aufrichten, aber das war jetzt etwas Wichtiges.

»Emmie«, sagte Jack, wobei er ihre Hand in seine nahm, »du weißt, dass ich vor Oma keine Geheimnisse habe. Aber ich will dir das versprechen.« Er hielt zwei Finger hoch. »Wenn es etwas ist, von dem ich glaube, dass es Oma nicht wissen muss, dann bleibt es unter uns. Okay?«

Emmie ließ den Kopf hängen. Sie wollte ihm nicht in die Augen sehen. Er ließ ihr ein paar Minuten Zeit, um über das nachzudenken, was er gerade gesagt hatte. Er wusste aus der Erfahrung mit Mary, dass es mehr schadete als nützte, vor seiner Frau Geheimnisse zu hüten.

Sie hielt den Kopf gebeugt. Jack merkte, dass sie ihm nicht in die Augen sehen wollte. Das musste schlimm sein. Er legte seinen Finger unter ihr Kinn und zog sanft ihren Kopf hoch, bis sie ihn ansah. Ihr Lippen zitterten.

»Ich habe eine Freundin, Opa«, sagte sie. Ihre Augen leuchteten auf, als sie ihm ihr Geheimnis mitteilte.

Jack verbiss sich das Lachen. »Wirklich?«

Er nahm seine Hand aus ihrer und zog sich stöhnend am Küchentisch hoch. Emmie ging auf ihn zu und streckte ihre Hand aus. Er nahm sie an. Er stöhnte vor Rückenschmerzen, und seine Knie waren steif.

»Wie heißt sie?«

»Freundin.«

Ihre Antwort überraschte ihn. *Freundin? Was für ein*

Name war das denn? Vielleicht hatte Dottie eine von Marys alten Porzellanpuppen gefunden und ihr gegeben. Das wäre aber doch kein Geheimnis?

»Sie trug ein gelbes Kleid, Opa, genau wie die Blumen auf meinem Kleid. Und sie hat mir auch ein Eis gegeben. Aber Daisy hat es aufgefressen. Also, sie hat es aufgeleckt. Aber dann hat sie Sitz gemacht. Opa, sie hat *Sitz* gemacht. Und meine Freundin, sie mag Daisy. Sie sagt, Daisy sei ein braver Hund.« Emmie strahlte vor Glück, als das Geheimnis heraus war.

Jack sah sich ihr Bild nochmals an. Die zwei kleinen Mädchen in einer gelben Blumenwiese, und Daisy saß neben den beiden. Das musste das Alter sein, in dem man imaginäre Freunde hat. Jack versuchte, sich zu erinnern, ob Mary solch eine Phase durchgemacht hatte, aber er glaubte nicht.

Jack wandte sich wieder den Zutaten auf dem Küchentisch zu. Es war schon eine Weile her, seit er seine Mädchen das letzte Mal mit einem hausgemachten Frühstück überrascht hatte, aber Toast mit Zimt und Ei sollte er eigentlich schon hinbekommen.

»Kann ich mit ihr spielen, Opa?« Etwas zog an seinem Hemd. Er blickte sich um und sah, wie Emmie sein Hemd fest in der Hand hielt.

»Natürlich kannst du das. Eine Freundin, die Daisy mag, ist eine gute.« Das kann nicht schaden. Er hatte in einer dieser Elternzeitschriften, die er Dottie zu Weihnachten gekauft hatte, einen Artikel gelesen. Die Vorstellungskraft eines Kindes ist ein starkes Werkzeug.

»Jetzt?«

Jack war gerade dabei, ein Ei aufzuschlagen. Er hielt inne. *Jetzt?*

»Ja, wenn du willst. Sei aber leise, okay? Oma schläft noch.«

Er hatte erwartet, sie die Treppe nach oben huschen zu hören, stattdessen erschreckte ihn der Klang der zuschlagenden Fliegengittertür. Dottie lag ihm in den Ohren, endlich das Scharnier an dieser Tür zu richten, aber jetzt war er doch froh, dass er es nicht getan hatte.

Jack ließ ein halb aufgeschlagenes Ei in die Schüssel fallen und eilte zur Tür hinüber. Emmie, die schon halb über den Hof gerannt war, hüpfte den Hügel hinauf zum Zaun, der ihr Grundstück von dem der Nachbarn trennte.

»Emmie!«

Mitten im Sprung blieb sie stehen und drehte sich um. Er konnte die Verwirrung in ihrem Gesicht ablesen. *Er kniff die Augen zusammen. Also doch keine eingebildete Freundin?* Er winkte sie mit der Hand zurück und wartete. Sie hüpfte nicht zurück. Mit gesenktem Kopf machte sie kleine Schritte. In der einen Hand hielt sie das Bild, während sie die andere enttäuscht hängen ließ. Als sie die Veranda erreichte, streckte er ihr seine Hand entgegen. Er wartete darauf, dass sie seine Hand nahm.

»Emmie, du hast immer noch deinen Pyjama an. Du kannst nicht so hinausgehen und spielen.«

Seine Enkelin sah zu ihm hoch; in ihren Augen lag Hoffnung. »Danach?«

Er wusste nicht, was er darauf sagen sollte. Er dachte, sie würde von einer eingebildeten Freundin reden und nicht von den Kindern nebenan. Als sie aber mit diesen babyblauen Augen zu ihm hochsah, konnte er nicht einfach Nein sagen. Er strich ihr durch das Haar. »Weißt du was, Prinzessin, nach dem Frühstück reden wir mit Oma und schauen, was sie dazu zu sagen hat.«

In diesem Augenblick verdunkelten sich Emmies Augen, und sie schob ihre Unterlippe zu einem königlichen Schmollmund. Er wusste, dass er etwas Falsches gesagt hatte. Anscheinend war Dottie ein kleines bisschen zu fürsorglich in letzter Zeit. Er sah, wie Emmie auf das Bild starrte, das sie in ihrer Hand hielt. Er mochte ein alter Mann mit einer fahlen Erinnerung sein, aber er konnte immer noch zwei und zwei zusammenzählen. Sein kleines Mädchen hatte eine neue Freundin gefunden; höchste Zeit.

»Weißt du, Freunde zu haben ist nie schlecht. Ich weiß, dass Oma das auch so sehen wird. Dieses Bild da in deiner Hand ist ziemlich schön, und du hast dir viel Mühe gegeben, es für deine Freundin zu malen, nicht wahr?«

Emmie nickte; ihre wirren Locken hüpften.

»Dann gibt es keinen Grund, warum du es deiner Freundin nicht später geben kannst. Okay? Aber zuerst musst du …«

»FRÜHSTÜCKEN!«, schrie Emmie, dann schlug sie aber ihre Hände erschrocken vor den Mund. »Oh, tut mir leid.«

Jack kicherte. Es war sowieso an der Zeit, dass Dottie aufstand, und wie es aussah, musste er das Frühstück vorbereiten.

Dottie fächelte mit dem Topfhandschuh vor ihrem Gesicht. Die Brise verschaffte ihr Abkühlung. Warum sie entschieden hatte, heute Nachmittag zu backen, verstand sie selbst nicht. Draußen war es zu heiß.

Sie schenkte sich ein Glas kaltes Wasser ein und hielt es sich an den Hals.

Das Telefon klingelte auf dem kleinen Schreibtisch neben dem Küchentisch. Dottie seufzte und watschelte durch die Küche, um es abzuheben.

»Hallo?«

»Dottie? Hier ist Doug«, krächzte eine Stimme durch das Telefon.

Dottie hielt inne. Sie hatte Dougs Stimme schon lange nicht mehr gehört. Wirklich lange. Sie konnte sein Alter heraushören, als er seinen Namen nannte. Aber sie sind ja beide alt geworden, nicht wahr?

»Ich weiß, wer du bist. Ich nehm an, du willst mit Jack sprechen«, sagte Dottie. Sie hatte geschworen, dass sie ihm nie vergeben würde. Eine gute Christin hielt immer ihr Wort.

»Wie geht es dir?« Das Zögern in seiner Stimme war klar und deutlich herauszuhören. Er wollte mit ihr sprechen.

Sie seufzte. Es war schon zu lange her. Die Zeit heilt nicht immer alte Wunden.

»Es geht mir gut, Doug. Aber das weißt du doch, oder? Du verbringst genug Zeit mit meinem Mann.«

»Er hat mir schon vor langer Zeit vergeben. Ich hatte gehofft, du würdest das auch tun.« Dougs Stimme war leise.

»Und was genau soll ich dir verzeihen? Dass du versucht hast, den Platz meines Mannes in diesem Haus einzunehmen? Dass du mir gesagt hast, er sei tot? Dass du die Vaterrolle für meine Tochter übernommen hast? Dass du versucht hast, mein Herz zu stehlen?« Dottie schluckte den Schmerz in ihrer Brust hinunter. Es hatte jetzt keinen Sinn, über vergossene Milch zu weinen. Es hatte sie und Jack zu viele Jahre gekostet, das zu reparieren, was Doug zerbrechen wollte.

»Das ist schon so lange her. Alles, was ich getan habe, war nur gut gemeint. Das weißt du. Mach nicht mehr daraus, als es tatsächlich war. Ich kann mich auch nicht daran erinnern, dass du mich zurückgewiesen hast.«

Dottie zog den Schreibtischsessel heraus und setzte sich. Er hatte recht. Sie hatte sich ihm nicht entzogen. Doug war für sie da, als sie sich einsamer fühlte, als sie es für möglich gehalten hätte, als Jack zur Armee ging. Sie dachte nicht gerne an diese Zeit. Allein mit einem kleinen Kind, während ihr Mann als solcher seine Pflicht erfüllen und auf andere Männer schießen musste, die er nicht kannte. Sie war schwach gewesen. Allein und schwach.

»Du warst sein bester Freund.« Dottie versagte die Stimme.

»Ich dachte, ich wäre auch deiner.«

Dottie schüttelte den Kopf, merkte dann aber, dass er sie nicht sehen konnte.

»Nein, Doug. Du warst der beste Freund meines Mannes. Das war alles. Und das ist alles, was du je für mich sein wirst.«

Jener Bereich ihres Herzens, den sie all die vergangenen Jahre verschlossen hatte, zerfiel bei diesen Worten in feinen Staub. Zu viele Jahre waren vergangen.

Sie legte den Hörer ohne Abschiedsgruß auf.

Das Knarren der alten Holzschaukel auf der Veranda erfüllte die Luft, während Jack ein Glas eisgekühlten Tee in der Hand hielt. Unter seinem Hut bildeten sich Schweißperlen und tropften über seine Stirn, die Wangen und über seinen Nacken. Er überflog seine Welt, die vor ihm lag, und stieß einen zufriedenen Seufzer aus.

Er nahm einen Schluck Tee und wischte sich mit dem Handrücken über den Mund. Es gab nichts Besseres, als an einem heißen Tag im Schatten zu sitzen. Die Brise verschaffte ihm etwas Abkühlung. Es mussten hier draußen niedrigere Temperaturen sein als im Haus. Warum Dottie darauf bestand, an solch einem heißen Tag Brot und Muffins zu backen, war ihm zu hoch. Er hatte ihr angeboten, in die Stadt zu fahren und Brot im Laden zu holen, aber sie hatte diese Idee von sich gewiesen. Heute war sie in einer seltsamen Stimmung.

Emmies Gekreische erfüllte den Vorgarten. Daisy hatte sie wahrscheinlich wieder mit Wasser bespritzt. Nach dem Frühstück hatte er das Planschbecken aus dem Gartenschuppen gezogen, es gut abgespült und unter dem Ahornbaum im Vorgarten aufgestellt. Wenigstens hatte Emmie einen Freund, auch wenn es nur ein Hund war. Kleine Mädchen müssen lachen, kichern und manchmal vor Vergnügen kreischen. Vielleicht brachte er ihr noch ein paar Wasserspielsachen mit, wenn er das nächste Mal in die Stadt fuhr. Auch ein paar dieser Seifenblasenspender. Er sah ihr gerne zu, wenn sie mit diesen Zauberstäben über das Gras tanzte.

Die vordere Fliegengittertür quietschte in den Angeln, als Dottie sie mit ihrem Rücken aufdrückte. Sie trug den Krug mit gekühltem Tee in der einen Hand und die Gläser in der anderen.

»Hier, lass mich das nehmen.« Er stellte den kühlen Tee auf den kleinen Tisch, den er vor ein paar Jahren gezimmert hatte. Die Farbe ging an manchen Stellen schon ab. Es war Zeit für einen neuen Anstrich. Noch ein Projekt, das auf seiner Liste dazukam. Eine Liste, die immer länger wurde, egal, wie sehr er an ihr arbeitete. Er wollte gerne jene Person treffen, die sich den Begriff *Ruhestand* ausgedacht hatte. Da war keine Ruhe dabei.

»Habe ich nicht das Telefon läuten gehört?«, fragte er.

Dottie stand mit dem Rücken zu ihm an den Verandastufen. Jack war nicht sicher, ob sie ihn gehört hatte oder nicht.

»Das Mädchen hat diesen Hund wirklich lieb«, sagte sie. Sie hatte einen abwesenden Blick, als sie sich umdrehte.

Jack klopfte auf das Kissen neben sich. Er wartete, bis sie sich richtig niedergelassen hatte, legte dann seinen Arm um ihre Schultern und zog sie zu sich heran. Sie lehnte sich mit einem Seufzer gegen ihn und legte ihren Kopf auf seine Schulter.

»Fertig mit Backen?« Jack stieß seine Füße gegen den Bretterboden und setzte die Schaukel in Bewegung.

»Es ist auf dem Küchentisch zum Abkühlen.«

Jack zeichnete mit seinen Fingern langsam Kreise auf Dotties Arm. Er genoss die Behaglichkeit, die Sicherheit dieses Augenblicks. Er lehnte seinen Kopf zurück, schloss die Augen und lächelte.

»Danke für das Frühstück«, sagte Dottie.

Er hörte das Lachen in ihrer Stimme. Es hatte einen Grund, warum er nicht so oft das Frühstück machte. Emmies Aufschrei hatte sie vielleicht nicht aufgeweckt, aber ganz bestimmt hatte der Rauchalarm es getan. Sie hatte sich den Morgenmantel übergeworfen und war immer noch dabei, den Gürtel um ihre Taille zu binden, als sie die Treppe herunterkam. Emmie stand auf einem Stuhl und wedelte mit dem Geschirrtuch in der Luft, während Jack hustend über dem Herd stand und nach einem Pfannenwender suchte, um den armen Toast zu retten, der in der Pfanne anbrannte. Dottie füllte ein Glas mit Wasser, reichte es Jack und schob ihn aus dem Weg. Während sie das Frühstück rettete, waren ihre Ohren voll von Emmies Gelächter.

»Wenigstens habe ich es versucht«, murmelte Jack. Sein Gesicht wurde rot. Und wenn schon, für diese Katastrophe sollte er ein paar Pluspunkte für später guthaben.

Emmies Lachen schwebte mit der Morgenbrise herüber. Ihr Gesicht war von einem Lächeln umrahmt, während sie über die Wiese tanzte. Als sie die Veranda erreichte, ließ sie sich auf die oberste Stufe fallen und wartete, bis Daisy sie eingeholt hatte. Dottie wandte sich von ihm ab, um Emmie ein Glas kühlen Tee einzuschenken.

Emmie stürzte es hastig hinunter und trank es bis zum letzten Tropfen leer, bevor sie es zurückgab. »Danke, Oma. Kann Daisy auch eines haben?« Ein freches Lächeln machte sich auf ihrem Gesicht breit, während sie auf noch ein Glas wartete.

»Also nein, danke, dein Hund kann aus diesem Planschbecken trinken. Ich verschwende nicht meinen Tee an ein Tier, das ihn mit der Zunge aufleckt.« Dottie stellte die Teekanne wieder auf den Tisch zurück und verschränkte ihre Arme.

»So?« Emmie streckte die Zunge in ihr Glas und versuchte, ihren Hund nachzumachen.

Dottie schaute missmutig, während Jack lachte. Er scheuchte sie weg, bevor sie in weitere Schwierigkeiten geriet, und zog Dottie auf die Schaukel zurück, bis sie wieder in seinem Arm lag. Dottie schüttelte den Kopf.

»Dieses Mädchen …«, sagte sie.

Jack streichelte ihren Arm. »Ach, lass sie doch. Dieser kleine Hund ist ihr einziger Spielgefährte. Sie muss mit anderen Kindern zusammenkommen; nur diesen Hund als einzigen Freund zu haben kann nicht allzu gut für sie sein. Was ist, wenn sie einmal in die Schule kommt?«

Dotties Körper versteifte sich in seinen Armen. Sie löste sich von ihm und setzte sich aufrecht.

»Also, Dottie …«, sagte Jack.

Dottie drehte sich zu ihm und sah ihn an. Ihre Blicke trafen ihn wie Dartpfeile. Früher war sie beim Dartsspielen ziemlich gut. Vermutlich hatte sie immer noch einen Blick dafür.

»Hör auf mit dem *Also, Dottie*, Jack Henry! Willst du mir etwa sagen, wie ich unsere Enkeltochter aufzuziehen habe?« Dottie empörte sich über die eingebildete Anschuldigung.

Wenn Jack es nicht besser wusste, hätte er schwören können, dass er Dampf aus ihren Ohren kommen sah. Es war ihm wichtig, ruhig und gelassen zu bleiben, genau wie man es machen würde, wenn man ein nervöses junges Pferd in die Enge treibt. Er tätschelte ihre Hand und wich nicht zurück, als sie sie wegzog. Stattdessen fasste er sie an der Hand und schlang seine Finger in ihre. Sie zuckte ein wenig, beruhigte sich aber, als er nicht losließ.

»Alles, was ich sagen will, meine Dottie, ist, dass unser kleines Mädchen größer wird und andere Spielgefährten braucht, als nur zwei alte Hühner, die im Haus herumfummeln. In einem Jahr wird sie in die Schule kommen, und was dann? Dieses kleine Mädchen ist wild darauf, ihre Flügel auszubreiten. Sie muss andere Mädchen finden, die das auch tun.«

Emmie tollte im Garten herum, rein und raus aus dem Planschbecken, Daisy immer hinter ihr her. Sein kleiner Engel. Er lächelte, als er ihr zusah, und warf einen Blick auf Dottie; sie würde sicher auch lächeln. Das tat sie aber nicht.

»Jack, ich …« Dottie hielt inne, schürzte die Lippen und sprach nicht weiter.

Jack wartete, gab ihr Zeit, ihre Gedanken zu ordnen, als er aber merkte, dass sie sich nicht rührte, beschloss er weiterzusprechen.

»Die Jungs wollen sie auch kennenlernen. Ich glaube, Doug ist ein bisschen sauer, weil ich sie noch nicht mitgebracht habe.«

Dottie sah ihn nicht an. Das Thema Doug war etwas, das sie zu meiden versuchten. Für Jack hatte es Jahre gedauert, bis er verzeihen konnte, was geschehen war, aber er wusste, dass Dottie sich selbst und auch Doug nie verzeihen würde. Als Jack aus dem Krieg heimgekehrt war, hatte er herausgefunden, dass Doug sein Versprechen, auf Dottie aufzupassen, ziemlich wörtlich genommen hatte. Er hatte sich in sie verliebt. Jack wusste, dass Doug nie darüber hinwegkommen würde. Deshalb war er immer noch ledig. Sein Herz war bereits verloren.

»Dougs Pech«, brummte Dottie.

Jack biss sich auf die Lippe. Das jahrelange Schweigen über dieses Thema hieß nicht, dass es erledigt war.

Emmie ließ sich auf den Vorgarten plumpsen. Jack lachte in sich hinein, als er sah, wie Daisy über sie drübersprang.

»Sie ist einsam, Dot«, sagte Jack. »Kannst du dich nicht mehr an Mary in diesem Alter erinnern? Also, wir konnten sie nicht lange genug im Haus behalten, um ihr Haar zu kämmen. Und wenn sie nicht bei Jenna drüben war, dann war Jenna hier und ließ uns keine Ruhe.«

Die Erinnerung an die Freundschaften, die sie über die Jahre hinweg geschlossen hatten, die Nachbarn, die im Laufe ihres Lebens gegenüber gewohnt hatten, und die Freunde, die Mary nach Hause gebracht hatte, erfüllte sein Herz. Er drückte Dotties Hand und wollte sein Glück mit ihr teilen, aber ihre Hand blieb ruhig. Er seufzte. Dabei sahen die Dinge heute Morgen noch so gut aus.

»Mary war ein bisschen älter als Emmie«, flüsterte Dottie in die sanfte Sommerbrise hinein.

Jack hörte sie kaum.

»Wie geht es Mary? Hast du etwas von ihr gehört?«

Er wollte voller Verzweiflung etwas über seine Tochter hören, unterdrückte aber den Schmerz in seinem Herzen. Jack sah auf Dotties Hand und bemerkte, dass sie weiß war. Er löste seine Finger aus den ihren und begann ihre Zirkulation durch Reiben wieder anzukurbeln. Dottie bemerkte es nicht, sie saß einfach nur still da; nur das Auf und Ab ihres Brustkorbs sagte ihm, dass sie noch atmete.

»Nein.«

»Nein? Was, nein?«, wollte Jack wissen.

Dottie stieß einen tiefen Seufzer aus. Ihre Schultern sanken ein, als ob das Gewicht dieses Wortes *Nein* zu schwer zu ertragen wäre.

»Nein, Jack, ich habe nichts von Mary gehört. Für mich, für uns, ist sie gestorben. Sie ist in dem Moment gestorben, als wir Emmie bekommen haben.«

Jack drehte sich zu ihr hin und starrte sie schockiert an. Er kannte die Frau nicht, die neben ihm saß. *Für sie gestorben? Unsere Tochter?* Jack zog seine Hand aus ihrer. Er sah zu, wie ihre Hand auf das Kissen fiel, wie ein totes Gewicht.

»Emmie ist jetzt unser Ein und Alles. Verstehst du das nicht? Sie ist unsere zweite Chance.« Dottie versagte die Stimme. Ihre Augen füllten sich mit Tränen, bis sie über ihre faltigen Wangen liefen.

Jack wischte sie mit seinem Daumen weg. Er wartete. Das war die Frau, die er kannte und liebte. Er hatte keine Ahnung, wo sie noch vor ein paar Augenblicken gewesen war, aber er würde alles tun, um sicherzustellen, dass sie da nie wieder zurückging.

Eine Biene summte über die vordere Veranda und landete auf den Blumenampeln. Jack beobachtete, wie sie von Blüte zu Blüte flog. Emmies Lachen schallte durch den Garten. Er dachte an die Zeit zurück, als Mary noch ein kleines Mädchen war. Sie hatten damals noch kein Planschbecken, aber sie hatte es geliebt, durch den Sprinkler zu hüpfen.

»Okay. Solange sie in unserer Nähe bleibt und nicht ohne unser Wissen irgendwo hingeht.« Dottie atmete lang und fest aus.

Es tat Jack im Herzen weh, wenn er sah, wie schwer das für Dottie war. Wenn sie die Kontrolle aufgeben musste. Es sollte nicht sein.

»Nur zu den Nachbarn. Wir können hinübergehen und uns vorstellen, genau wie in den alten Tagen. Was meinst du?«

Dottie wandte sich Jack zu und sah ihn direkt an. Er hielt das Schaukeln mit seinem Fuß an. Ein schmerzhafter Blick erfüllte ihre Augen, als sie Jacks Hand nahm. Ihr Griff überraschte ihn. Er spürte, wie sich ihre Nägel in seine Handfläche gruben. Er sah sie prüfend an und versuchte zu verstehen, warum sie plötzlich so verzweifelt war.

»Ich habe bereits eine Tochter verloren, Jack. Ich kann nicht noch eine verlieren. Emmie bedeutet alles für mich. Jack, versprich es mir. Versprich mir, dass du sie nicht auch noch verlierst«, flehte Dottie ihn an.

Jack war fassungslos. *Was war da los?*

Mit einer schnellen Handbewegung schaffte es Jack, sich aus Dotties Griff zu lösen. Er nahm ihre eiskalten Hände in seine und rieb sie. Er schluckte und war von Dotties Worten erschüttert. Jacks perfekte Welt fiel wie ein Kartenhaus zusammen. Emmie spielte am Planschbecken und war sich der Risse in der Fassade ihrer perfekten Familie nicht bewusst. Jack studierte das Gesicht der Frau, die neben ihm saß. Das Gesicht der Frau, die er nicht wiedererkannte. Ein trauriges Lächeln ließ sich auf seinen Lippen nieder, und seine Stimme versagte, als er versuchte, das Versprechen nachzusagen, das Dottie von ihm wollte.

»Ich verspreche es, meine Dottie. Ich werde alles tun, dass die Mädchen meines Herzens sicher sind. Ich verspreche es.«

KAPITEL VIERZEHN

Im Haus war es still. Zu still.

Dottie hatte Emmie überredet, einen Mittagsschlaf mit ihr zu halten, wodurch sich Jack um seine eigenen Sachen kümmern konnte. Er werkelte im Garten herum, zog das Planschbecken in den hinteren Garten, da er wusste, dass eine gewisse kleine Dame später darin planschen wollte, und machte sich ein Erdnussbuttersandwich.

Gedankenlos schnitt er die Rinde vom Brot und setzte sich an den Küchentisch, um es zu essen. Erst als er von seinem rindenlosen Sandwich abbiss, wurde ihm bewusst, was er getan hatte. Mary aß ihre Sandwiches nur ohne Rinde. Das löste meist einen Machtkampf zwischen ihr und Dottie aus.

Jack legte das Sandwich wieder auf den Teller zurück. Er vermisste seine Tochter. Mit Emmie wurde diese Leere in seinem Herzen weitgehend ausgefüllt, aber das war nicht genug. Es waren schon so viele Jahre vergangen, seit er das letzte Mal mit seiner Tochter gesprochen hatte. Und sogar noch mehr, seit er sie das letzte Mal gesehen hatte.

Er schob den Teller weg und ging ins Wohnzimmer. Eine Wand war voller gerahmter Bilder. Viele davon zeigten Mary als Kind. Jack starrte auf sein Lieblingsfoto, das an einem Sommertag aufgenommen wurde. Jack trug Mary auf seinen Schultern. Mit einem breiten Lächeln im Gesicht klammerte sie sich an den Seiten seines Kopfes fest. Er konnte immer noch ihr Lachen hören, das durch den Park klang. Sie hatten ein Picknick gemacht. Es war ein schöner Tag.

Er nahm das Foto vom Haken an der Wand und trug es zum alten Schreibtisch bei der Hintertür. Dottie bewahrte dort normalerweise ein kleines Telefonbuch auf, das war aber mit Emmies Zeichnungen bedeckt, mit Rezepten und einzelnen Listen, die sich Dottie gemacht hatte.

Jack zog die Schublade heraus und durchsuchte sie. Er schob Stifte, Bleistifte und Lineale beiseite, konnte aber das Telefonbuch nicht finden. Er schob die Schublade wieder zu und seufzte. Wo war dieses Telefonbuch?

Jack ging wieder ins Wohnzimmer zurück. Dort stand ihr alter Geschirrschrank an der Wand. Manchmal bewahrte Dottie in diesen Schubladen Papiere auf. Er hatte einmal ihre Testamente dort gefunden. Das war am Anfang dieser neuen Phase von Dottie. Ihre Vergesslichkeit. Jetzt wusste er nie, wo die Dinge zu finden waren. Emmie nannte es Omis Versteckspiel. Tatsächlich ein Verstecken und Suchen.

Jack grummelte. Die Schubladen waren mit uralten Rezepten vollgepackt. Also ehrlich. Er nahm einen Stoß auf und ging ihn durch, bevor er ihn in den Papierkorb neben dem Schrank schmiss. Wofür sollte man solchen sinnlosen Kram behalten? Dottie war so pingelig, was solches Zeug anging.

Er entdeckte Dotties Stricktasche. Hm, manchmal versteckte sie Dinge dort, von denen sie nicht wollte, dass Emmie sie fand. Jack kniete sich nieder und wühlte die Tasche durch. Ganz unten lag das Telefonbuch. Er schlug die Seite mit Marys Telefonnummer auf, die einzige Verbindung, die sie zu Mary hatten. Die Nummer war aber mit einem schwarzen Markierstift ausgestrichen.

Jack kratzte sich am Kopf. Warum sollte Dottie Marys Telefonnummer ausstreichen?

Er versuchte, sich an die Ziffern zu erinnern. Er konnte einige undeutlich erkennen, aber nicht gut genug. Er blätterte das Buch durch; sie mussten die Nummer von diesem Ort haben, wo Mary sich aufhielt.

Er warf einen Blick zum Küchentisch, wo das Sandwich ohne Rinde lag. Was er gerade vorhatte, fühlte sich wie ein Tabu an. Dottie war das Bindeglied zwischen ihnen und Mary, aber nie Jack. Mary nahm sein Geld an, aber nicht seine Anrufe. Murrend schlenderte Jack zum Schreibtisch in der Küche, zog den Hocker hervor und setzte sich. Wenn ein Vater seine Tochter anrufen will, gibt es keinen Grund, warum er das nicht tun sollte. Wirklich keinen Grund.

Er schlug das Buch auf, fand die Nummer und wählte sie. Nach dem dritten Klingelzeichen wollte er gerade auflegen. Aber jemand hob ab.

»Martha-Dover-Haus, wie kann ich Ihnen heute helfen?« Eine sanfte, süße Stimme war im Telefon zu hören. Das hatte er von einem Rehabilitationszentrum in der Innenstadt von Seattle nicht erwartet.

»Ja, ähm, ich würde gerne mit Mary Henry sprechen, bitte.« Jack räusperte sich. Er zog einen Stift aus einem Glasgefäß auf dem Schreibtisch und fing an, auf einem Notizblock herumzukritzeln.

»Ist sie Patientin hier, Sir?«

Jack warf einen Blick nach hinten. Er hätte einfach Dottie anrufen lassen sollen.

»Sir?«

»Eine Patientin? Ich glaube, sie hält sich immer wieder mal dort auf. Ist sie jetzt da?« Die Art und Weise, wie die nette Stimme das Wort *Patientin* aussprach, gab Jack das Gefühl, als ob es sich um ein Krankenhaus oder so etwas Ähnliches handeln würde.

»Tut mir leid, ich kenne den Namen nicht. Können Sie warten, bis ich die Akten durchgegangen bin?«

Hatten sie viele Patienten? Er erinnerte sich, dass sie mit Drogensüchtigen und verkorksten Jugendlichen, wie Mary, überfüllt waren, aber waren es so viele, dass der Name seiner Tochter nicht bekannt war? Er hatte jahrelang Geld dorthin überwiesen.

Nachdem Mary mit sechzehn weggelaufen war, hatte er das Martha-Dover-Haus zum ersten und einzigen Mal besucht. Er trug die Notiz, die sie ihm hinterlassen hatte, immer noch in seiner Brieftasche bei sich.

Ich bin weggegangen, um mein eigenes Leben zu leben. Du warst immer mein edler Ritter, aber ich muss nicht gerettet werden. Ich liebe Dich, Daddy. In Liebe, Deine Prinzessin.

Jack glaubte ihr nicht. Sie war zu jung und hatte keine Ahnung, was es heißt, sein eigenes Leben zu leben. Natürlich musste sie gerettet werden. Dafür sind Väter da. Nur konnte sie nirgends gefunden werden. Er hatte es geschafft, ihre Spur bis zum Rehabilitationszentrum zu verfolgen; als er aber in seinem Pick-up dort ankam, war sie seit über einer Woche nicht mehr gesehen worden.

Er erinnerte sich, gedacht zu haben, dass es nicht infrage kam, seine Tochter in einem Rehabilitationszentrum zu wissen, besonders nicht unter diesem üblen Haufen, der im Vorgarten herumlungerte. Mary wurde nicht so aufgezogen, nicht wie diese Jugendlichen. Ein kleines Mädchen aus einer kleinen Seestadt hat nichts mit Drogen zu tun. Oder zumindest dachte er sich das.

»Sir, tut mir leid, dass Sie warten mussten. Ich habe die Akte Ihrer Tochter gefunden. Frau Doktor Shepherd, unsere Therapeutin im Martha-Haus, ist hier und möchte mit Ihnen über Ihre Tochter sprechen. Darf ich Sie verbinden?« Die Stimme klang nicht mehr ganz so nett.

Bevor er noch antworten konnte, ging die Hintergrundmusik los. Jack stöhnte und strich sich über seinen kahlen Kopf. Er wollte nur mit seiner Tochter sprechen, nicht mit irgendeiner Therapeutin.

Das letzte Mal hatte er Mary in einem Kaffeehaus gesehen. Dottie hatte das Treffen arrangiert. Sie hätte auch dabei sein sollen, hatte aber in letzter Minute abgesagt und sich auf irgendeinen Friseurtermin herausgeredet. Mary war wütend, als sie ihn alleine im Pick-up sah. Sie wäre fast weggelaufen, hatte ihm schon den Rücken zugedreht und war den Gehsteig hinuntergegangen. Sie wäre auch gegangen, ohne sich noch einmal umzublicken, wenn Jack sie nicht gerufen hätte.

Als sie sich umdrehte, blieb ihm die Begrüßung, die er ihr gerade geben wollte, im Hals stecken.

Das war nicht seine Tochter, es war nur ihre Hülle. Fort war das temperamentvolle kleine Mädchen, das so voller Leben und Lachen gewesen war. An ihrer Stelle stand ein süchtiger Teenager mit ungepflegtem Haar und ganz zerlumpt vor ihm. Ihr Gesicht war eingefallen und ihr Körper ganz dünn. Ihre Kleider hingen an ihr, und ihre mädchenhaften Rundungen waren verschwunden. Dottie hatte ihn gewarnt, dass Mary drogensüchtig sei, aber er hatte ihr nicht geglaubt. Er wollte nicht.

»Komm und trink einen Kaffee mit mir. Es ist schon zu lange her.«

Jack hatte Mary angefleht, Zeit mit ihm zu verbringen. Er war ihr Vater. Ihr edler Ritter. Warum hielt sie ihn auf Abstand? Er wollte sie doch nur in seine Arme nehmen und nie wieder loslassen.

Er trat einen Schritt auf sie zu, aber sie wich zurück, als ob sie es nicht ertragen konnte, in seiner Nähe gesehen zu werden. Jack ging in das Kaffeehaus und betete, dass Mary ihm folgen würde. Er drehte sich nicht um, bis er an der Theke war und seinen Kaffee und ein Muffin bestellt hatte. Mary bestellte sich eine heiße Schokolade und Kekse, drehte sich von ihm weg und ging zu einem Tisch. Jack kaufte zwei Kekse und legte sie vor seine hungrige Tochter.

Sie verschlang den ersten Keks mit drei Bissen, bevor sie ihre heiße Schokolade anrührte. Jack nahm begierig den Anblick ihres Gesichts, ihre Augen, die Form ihrer Nase auf und wartete, um zu sehen, ob sie sich ein Lächeln abringen konnte. Sie tat es nicht. Er wusste nicht, was er sagen sollte, wie er das Schweigen unterbrechen konnte, das sich zwischen ihnen ausdehnte. Das Gemurmel der anderen Gäste verstärkte die Verlegenheit noch. Jack spielte mit seiner Kaffeetasse herum, während Mary auf ihre starrte.

»Komm nach Hause, Mary.« Er hatte gar nicht bemerkt, dass er seine Gedanken ausgesprochen hatte, bis Mary den Kopf hob und lachte. Jack zuckte über die Bitterkeit zusammen, die von seiner Tochter ausging.

»Nach Hause? Nach Hause zu was, Dad? Um nachmittags Brot zu backen und unzählige Babymützchen für das Krankenhaus zu stricken? Um durch die Straßen einer kleinen Stadt zu ziehen, wo der einzige Spaß darin besteht, sich in Pyjamas zu kleiden und an einem Samstagabend irgendeiner lahmen Dudelsackband auf der Hauptstraße hinterherzulaufen?« Mary lehnte sich in ihrem Stuhl zurück und verschränkte die Arme.

Ein stechender Schmerz durchfuhr sein Herz. Er dachte, sie würde das gerne mit ihm tun. Es war ihre Tradition, die Parade mit der schottische Dudelsackband.

»Ich wollte ein Leben, Dad.« Mary breitete ihre Arme aus. »Es ist vielleicht nicht das Leben, das du für mich wolltest, aber es ist mein Leben. Das Leben, das ich gewählt habe.« Sie schlang die Arme um ihren Körper.

Jack war nicht sicher, ob es ihr kalt oder ob es eine Protesthaltung war.

»Es war kein schlechtes Leben, Prinzessin. War ich wirklich so schlimm? Bist du wegen mir weggelaufen?« Jack konnte ihr nicht in die Augen sehen.

»Ich bin vor Mamas Leben davongelaufen, nicht vor deinem.«

Jack hob den Kopf hoch und war überrascht über das, was sie gerade zugab. »Warum nimmst du dann meine Anrufe nicht an?«

Mary ließ den Kopf hängen, eine Träne rann ihr über die Wange. »Schau mich an, Dad. Ich bin nicht wirklich jenes kleine Mädchen, das du kanntest.« Ihre Finger, deren Nägel, außer die der kleinen Finger, abgebissen waren, bohrten sich in den Tisch.

»Komm nach Hause.« Jack wusste, dass sie es nicht tun würde, aber er musste es sagen.

»Nein.«

Ein kleines Wort – das jedoch in der Lage war, Träume zu zerschlagen.

Jack sah sich im Kaffeehaus um. Es war nichts Einmaliges daran. Es sah gleich aus wie jenes in seiner Stadt. Dennoch fühlte es sich kälter, feindseliger an.

»Wo wohnst du?«

Mary hob die Achseln. »Mal hier, mal dort. Mom ruft im Martha-Haus an, wenn sie mich sprechen will. Sie geben mir die Nachricht weiter, wenn ich dort bin.«

An jenem Abend, als Jack mit Dottie am Küchentisch saß und sie alleine aßen, sagte er ihr, sie sollte dem monatlichen Päckchen an Mary Geld beifügen. Dottie weigerte sich. Sie wollte Marys Drogensucht nicht unterstützen. Stattdessen kamen sie überein, Geld an das Rehabilitationszentrum zu schicken.

Als Dottie Emmie nach Hause brachte, sagte sie, sie bräuchten Mary kein Geld mehr zu schicken. Damals stellte er keine Fragen, er hätte es aber tun sollen.

»Mister Henry?« Jack ließ den Stift fallen. Er schaute sich in der Küche um. Er war immer noch alleine.

»Ja?«

»Hier ist Doktor Shepherd. Es tut mir leid, dass es so lange gedauert hat, aber ich bin gerade die Akte Ihrer Tochter durchgegangen. Wie kann ich Ihnen helfen, Mister Henry?« Die Stimme der Ärztin klang ruhig, sogar besänftigend. Zu ruhig. Zu sanft.

Wie kann ich Ihnen helfen? Habe ich mich dem Mädchen gegenüber, das das Telefon abnahm, nicht klar ausgedrückt?

»Ich will nur meine Tochter sprechen. Ist sie da?« Jack setzte sich gerade. Er war ganz entschlossen.

Über ihm war ein Knarren zu hören. Schritte trampelten über den Boden. Emmie war auf. Jack schaute auf die Uhr. Er hatte keine Zeit mehr. Die Stimme am Telefon sprach weiter, die Worte waren aber gemurmelt. Ein Wort erregte seine Aufmerksamkeit, zwang ihn, aufzustehen und zur Treppe zu starren. Er wartete, dass Emmie herunterkam.

»Wie bitte? Ich glaube, ich habe Sie nicht richtig verstanden.«

»Es tut mir leid, Mister Henry. Aber Mary …«

Emmie stand an der Treppe und rieb sich die Augen mit ihrer Faust. Ihre Haare waren wieder einmal ganz durcheinander. Er hörte der Frau am Telefon zu, seine Schultern waren angespannt, während seine Welt um ihn herum zusammenbrach. Seine Sicht wurde verschwommen, und dunkle Ringe bildeten sich vor ihm. Jack hielt sich am Stuhl fest, seine Knöchel wurden ganz weiß, als er sich daran festklammerte.

Emmie starrte ihn an. Sie wusste nicht, was gerade passierte. »Opa?«

»Mister Henry? Sir, sind Sie noch dran?«

Jack zog den Hörer vom Ohr weg. Seine Hand zitterte. Er führte das Telefon wieder an sein Ohr.

»Ähm, danke. Entschuldigen Sie die Störung. Ich wünsche Ihnen einen schönen Tag.«

»Mister Henry, haben Sie mich gehört? Mister Henry…«

Jack legte den Hörer auf. Er spürte eine Spannung in der Brust. Er versuchte, einen tiefen Atemzug zu nehmen, schaffte es aber nur schwach. Er setzte sich langsam wieder auf den Stuhl zurück. Die Sonne schien immer noch. Die Bienen summten immer noch um die Blumen, die er in den Fensterkasten gepflanzt hatte. Mit seiner Welt stimmte alles, nur nicht mit ihm. Kleine Fußtritte hallten auf dem Küchenboden wider. Jack drehte sich um und starrte auf seine kostbare Enkeltochter.

»Opa?«

Jack breitete seine Arme aus und wartete, dass Emmie sich in sie hineinwarf. Der kurze Moment, den sie dazu brauchte, fühlte sich wie Jahre an. Zwei Jahre, um genau zu sein. Wenn Jack vor zwei Jahren gewusst hätte, dass das Heimbringen von Emmie sein Herz zerstören würde, hätte er Dottie nie alleine gehen lassen, um sie zu holen.

Nie. Er würde es für immer bereuen, dass er das getan hatte.

KAPITEL FÜNFZEHN

Megan blies eine Haarsträhne aus dem Gesicht, als sie nach Hause joggte. Mit jedem Laufschritt tropfte ihr der Schweiß vom Gesicht. Sie zog es vor, am frühen Morgen zu laufen, wenn die Sonne gerade am Aufgehen und es draußen noch nicht so heiß war. Aber sie hatte länger geschlafen. Als sie Laurie anrief, mit ihr zu laufen, lachte ihre beste Freundin nur. Als sie es endlich geschafft hatte, aus dem Haus zu kommen, war es schon nach neun.

Sie lief an einem Fußgängerüberweg auf der Stelle, während Autos vorbeirasten. Ihr Haus war direkt an der Straße unten. Vor etwa anderthalb Kilometern hatte sie Seitenstechen bekommen. An diesem Morgen hatte sie eine lange Route genommen, war in Richtung Strand gelaufen, entlang der Uferpromenade und dann zum Pier hinunter, bevor sie wieder umkehrte.

Ein schwarzer Chrysler Sebring fuhr an ihr vorbei und bog in ihre Einfahrt ein. Es kribbelte an ihren Handflächen, als sie den Wagen erkannte. Sie verlangsamte ihren Lauf zu einem Gehen und versuchte, ihren Atem zu kontrollieren, während sie sich ihrem Weg näherte. Warum musste er ausgerechnet heute kommen?

Kommissar Riley stand gegen seinen Wagen gelehnt, sein weißes Hemd bildete einen starken Kontrast zum Glanz seines schwarzen Autos. Megan stockte der Atem. Sie wollte wegschauen, ihn nicht anstarren, aber sie konnte nicht. Sie rieb ihre verschwitzten Hände an ihrer Jogginghose ab und setzte ein Lächeln auf.

»Kommissar Riley, das ist aber eine Überraschung.«

»Megan.« Er machte einen Schritt auf sie zu und hielt die Akte hoch, damit sie sie sehen konnte. »Ich habe diese Phantomzeichnungen, die ich gestern am Telefon erwähnt habe.«

Megan atmete tief aus. Sie fixierte die Akte und hielt es kaum aus, ihre Tochter zu sehen. Sie streckte die Hand nach der Akte aus.

»Ist die Zeit gerade ungünstig?«

»Überhaupt nicht.« Megan schüttelte den Kopf. Sie konnte ihre Augen nicht von der Akte nehmen. Erst als er ihr die Akte in die Hand gab, hob sie den Kopf. Sie begegnete seinen grünen Augen; sah sein Verständnis, dass sie das Foto in ihren Händen halten musste.

»Darf ich mit Ihnen hineingehen? Ich werde Sie nicht lange aufhalten. Ich möchte mit Ihnen die Bilder durchgehen, wenn Sie einverstanden sind.«

Megan schaute zu ihrem Haus. Wenn Peter das herausfand … aber sie konnte nicht Nein sagen. Sie schaute auf ihre Kleidung hinunter, auf die feuchten Flecken auf ihrem T-Shirt vom Laufen. *Warum musste ich länger schlafen?*

»Natürlich. Ich muss nur …« – sie deutete mit der freien Hand auf ihre Kleidung –, »und dann werde ich eine Kanne Kaffee aufstellen.«

Sie ging an ihm vorbei, schloss die Haustür auf und wartete, bis er ihr folgte. Als er das Haus betreten hatte, lief sie nach oben und rief über ihre Schulter zu ihm hinunter. »Geben Sie mir nur eine Minute Zeit. Machen Sie es sich inzwischen bequem.«

Ein nervöses Flattern machte sich in ihrem Magen breit. Sie zog das Top und ihre Jogginghose aus. Sie sah auf die Uhr. Ihr Puls raste. Sie versuchte, sich selbst einzureden, dass es der Gedanke war, Emmas Bild zu sehen und wie sie heute wohl aussah, der das verursachte.

Ihr neues Sommerkleid, das eine, das Peter ihr gerade gekauft hatte, hing auf der Rückseite der Schlafzimmertür. Sie zog es an und strich mit den Händen über das Kleid, um die Falten glatt zu streichen. Sie zog den Gummi aus ihrem Pferdeschwanz und betrachtete sich eingehend im Spiegel.

Ihre Augen leuchteten. Sie betrachtete ihr Kleid und bewunderte, wie gut es auf ihrer Hüfte saß. Sie zog ihre rechte Schulter hoch. *Ich wollte es sowieso anziehen. Es ist nicht so, dass ich es für Riley anziehe.* Megan schüttelte den Kopf. *Kommissar Riley, Megan. Er ist Kommissar Riley für dich.*

Als Megan die Treppe nach unten ging, wehte ihr der Duft von frisch aufgebrühtem Kaffee entgegen. Kommissar Riley stand mit ausgestreckten Armen über den Tisch gebeugt da, während er Emmas Phantombilder für sie ausbreitete. Als sie in der Tür stand, blickte er hoch.

»Ich hab schon mal Kaffee gemacht. Ich hoffe, es macht Ihnen nichts aus.«

Megan dachte an den Anfang der Tage zurück, als Emma vermisst wurde. Riley wurde zu einem festen Bestandteil in ihrem Haus. Das war nicht die erste Kanne Kaffee, die er hier kochte.

»Natürlich nicht …«

Sie ging direkt zum Tisch und starrte auf die Bilder ihrer Tochter. Ihre Hände zitterten, als sie sich an den Stuhl klammerte, der vor ihr stand. Kommissar Riley ging zu ihr. Sie hielt ihren Blick auf den Tisch gerichtet, bis seine Hand neben der ihren auf dem Stuhl lag. Sie sah zu ihm hoch, sein Blick war sanft.

Megan schluckte. Sie trat einen Schritt zurück und nahm die Hand vom Stuhl.

»Wie geht es mit dem Sichere-Wege-Programm?«

Megan wusste, dass er sie mit seinem Small-Talk-Versuch beruhigen wollte. Sie war nicht sicher, ob es funktionierte.

»Ich habe diese Woche noch ein Meeting, um das Programm in einer neuen Schule einzuführen. Dann sind es insgesamt schon drei. Es geht langsam voran, aber das Programm erweitert sich.« Megan biss sich bei dem Gedanken an die frustrierenden Monate und die endlosen Meetings mit den Schulbehörden auf die Lippen. Man würde meinen, sie würden die Gelegenheit nutzen, um die Kinder in ihrer Obhut zu schützen.

»Gut, gut. Was ist mit diesen anderen Meetings? Zur Unterstützung der Familie? Gehen Sie da noch hin?«

Megan sah überrascht auf.

»Ja schon. Nicht mehr jede Woche, aber ich gehe da hin.« Es tat weh, da hinzugehen.

Ganz am Anfang, als Emma verschwunden war, konnte Megan gar nicht oft genug an den kleinen Gruppentreffen teilnehmen. Sich mit anderen Eltern zu treffen, die verstanden, wie ihr zumute war, beruhigte ihr Herz. Da gab es keine mitleidigen Blicke, kein betretenes Schweigen. Aber im Laufe der Zeit, als Familien, die sie kannte, sich mit ihrem Schicksal ausgesöhnt hatten, so tragisch es auch war, fühlte sich Megan alleine. Sie wusste, dass sie weiterleben musste, vorangehen und mehr tun musste, als nur auf Meetings zu gehen, um darüber zu sprechen, wie man damit zurechtkam. Megan musste etwas tun. Deshalb rief sie das Sichere-Wege-Programm ins Leben.

Kommissar Riley nickte und zeigte auf die Bilder. »Setzen Sie sich doch hin, und ich erkläre Ihnen, wie diese Bilder zustande kommen.«

Megan wurde ganz rot im Gesicht, als er den Stuhl für sie herauszog. Sie schüttelte den Kopf, trat neben den Tisch und ging stattdessen zur Kaffeemaschine. *Also wirklich, Megan, du musst dich beruhigen.* Sie hielt sich mit beiden Händen an der Anrichte fest, schloss die Augen und zählte bis fünf. Langsam.

»Ich will erst mal den Kaffee einschenken. Mögen Sie Ihren immer noch schwarz?« Sie zog zwei Tassen aus dem Schrank und schenkte ein. Kaffee spritzte auf die Arbeitsfläche. Sie stellte die Kanne wieder in die Maschine, atmete noch einmal tief ein und stellte seine Tasse auf die Kochinsel. Sie hasste sich, weil sie sich daran erinnerte, wie er seinen Kaffee mochte.

»Hier, bitte schön«, sagte sie, wandte sich zum Kühlschrank und öffnete ihn. Sie nahm ihren Kaffeeweißer heraus, machte ihren Kaffee fertig und ging zum Tisch zurück. Während der ganzen Zeit weigerte sie sich, jenen Mann anzusehen, der ihre Küche mit seiner Anwesenheit füllte.

Megan nahm eines der Bilder in die Hand und studierte es. So sieht Emma also heute aus. Ihr lockiges Haar in einem süßen kinnlangen Kurzhaarschnitt. Ihre Haare wurden mit einer rosa Schleife zusammengehalten. Große blaue Augen strahlten voller Lebendigkeit; ihre Grübchen traten noch deutlicher hervor. Sie sah nicht wie die Zweijährige aus, die Megan kannte und liebte. Das war ein kleines Mädchen, das reif für den Kindergarten war. Ihre Lippen formten sich zu einem sanften Lächeln. *Das ist mein Baby.* Sie legte das Bild wieder auf den Tisch zurück und wollte ein anderes nehmen, als eine Hand sie zurückhielt.

»Lassen Sie sich die Bilder zuerst erklären. Es gibt eine forensische Zeichnerin, die mit der Polizei in ganz Nordamerika zusammenarbeitet. Sie fertigt Phantomzeichnungen von Verdächtigen und vermissten Personen an. Sie ist sehr talentiert und macht das schon jahrelang. Ich hatte gehört, dass sie für ein paar Wochen in Seattle ist, wo sie an einem Fall arbeitet. Deshalb habe ich sie kontaktiert und sie gefragt, ob sie für uns ein paar altersentsprechende Phantombilder von Emma zeichnen könnte.«

»Wie heißt sie?«

Megan legte ihre Finger auf das Bild von Emma mit der rosa Schleife. Sie strich mit dem Zeigefinger über das Bild.

»Elena Stokov.«

»Sie ist sehr gut.« Megan konnte ihren Blick nicht wegnehmen. Das war das einzige Bild von ihrer Tochter, wie sie jetzt aussieht. Glücklich. Älter. Lebendig.

Kommissar Riley zeigte auf das Bild, das sie in der Hand hielt. »Das Bild, das Sie in der Hand haben, zeigt, wie Emma heute aussehen würde, wenn sie hier zu Hause wäre oder bei jemandem, der sich gut um sie kümmert.«

Megan konnte den Ausdruck in seinem Gesicht nicht lesen. Sie legte das Bild auf den Tisch zurück und nahm ein anderes hoch.

»Und das hier?«

Das Bild in ihrer Hand sah nicht wie Emma aus. Das Gesicht auf dem Bild war schmal, die Wangenknochen standen ab, und die Augen hatten ein trübes Blau. Das strähnige Haar war hinter den Schultern, und sie hatte keine Locken.

Megan traten die Tränen in die Augen, als sie auf dieses Bild starrte. Sie betete zu Gott, dass Emma nicht so aussah. Nicht so.

»Wenn Emma irgendwo gefangen gehalten und misshandelt werden würde, dann würde sie, wie wir glauben, so aussehen.« Er griff über den Tisch und legte seine Hand auf ihre. »Es tut mir leid.«

Megan zwang sich, das Bild nicht fallen zu lassen. Es war eine Realität, die sie nie einsehen wollte. Nicht, wenn es um Emma ging. Eher wollte sie, ihre Tochter wäre tot, als dass sie von einem Monster gefangen gehalten wird, das ihr wehtut. Sie prägte sich das Bild ein, nahm jedes Detail davon auf, als ein tiefer Hass in ihr aufstieg.

»Das ist nicht Emma.« Der barsche Ton ihrer Stimme erschreckte sie.

Sie legte das Bild wieder auf den Tisch. Alles in ihr schrie, sie solle das Bild zerreißen, verlangen, dass es niemals wahr sein könne, dass es nicht Emma sei. Aber sie wusste es besser. Zwei Jahre der Stille mit den schlimmsten Vorstellungen und dem Gebet, dass es nie eintreten würde.

Sie nahm das letzte Bild auf und rang nach Luft.

»Wer ist das?« Ihre Stimme erstickte bei den Worten.

Kommissar Riley räusperte sich. Er öffnete eine Akte und blätterte durch die Papiere.

»Riley, wer ist dieses Kind?« Megan hielt das Foto vor sich hin.

»Bei manchen Fällen wird das Aussehen eines Kindes verändert, damit es nicht entdeckt wird. Wenn das in Emmas Fall passiert ist, dann wurde sie möglicherweise so verändert, dass sie wie ein Junge aussieht. Wie auf dem Foto wäre ihr Haar kurz geschnitten, sie wäre wie ein Junge angezogen und würde wie ein Junge behandelt werden. Eine Art Verfremdung für die Entführer. Wenn sie wie ein Junge aussehen und sich so benehmen würde, würde das die Aufmerksamkeit von ihr ablenken. Es tut mir leid, das zu sagen, aber das passiert ziemlich oft bei Entführungen.«

Megan starrte ihn entsetzt an. Ihre Tochter würde wie ein Junge aussehen?

Sie nahm das Foto noch mal in die Hand. Megan zeichnete mit den Fingern Locken entlang der geschnittenen Haarlinie, stellte sich die Grübchen in den Wangen vor und das Funkeln in den Augen. Sie nahm das erste Foto, das sie angeschaut hatte, und hielt beide nebeneinander. Ihre Hände zitterten vor Wut, als sie beide verglich.

Die Haustür ging auf. Im Flur waren schwere Schritte zu hören. Megan zuckte zusammen, als die Tür zuschlug. Bevor sie noch etwas sagen konnte, erschien Peter. Seine Augen wanderten zwischen Megan und Riley hin und her. Sie wusste, was er dachte. Sie konnte es in seinen Augen lesen.

Megan schloss die Augen. Peter. Sie hätte sich selbst treten können. Nach dem letzten Abend hätte sie Peter mehr respektieren sollen. Sie hätte ihn anrufen sollen, während sie oben war und sich umgezogen hatte. Noch besser, sie hätte Riley nie hereinbitten dürfen.

Sie drehte sich um und wartete, bis er das Zimmer betrat. Ihr stockte der Atem, als er da war. Er schaute sie mit kalter Wut an. Das Zucken seiner Wange hob sich von der Rötung seines Gesichtes ab. Seine Lippen waren aufeinandergepresst, als er seine Aktentasche auf den Boden fallen ließ.

»Was geht hier vor?«

Megan sagte kein Wort. Sie konnte nicht. Stattdessen starrte sie auf die Fotos in ihren Händen.

Aus dem Augenwinkel sah sie, wie Kommissar Riley dastand. Fantastisch. Ihr Mann stand am einen Ende des Tisches, Riley am anderen Ende. Und sie saß in der Mitte. Wie üblich.

»Mister Taylor, ich bin froh, dass Sie hier sind. Ich wollte Ihnen einige altersgemäße Phantombilder von Emma zeigen, die eine führende forensische Zeichnerin angefertigt hat.«

Megan schaute von Peter zum Kommissar. Peters Blick war auf den Tisch gerichtet. Sie folgte seinem Blick und sah, dass er auf das Bild von Emma schaute, jenes, das zeigte, wie sie aussehen würde, wenn sie misshandelt werden würde. Sie sah wieder auf sein Gesicht. Seine Augen wirkten gequält.

Sie hielt ihm das Foto von Emma hin, auf dem sie lächelte.

»Peter, das hier.«

Ihre Stimme war leise, geladen mit den Tränen, die herabfielen. Sie wartete, bis er hochblickte. Als er es tat, streckte er seine Hand aus und entriss ihr das Papier.

»Warum sind sie so verschieden?« Peters Blick sprang von einem Bild zum anderen. Megan konnte fast die Gedanken lesen, die ihm durch den Kopf schwirrten. Die gleichen wie ihre.

Während Riley Peter die Zeichnungen erklärte, nahm Megan einen Schluck von ihrem Kaffee. Sie wünschte, sie könnte die Worte und die Bilder ausstreichen. Sie wünschte, sie könnte die Zeit zurückspulen und den Tag neu beginnen.

Besser wäre noch, wenn sie die Zeit bis ganz zu jenem Tag zurückspulen könnte, als Emma zur Haustür hinausging. Sie würde sicherstellen, dass die Tür verschlossen war. Sie würde die Mädchen hinter das Haus schicken. Vielleicht würden sie zusammen Eis essen gehen, anstatt ein Picknick im Garten zu veranstalten. Sie wünschte … Sie wünschte sich, dass Wünsche wahr würden, dass die Vergangenheit ausgelöscht werden könnte. Aber Wünsche waren nur falsche Illusionen, Orte, zu denen man gedanklich hinwandern konnte, wenn die Realität einen betrog.

»Warum also die Bilder? Warum mussten Sie sie herbringen? Warum hatte das nicht bis heute Abend Zeit, wenn wir beide zu Hause wären?«

Megan zuckte aufgrund der Schärfe in Peters Stimme zusammen. *Na schön*. Nichts als schmutzige Wäsche waschen. Sie biss sich auf die Lippen, um nichts zu sagen.

»Sie haben recht. Ich hätte bis heute Abend warten sollen.« Kommissar Riley machte eine abwehrende Handbewegung in Peters Richtung.

»Mein Fehler. Ich wollte Ihnen die Bilder zeigen und sie erklären, bevor sie verteilt werden. Die Website über vermisste Kinder wurde mit Emmas neuen Phantombildern auf den neuesten Stand gebracht, und ihr Bild wird auf den Flugblättern sein, die in den nächsten paar Tagen verschickt werden.«

»Welches Bild werden Sie verwenden?« Megan schaute auf das Bild in Peters Hand, bevor sie wieder zum Kommissar zurücksah. Als er nickte, seufzte sie erleichtert.

»Wozu braucht es dann die anderen Bilder?« Peter räusperte sich, als er den Stuhl herauszog und sich drauffallen ließ. Seine Schultern sanken unter der schweren Last, die sie trugen, ein.

»Nur für den Fall«, sagte Megan, als sie hinüberreichte und Peters Hand nahm. Sie drückte und wartete, bis Peter sie ansah, bevor sie die Frage aussprach, die in der Luft hing.

»Ist meine Tochter noch am Leben?« Megan wandte sich Riley zu.

Er schüttelte den Kopf. »Es gab über ein Jahr niemand, der sie gesehen hat. Wir haben die Hoffnung nicht aufgegeben, und wir werden nicht aufhören, nach ihr zu suchen, aber an diesem Punkt gibt es nicht viel, was wir tun können. Wir werden weiter altersgemäße Phantombilder erstellen und sichergehen, dass ihr Bild dort draußen ist. Aber wenn niemand irgendwelche Informationen liefert, sind uns die Hände gebunden.«

»Sie glauben dann also, dass sie tot ist. Wollen Sie das damit sagen? Sie geben auf?«

Kommissar Riley ordnete einige Papiere in der Akte, die vor ihm lag.

»Es tut mir leid. Mir sind die Hände gebunden.«

Die Haustür fiel mit einem dumpfen Schlag zu. Peter stand vom Tisch auf, stampfte in sein Arbeitszimmer und schlug die Tür hinter sich zu.

Megan nahm ihren Kaffee und erhob sich ebenfalls. Die Zeichnungen ihrer Tochter lagen auf dem Tisch. Sie wollte zwei der Zeichnungen verstecken. Wollte sie ignorieren, vorgeben, es würde sie nicht geben, aber das konnte sie nicht. Was sie aber tun konnte, war, sie wegzuräumen, damit die Mädchen sie nicht finden würden. Sie klopfte an die Tür des Arbeitszimmers und drehte den Türknopf. Peter stand am Fenster und starrte auf die Straße. Sie ging durch das Zimmer und öffnete eine Schublade im Aktenschrank, der an der Wand stand. Sie blätterte durch die Akten, bis sie fand, was sie wollte. Bilder. Sie legte die Bilder von Emma in die Akte. Die Schublade war voll mit Akten, die sich alle auf Emmas Entführung bezogen. Zeitungsartikel, Statistiken über Kindesentführungen, Briefe von Fremden, die beteten. Sie wollte diese Dinge behalten, bis sie ihre Tochter gefunden hatte.

Peter kam ihr verändert vor. Als ob etwas fehlte, aber sie konnte nicht genau sagen, was es war. Vielleicht waren es seine grauen Haare oder die hängenden Schultern. Vielleicht waren es die zusätzlichen Falten in seinem Gesicht oder das Stirnrunzeln, das jetzt öfter zu erkennen war. Was auch immer es war, es gefiel ihr nicht.

Sie stand neben ihm am Fenster und schaute auf die Straße. Die Nachbarin war draußen und arbeitete in ihrem Garten. Ihr Jüngstes, erst drei Jahre alt, jagte einem Schmetterling nach. Auf Peters Gesicht zeigte sich ein sanftes Lächeln, als er den kleinen Jungen mit den Armen durch die Luft fuchtelnd im Garten herumtapsen sah. Megan berührte vorsichtig Peters Hemdsärmel, aber er zog seinen Arm von ihr weg.

»Du hast es mir versprochen.«

»Ich weiß.« Megan ließ den Kopf hängen und betrachtete den Teppich zu ihren Füßen.

»Also was jetzt?«

Megan hob den Kopf. Sie hatte den scharfen Ton in seiner Stimme nicht erwartet.

»Was meinst du mit: *Also was jetzt?*«

Peter wandte den Kopf zu ihr und starrte sie an. Die kalte Wut in seinen Augen drehte ihr den Magen um, bis er Knoten hatte.

»Ist irgendetwas passiert, bevor ich euch gestört habe?«

»Soll das ein Witz sein?«, fragte Megan außer sich. Sie drehte sich um und schaute aus dem Fenster. Sie presste die Zähne zusammen, wobei sie das Gleiche mit den Fingernägeln in ihren Handflächen tat.

Er packte sie am Arm, seine Finger gruben sich in ihre Haut. »Du glaubst, ich wäre unvernünftig?«, fauchte er sie an.

Sie befreite ihren Arm aus seinem Griff. »Ja!«

»Dann erklär mir das.« Peter fuhr mit der Hand an Megans Körper auf und ab.

Sie sah hinunter. Das Kleid. Das verdammte Kleid. Sie schloss die Augen, zählte für sich langsam und sehr bewusst bis fünf, damit sie sich so weit beruhigt hatte, dass sie mit ihm sprechen konnte. Sie rieb sich den Arm an der Stelle, wo er sie gepackt hatte. Als sie ihn wieder ansah, war er einen Schritt zurückgetreten und hatte seine Arme verschränkt.

»Du glaubst, ich hätte mich für ihn so angezogen? Im Ernst, Peter! Hast du denn kein Vertrauen zu mir? Das« – Megan fasste nach dem Saum ihres Kleides und hob ihn hoch – »war für dich, du Dummkopf. Ich dachte, ich überrasche dich wieder in deinem Büro, und wollte sehen, ob wir zusammen Mittagessen gehen. Überraschung!« Megan warf die Hände in die Luft, bevor sie sich umdrehte und im Zimmer auf und ab ging.

»Ich kann nicht glauben, dass du etwas anderes gedacht hast.« Megan schüttelte den Kopf, ihr Körper war ganz angespannt.

Peter ging zum Schreibtisch. Er ließ sich mit einem lauten Seufzer auf seinen Stuhl nieder und lehnte sich zurück.

»Was hätte ich sonst glauben sollen, Meg? Ich komme heim und finde dich alleine mit diesem Mann im Haus. Du hast ein Kleid an, das ich dir gekauft habe. Ein Kleid, das du bis heute noch nie getragen hast.« Er verschränkte die Arme und ließ den Kopf zurückfallen. »Warum hast du mich nicht angerufen oder ihm gesagt, dass die Zeit nicht passt? Was glaubst du, wie ich mich gefühlt habe, als ich nach Hause kam und seinen Wagen auf meiner Einfahrt gesehen habe?«

Megan fasste nach der Lehne des Ledersessels, der vor Peters Schreibtisch stand.

»Oh, ich weiß nicht, vielleicht solltest du deiner Frau vertrauen? Das wäre eine gute Idee.« Obwohl sie wusste, dass er das nicht tun sollte.

Peter beugte sich in seinem Stuhl vor und stützte die Ellbogen auf den Schreibtisch. »Ich habe nie gesagt, dass ich dir nicht vertraue.«

»Wirklich? Aber so hat es geklungen.« Ihr Griff am Sessel wurde noch fester.

Peter schüttelte den Kopf. »Du hörst mir nicht zu, Meg.«

Megan drehte sich von ihm weg. Sie hatte genug gehört.

Als sie ihre Hand auf den Türgriff legte, drehte sie sich um.

»Nein, ich habe dich gehört. Ich habe noch ein weiteres Versprechen gebrochen. Eines, das du brauchst, damit deine kleine Welt in Ordnung bleibt. Tut mir leid, dass ich deine Seifenblase platzen ließ, Peter, aber das Leben ist nicht fair.

Die Zeichnungen, die du heute von Emma gesehen hast, sollten Beweis genug dafür sein.« Megan riss die Tür auf.

»Ich weiß nicht, wie viel ich noch ertragen kann, Megan.«

Als sie bereits im Flur war, drehte sich Megan noch mal halb zur Tür um. Sie hörte, wie niedergeschlagen seine Stimme war. Aber es gab nichts, das sie dagegen tun konnte. Er erwartete mehr von ihr, als sie geben konnte.

»Du weißt nicht, wie viel du ertragen kannst? Schau den Tatsachen ins Auge, Peter. Ich bin nicht die Einzige hier, die unsere Ehe kaputt gemacht hat. Es braucht immer zwei, schon vergessen?«

KAPITEL SECHZEHN

Auf dem Boden wurde eine Schüssel Fischlisalzgebäck verschüttet. Sherri seufzte. Sie war gerade mit Staubsaugen fertig geworden. *Also wirklich, im Ernst?* David, der Missetäter mit dem engelhaften Lächeln auf dem Gesicht, schwang seine dünnen Beinchen über den Rand der Couch und starrte sie an.

»Wirst du das sauber machen?«

David zuckte mit den Schultern. In seinen Augen lag ein spitzbübisches Grinsen. *x*. Sherri stampfte mit dem Fuß auf den Boden und funkelte ihn an.

David, ein vierjähriger Engel, wie seine Mutter meinte, zeigte ihr die Zunge.

Sie schloss ihre Augen, zählte bis zehn und ging dann vor ihm in die Hocke.

»Du weißt, David, ich musste mit deiner Mom über den Streit zwischen dir und Travis reden, erinnerst du dich? Erinnerst du dich daran, was wir gesagt haben, was passieren würde, wenn du weiter die Hausregeln nicht beachtest?«

Er biss sich auf die Lippen. »Mommy wird mich nicht zum Baseballspiel mitnehmen.«

Sherri hob einen Fisch vom Boden auf. »Wirst du dir das von ein paar verschütteten Crackers wegnehmen lassen?«

Er schüttelte den Kopf.

»Wie wär's also, wenn du mir helfen würdest, das aufzuräumen, okay?«

Sherri gab sich große Mühe, sich das Lachen zu verbeißen. Er hatte schon die ganze Woche ununterbrochen von diesem Baseballspiel geredet.

David sprang von der Couch und kroch auf dem Boden herum, um die losen Fischli aufzuheben. Sherri schnappte sich ein paar und tat so, als ob sie an seinem Arm herumknabbern würden. Inmitten von Davids Quietschen läutete es an der Tür.

Tonya und Sarah sausten beide ins Wohnzimmer. Sarah fuchtelte bei dem Lärm mit den Armen in der Luft herum, während Tonya versuchte, sie festzuhalten. Über Sarahs Wangen strömten Tränen, bevor sie sich mit den Händen beide Ohren zuhielt.

Sherri eilte zur Tür und zog sie mit einem Ruck auf. Sie hatte vergessen, das *Bitte-nicht-klingeln*-Schild an der Tür anzubringen.

Sie glaubte, der Berater für die Tagespflege würde vor der Tür stehen. Stattdessen waren es ihre älteren Nachbarn.

Das Geschrei hörte auf. Dafür gab es ein lautes Gedränge. Sherri war sich nicht sicher, welchen ohrenbetäubenden Lärm sie bevorzugte. Sie drehte sich um. Ihr blieb der Mund offen. Travis, der kleine Stinker, hatte beschlossen, die Fischli, mit denen David auf dem Teppich spielte, zu zertreten. Tonya hatte zum Glück ihre Arme um Sarah geschlungen, die rief: »Meine Freundin! Meine Freundin!«

Sherri wusste, dass sie ganz rot im Gesicht war. »Entschuldigen Sie den Wirbel, kommen Sie doch bitte herein.«

Emmie trippelte mit großen Augen in das Zimmer. Sie war erstaunt über die verschiedenartigsten Geräusche, die das Haus erfüllten. Die Großeltern zögerten etwas. Der Großvater legte die Hand auf den Rücken seiner Frau und murmelte etwas, das sie nicht hören konnte.

Sherri wollte sich beinahe wieder für den Lärm entschuldigen, hielt aber inne, als Dorothy einen Schritt auf sie zuging.

»Stören wir?« Die ältere Frau blickte sich im Raum um. Sie schürzte ihre Lippen, als sie den Streit zwischen Travis und David sah.

Großartig. Einfach großartig.

»Überhaupt nicht«, log Sherri. »Kümmern Sie sich nicht darum.« Sie zeigte auf die Kinder. »Ich wollte sie gerade nach draußen schicken.«

»Wir könnten doch mitkommen.«

Sherri drehte sich zu Emmas Großvater um. Wenn es je einen Mann gab, der das Aussehen eines Großvaters verkörperte, dann war es dieser Mann. Sie musste einfach lächeln. Auf seinem faltigen Gesicht lag ein breites Grinsen, sein kahles Haupt glänzte rosa, und sein Overall vermittelte eine gelassene Einstellung.

Sie reichten sich zur Begrüßung die Hände. Sie lachte, als ihre Hand in seiner verschwand und er sie schüttelte. Ihr Arm wurde heftig durchgerüttelt.

»Ich bin Jack, Emmies Großvater, und meine Frau Dottie haben Sie ja schon kennengelernt.«

»Schön, Sie kennenzulernen, Jack. Willkommen in meinem Zirkus.«

Sie atmete erleichtert auf, als sie ein kleines Lächeln auf Dotties Gesicht bemerkte. Sie wollte, dass diese Frau sie mochte.

»Meine Freundin!« Sarah kämpfte sich aus den Armen ihrer Schwester.

Emmie rannte zu ihr. Sarah umarmte Emmie ganz fest und drückte sie, bis beide rot im Gesicht waren. Die Mädchen lachten zusammen. Sherri mochte es, wie schnell es Sarah gelang, Freunde zu finden. Die Mädchen sprangen

Hand in Hand aus dem Wohnzimmer hinaus. Tonya folgte ihnen.

Sherri richtete ihre Aufmerksamkeit auf David und Travis. Inzwischen machten sie Armdrücken auf dem Couchtisch. Jack kam durch die Tür und stand vor den Jungs. Als die Jungs merkten, dass sie beobachtet wurden, schauten sie beide gleichzeitig hoch. Der Mund blieb ihnen offen stehen, als sie den Bären von einem Mann sahen. Travis stand langsam auf und wischte sich die Krümel von den Beinen, bevor er seinen Daumen in den Mund steckte. Sherri schüttelte den Kopf. David streckte seine Hand aus und wartete, dass Jack sie nahm.

»Willst du Arm drücken?«

Sherri biss sich auf die Lippen, konnte aber das Lachen nicht zurückhalten. Nur David, mit seinen dünnen Ärmchen, würde einen Mann, der dreimal so groß war wie er, zum Armdrücken herausfordern.

»Echte Männer kämpfen nicht im Müll, mein Sohn.«

Sherri hätte ihn am liebsten auf der Stelle umarmt. Stattdessen legte sie ihre Hand auf Dotties Arm. »Es ist ein wunderschöner Tag. Ich habe frischen Sommertee gemacht. Wollen wir uns draußen hinsetzen?«

Dottie rührte sich nicht. Ihr versteinertes Gesicht war zu einem schiefen Lächeln verzogen, während sie nur auf ihren Mann sah. Dottie zog ihren Arm weg, um ein wenig Distanz zu Sherri zu schaffen.

»Also, das hört sich nach einem Angebot an, das wir nicht gut ausschlagen können.« Ein freundliches Lächeln machte sich auf Jacks Gesicht breit, als er Dottie bei der Hand nahm.

Sherri führte sie durch die Küche und über die Schiebetüren auf die Veranda hinaus. Sie stellte sicher, dass sie es sich in den Schaukelstühlen bequem machten, bevor sie wieder hineineilte, um Eistee und Gläser zu holen. Sie befühlte den Glaskrug. Er war kalt. *Gott sei Dank*.

Sie schenkte allen ein Glas ein, während sich ein betretenes Schweigen breitmachte. Dottie hielt ihren Blick auf Emmie gerichtet, die mit ihren Beinen eifrig Schwung holte, während Sarah ihre Beine auf der Schaukel nur baumeln ließ. Für Sarah war es noch nie leicht, auf der Schaukel ein Koordinationsgefühl zu entwickeln.

Ein kleines Mädchen kam mit einem Strauß Unkraut in der Faust zu Sherri gelaufen.

»Ist das Ihre Tochter?« Dottie löste endlich ihre Aufmerksamkeit von Emmie.

Sherri lächelte, als sie die Blumen aus der Hand ihrer Tochter entgegennahm. Ihr langes, blondes, glattes Haar reichte ihr bis zur Taille. Ihre babyblauen Augen leuchteten. »Ja, das ist sie.« Sie legte einen Finger unter das Kinn ihrer Tochter und hob es hoch, damit sie ihr in die Augen sehen konnte.

»Marie, das hier sind Emmies Großeltern. Kannst du bitte Hallo sagen?«

Marie legte ihre kleinen Finger schnell an den unteren Rand ihres Sommerkleides und machte einen Knicks. Ihre Augen strahlten fröhlich, als sie wegsprang, um bei den Mädchen auf der Schaukel zu sein. Zuerst hüpfte Sarah von der Schaukel, Emmie folgte ihr.

Sherri hielt den Atem an, merkte aber bald, dass es dumm war. Emmie und Sarah fassten beide nach Maries ausgestreckten Händen. Erst als sie sah, wie die drei Mädchen gemeinsam zu einem Hügel rannten, der ganz mit Löwenzahn bedeckt war, wandte sie sich wieder ihren Gästen zu.

Dottie zog die Augenbrauen hoch.

Jack war jedoch ganz dahingeschmolzen. »Ihre Tochter ist taub?«

Sie lächelte. Sie hatte sich schon gedacht, dass von den beiden er es war, der fragen würde.

»Teilweise. Sie kam zu früh auf die Welt und hat ein zu siebzig Prozent eingeschränktes Hörvermögen. Sie kann Lippen lesen und gewisse Geräusche hören, aber meistens benutzt sie Zeichensprache, außer sie fühlt sich bei Leuten wirklich wohl.«

»Sie scheint glücklich zu sein.« Dotties Gesicht wurde bei Sherris Worten freundlicher.

»Das ist sie. Sie ist mein kleines Freudenbündel. Ich glaube, sie und Emmie könnten gute Freunde sein.«

Dotties Lippen schürzten sich.

Jack legte seine Hand auf Dotties Arm, bevor er sich wieder Sherri zuwandte. »Es wird Emmie guttun, eine Spielkameradin zu haben. Danke.«

Dotties Hände verkrampften sich bei diesen Worten zu einer Faust.

Die nächsten fünfzehn Minuten oder so bemühte sich Sherri, mit ihren Nachbarn Small Talk zu machen. Sie wusste, dass sich Dottie unwohl fühlte. Es war die Art und Weise, wie sie mit stocksteifem Rücken im Sessel saß, wie sie kleine Schlucke aus ihrem Glas nahm und Sherri kaum in die Augen sah, obwohl die jüngere Frau immer wieder versuchte, sie in ein Gespräch zu ziehen. Dotties ganze Aufmerksamkeit war auf ihre Enkeltochter gerichtet.

Im Gegensatz zu seiner distanzierten Frau war Jack der reinste Gentleman. Er fragte sie über die Tagespflege und die Kinder aus. Er fragte sie sogar nach ihrem Mann. Seine Augen leuchteten auf, als sie erwähnte, wo Matt arbeitete. Männer und ihr Spielzeug – oder ihre Lastwagen in diesem Fall.

»Ich glaube, wir müssen jetzt gehen.« Dottie sprang vom Sessel hoch.

»Emmie!«, rief sie mit fester Stimme.

»Aber Dottie.« Jack drückte sich vom Stuhl hoch. »Wir sollten …«

»Nein, Jack, ich will gehen. Danke für den Eistee, Sherri. Entschuldigen Sie, dass wir so unangemeldet hereingeplatzt sind.«

Dottie ging über die Wiese zu den Mädchen. Emmie rannte zu Dottie, die sie an der Hand nahm und sie zum Haus zurückzog. Sherri wollte etwas sagen, aber Jacks Gesichtsausdruck hielt sie davon ab.

»Danke für den Eistee. Kommen Sie doch das nächste Mal zu uns, um Dotties hausgemachte Kekse zu probieren.« Jack zuckte die Achseln, als er sah, wie seine Frau zu ihm zurückstürmte. Sie sah Sherri nicht einmal mehr an, als sie sich dem Weg an Sherris Haus vorbei näherte. Jack nickte Sherri zu, folgte aber dann seiner Frau.

Sherri ließ sich in ihren Sessel sinken und war verblüfft über das, was sie gerade erlebt hatte. Von wegen, dass die Frau sie mochte.

KAPITEL SIEBZEHN

Und wir haben schöne Blumen gepflückt und Ketten daraus gemacht. Genau wie Daisy und ich immer. Es hat so viel Spaß gemacht!« Emmie plapperte am Küchentisch vor sich hin, während sie mit den Erbsen auf ihrem Teller spielte.

Jack kicherte. Die Begeisterung seiner Enkeltochter war ansteckend. Zumindest für ihn. Dottie jedoch saß auf der anderen Seite des Tisches und starrte nur finster vor sich hin. Jack ignorierte sie. Sie war schlecht gelaunt. Schon seit sie das Haus der Nachbarn so unhöflich verlassen hatten. Das sah Dottie so gar nicht ähnlich, dass Jack wissen wollte, was los war, als sie wieder zu Hause waren. Aber Dottie klapperte nur mit den Töpfen in den Schränken herum, bis er nach draußen flüchtete.

»Und sie sieht auch wie meine Schwester aus. Ist das nicht lustig, Opa?« Emmie schob weiter ihre Erbsen auf dem Teller herum. »Ich finde es lustig.«

»Ist das wahr?« Jack starrte Dottie weiter an und beschwichtigte Emmie lediglich, bis er den Ausdruck in Dotties Augen bemerkte. Sie waren ganz groß. Vor Angst.

»Ja. Und Opa, weißt du was?«

»Nein, Emmie. Was?« Er sah Emmie an. Ihre Augen waren auch ganz groß. Vor Freude.

Eine Gabel klapperte auf dem Teller. Dottie legte ihre Gabel nieder, nahm ihre Serviette auf und tupfte sich damit den Mund ab, bevor sie sie auf den Teller legte. Ein Teller voll mit nicht angerührtem Essen. *Was ist los. Hat Dottie heute vergessen, ihre Medizin zu nehmen?*

»Sie ist auch so nett wie meine Schwester! Ist das nicht toll? Ich wünschte, meine Schwester könnte hier sein. Dann wären wir alle Freunde!« Emmie warf ihre Arme überschwänglich in die Luft.

»Schwester? Welche Schwester?« Jack schüttelte den Kopf. Er hat da wohl etwas nicht mitbekommen.

»Die Schwester meiner Freundin. Sie ist wirklich nett!« Emmie schaufelte eine Portion Auflauf in ihren Mund. »Ja, das ist schön, nicht wahr?«

Jack hatte keine Ahnung, wovon sie sprach, aber er dachte sich, dass sie noch genug erzählen würde, damit er es herausfinden könnte. Wenigstens hatte Emmie jetzt Freunde. Zumindest kam aus diesem peinlichen Besuch etwas Gutes heraus.

»Also, Frau, du hast wieder etwas Wunderbares gekocht.« Jack klopfte sich auf den Bauch und zwinkerte.

Dottie funkelte ihn an. Sie schnappte sich ihren Teller, stieß den Stuhl zurück und stand auf.

Was soll das?

Er folgte Dottie zum Abwasch. Er stellte seinen Teller auf die Anrichte und legte seine Hand auf ihre, als sie gerade den Wasserhahn aufdrehen wollte. Sie schüttelte seine Hand ab.

»Glaubst du nicht auch, das wäre toll, Opa?«

Jack starrte auf Dottie und bemühte sich, in ihren Augen zu lesen, aber sie blieben für ihn verschlossen. Er seufzte und ließ die Schultern hängen, als er einsah, dass es zwecklos war. Deshalb wandte er sich wieder Emmie zu.

»Was meinst du, Prinzessin?«

»Wenn sie sich treffen könnten?« Emmies Stimme sang vor Glück.

Jack schloss seine Augen. In all den Jahren hatte er die

Sprache der Frauen nie beherrscht. Das würde er auch nie tun.

»Wenn wer sich treffen könnte?« Jack fing an, sich Sorgen zu machen. Dotties Lippen waren so fest gespitzt, dass er die einzelnen weißen Linien sehen konnte. Ihr Kinn zitterte.

Emmie drehte sich in ihrem Stuhl um und setzte sich auf die Knie. Sie hielt sich an der Stuhllehne fest, zuckte mit den Schultern und seufzte.

»Opa, du hast mir nicht zugehört! Meine Schwester und …«

Dottie wirbelte herum. Ihr Körper zitterte, als sie mit dem Finger auf Emmie zeigte. »Jetzt reicht's! Ich wusste, dass es falsch war, dich mit diesen fremden Kindern spielen zu lassen. Ich wusste es.«

Sie wandte sich Jack zu und stieß ihren Finger in seine Brust. »Ich habe dir gesagt, dass es falsch ist, aber du hast darauf bestanden. Jetzt siehst du's. Sie lügt. Sie hat uns vorher nie angelogen. Unsere Mary hat nie gelogen!«

Emmie traten die Tränen in die Augen, bis sie über ihre Wangen strömten.

»Aber … aber … Oma, ich lüge nicht! Ich verspreche es!«

»Also, Dottie …« Jack wusste, wenn er jetzt nicht einschritt, würde es schlimm werden.

Dottie stieß ihn wieder an. Diesmal zuckte er zusammen. »Nicht. Nicht, Jack. Ich werde diese Lügen nicht dulden.« Sie wandte ihm den Rücken zu.

»Geh. Geh nach oben, kleines Mädchen. Ich dulde keine Lügner. Du kannst den Rest des Abends in deinem Zimmer verbringen.« Sie zeigte auf die Treppe. »Geh!«

Jack brach es fast das Herz, als Emmie ihn ansah. Sie wollte, dass er sich für sie einsetzte, aber er schüttelte nur den Kopf. Es hatte heute Abend keinen Sinn, mit Dottie zu streiten. Er deutete mit dem Kopf zur Treppe hin.

Emmie hatte ihr Kinn fast bis zum Hals gezogen und kletterte von ihrem Stuhl herunter. Mit gebeugtem Körper und hängenden Armen trottete sie zur Treppe. Sie blieb stehen, hob den Kopf und sah Jack an. Er warf ihr ein Lächeln zu. Ihre Lippen formten sich zum größten Schmollmund, den er je an ihr gesehen hatte. Sie senkte den Kopf und setzte einen Fuß auf die erste Stufe.

Jack schielte aus dem Augenwinkel, um sicherzugehen, dass Dottie es nicht sah. Er machte einen kleinen Schritt zu Emmie hin, aber Dotties Stimme hielt ihn ganz kalt auf.

»Nicht. Sie muss es lernen, Jack.«

Emmie ging die Stufen hoch. Bei jedem Schritt schniefte sie. Jack drehte sich von Dottie weg. Er wartete, bis er hörte, dass Emmie die Zimmertür geschlossen hatte, bevor er sich seiner Frau zuwandte. Als er sie gerade mit Fragen bombardieren wollte, brachten ihn die Tränen in ihren Augen zum Schweigen.

»Schwestern«, murmelte Dottie. »Warum denkt sie jetzt an Schwestern?«

Jack wurde ganz reglos und starr vor stiller Angst. Dottie sah ihn kein einziges Mal an. Es war, als hätte sie vergessen, dass er direkt neben ihr stand, nahe genug, um ihre Gedanken zu hören. Er wollte sie bitten, ihn anzusehen, aufzuhören, laut zu denken, aber er konnte es nicht. Die nächsten Worte aus Dotties Mund machten Jack sprachlos.

»Ich habe nie gedacht, dass sie Schwestern hat.«

Dottie zitterte am ganzen Körper. Ihre Hände umklammerten die Ecke der Anrichte, bis sie weiß waren. Es sind schon mehr als zwei Jahre vergangen, warum redet sie jetzt von Schwestern?

Langsam und präzise löste Dottie eine Hand nach der anderen von der Anrichte und drehte den Wasserhahn auf. Sie nahm jeden Teller, jede Gabel und Tasse, eines nach dem anderen, bis das ganze Geschirr vom schaumigen Wasser bedeckt war.

Sie versuchte sich an jenen Tag zu erinnern, als sie Emmie mit nach Hause brachte. Es war alles leer. Sie konnte sich nicht an die Fahrt in die Stadt erinnern. Sie konnte sich nicht einmal daran erinnern, ihre Tochter gesehen zu haben. Wann hatte sie ihre Tochter das letzte Mal gesehen? Warum konnte sie sich nicht daran erinnern?

Die einzige Erinnerung, die sie an diesen Tag hatte, war, dass sie die Hand ihrer Enkeltochter in ihrer fühlte, der feste Griff, als sie zusammen ins Haus gingen.

Dottie begann zu schluchzen. Sie zog die Luft ein und hielt sie an. Es half aber nichts, das Schluchzen übermannte sie. Hatte Mary noch andere Kinder, von denen sie nichts wusste?

Dottie brach zusammen – jegliche Stärke, die ihren Körper aufrecht hielt, verschwand bei diesem Gedanken. Jack fing sie mit seinen starken Armen auf, bevor sie zu Boden fiel. Sie legte den Kopf gegen seine Brust und gab sich dem Schmerz hin, der durch ihren Körper floss.

Warum konnte sie sich nicht erinnern? Warum konnte sie sich nicht daran erinnern, wie sie ihre Tochter das letzte Mal sah. Ihr Kopf pochte, als ihr die Fragen durch den Sinn schwirrten.

»Dottie?«

Jack starrte sie an. Sie bemühte sich, aufzustehen. Jacks Arme umfassten sie fester, als er sie hochzog. Sie lehnte sich gegen die Anrichte und schloss ihre Augen. Ein pochender Schmerz setzte sich direkt hinter ihrem linken Auge fest.

»Dottie? Gibt es Schwestern?« Jacks Stimme klang zögerlich.

Sie schüttelte den Kopf. Sie wollte nicht darüber sprechen. Nicht mit ihm. Nicht jetzt. »Sie sollte nicht lügen, Jack. Mary hätte uns nie angelogen. Warum tut sie das jetzt?« Sie konnte ihm nicht in die Augen sehen. Stattdessen konzentrierte sie sich auf das Geschirr.

»Sie ist nicht Mary. Sie ist ein kleines Mädchen mit einer blühenden Fantasie. Es war falsch, sie in ihr Zimmer zu schicken.«

Dottie sank zusammen, als Jack sich von ihr entfernte.

»Ich weiß, wer sie ist.« Ein Geschirr klapperte in den Abwasch, als es ihr aus den Fingern rutschte.

»Ich glaube, du solltest sie aus ihrem Zimmer herauskommen lassen.«

Dottie wirbelte herum; vom Geschirrtuch tropfte Wasser auf den Boden. »Wage ja nicht, mir zu sagen, wie ich dieses kleine Mädchen zu erziehen habe.«

Sie bückte sich und wischte das Wasser auf, das sich um ihren Fuß angesammelt hatte. Sie verstand ihre Wut selbst nicht. Jack hatte recht. Sie hatte überreagiert, und sie wusste es.

»Ich glaube nur, dass du zu streng mit ihr bist, das ist alles.« Jack zuckte die Achseln. Er sammelte die Teller und das Besteck vom Tisch ein und brachte es zu ihr hinüber.

Dottie seufzte. »Das liegt daran, dass sie deine Prinzessin ist. Ich weiß, was ich tue, Jack. Wir können nicht zulassen, dass Mary uns anlügt. Wenn wir sie jetzt daran hindern, wird sich die Vergangenheit nicht wiederholen.«

»Emmie.«

Das Pochen in Dotties Kopf wurde stärker. Ihre Augen schmerzten. Jack hatte seine Hände auf Dotties Schultern gelegt. Sie stöhnte und ließ ihren Kopf nach vorne fallen, als seine Finger ihre Verknotungen massierten.

»Wer?« Das Pochen wurde stärker, bis ihre Ohren von einem dumpfen Dröhnen erfüllte waren.

»Unsere Enkeltochter.«

Dottie rollte den Kopf, da der Druck von Jacks Fingern Wunder bewirkte. Sie fühlte sich im Nacken nicht mehr so verspannt wie zuvor. Wenn jetzt nur noch dieser Kopfschmerz weggehen würde. »Ich verstehe nicht, Jack. Mary hatte nie eine Tochter.«

Ein starker, stechender Schmerz explodierte hinter Dotties Augen. Sie schrie auf, als sie sich nach vorne beugte. Jacks Arme umschlangen sie. Er nahm ihre Hand und führte sie aus der Küche hinaus. Er murmelte etwas vor sich hin, aber sie konnte es nicht verstehen.

Er legte seine Hand auf ihren Rücken und half ihr die Treppe in ihr Schlafzimmer hoch. Sie sank auf das Bett, hob ihre Beine hoch und legte den Kopf auf das Kissen. Es fühlte sich gut an, so gut, ihren Kopf hinzulegen. Ein Gedanke ließ sie jedoch nicht in Ruhe; sie vermisste etwas, konnte sich aber nicht entsinnen, was es war.

Aber sie wusste, dass es etwas mit Mary zu tun hatte.

KAPITEL ACHTZEHN

Auf Megans Fußmatte vor der Haustür lag ein kleiner Karton. Ein braunes Päckchen mit einer schokofarbenen Satinschleife. Sie hob es auf. Es war leicht. Ein zarter Duft entströmte dem Päckchen. Sie hielt es sich näher an die Nase. *Hmm, Schokolade.*

Im Haus streifte sie die Schuhe von den Füßen und eilte in die Küche. Sie hatte noch eine Stunde Zeit, bis sie die Mädchen abholen musste. Nach ihrer Auseinandersetzung am Morgen hatte Peter schnell das Haus verlassen. Sie hatte ihn den ganzen Nachmittag versucht anzurufen, aber er nahm nicht ab. Als er nicht einmal zum Abendessen erschien, wusste Megan, dass er nicht nach Hause kommen würde.

Je mehr sie darüber nachdachte, desto wütender wurde sie. Er wusste, dass heute Abend viel los war. Sie mussten beide da sein. Alexis hatte ihr Fußballtraining, und gleichzeitig musste Hannah ins Schwimmbad zu ihrem Training. Deshalb hatte sie Hannah am Sportplatz abgesetzt, bevor sie Alexis zum Fußballplatz brachte. Alexis wollte nicht, dass sie dablieb und zuschaute.

Anstatt zum Schwimmbad zurückzufahren, fuhr sie heim, um zu sehen, ob Peter während ihrer Abwesenheit nach Hause gekommen war.

Er war nicht da.

Dafür lag dieses kleine Päckchen für sie vor der Tür. Ein

kleiner Hoffnungsschimmer keimte in ihrem Herzen. Vielleicht wollte Peter sie überraschen. Vielleicht war das seine Art zu sagen, dass es ihm leidtat.

Sie legte das Päckchen auf die Anrichte und öffnete den Umschlag, der dranhing. Sie lächelte, als sie die Karte herauszog. Es war ein Bild von einem Mädchen, das in eine Schokoladeschachtel eintauchte. Es war nicht von Peter. Aber sie hatte eine Ahnung, von wem es war. Die Handschrift auf der Karte verriet es.

Wenn das Leben dir eine Schachtel Pralinen schenkt, dann würd ich sagen, wir stürzen uns hinein! xoxo Laurie

Sie lächelte und griff nach dem Telefon. Laurie meldete sich nach dem ersten Klingeln.

»Hast du es schon aufgemacht?«, fragte sie.

»Nein, aber mir gefällt die Karte. Du bist so lieb.« Megan klemmte den Hörer zwischen Schulter und Ohr. Sie wickelte das Band ab und öffnete den Deckel.

»Also, mach es schon auf!« Lauries Stimme war voller Begeisterung.

Megan lachte, als sie die offene Schachtel sah. Laurie hatte ihr eine Schachtel Schokolade zur Karte dazugegeben. Nur war die Hälfte der Schokolade schon weg.

»So also spielt sich das sogenannte *Hineinstürzen* ab, hm?« Megan konnte nicht aufhören zu lachen.

»Du warst eben nicht daheim, als ich es vorbeibrachte. Außerdem kenne ich dich; wenn ich nicht gleich welche genommen hätte, wären für später keine übrig geblieben, deshalb …«

»Deshalb hast du dir also zu helfen gewusst.« Megan nahm ein leckeres quadratisches Stückchen und biss hinein. *Mm, Karamell.* Mit geschlossenen Augen genoss sie den cremigen Geschmack.

»Ach. Meine …« Sie seufzte ins Telefon.

»Gut, hm?«

»Mhhhh …« Megan schob sich den Rest des Schokoladenstückes in den Mund.

»Würd ich dir, der ultimativen Schokoholikerin, irgendetwas anderes als nur das Beste kaufen?«

Megan sah sich die übrigen Schokostücke durch. »Du hast keine Ahnung, wie ich das gebraucht habe.«

»Schlechter Tag?«

»Das könnte man sagen. Peter ist nach Hause gekommen, als Kommissar Riley gerade hier war.« Megan nahm sich noch eine Schokolade und ging zur hinteren Veranda hinaus.

»Oh, oh.«

Megan setzte sich in einen der Liegestühle, lehnte ihren Kopf zurück und schloss die Augen.

»Er warf mir vor, eine Affäre zu haben.« Sie ließ die Schultern hängen.

»Von wegen im Glashaus sitzen und mit Steinen werfen. Soll das ein Witz sein? Hat er das wirklich gesagt?« Laurie war offensichtlich schockiert.

»Nein.« Megan schüttelte den Kopf. Sie dachte an die Worte zurück, die heute Morgen zwischen ihnen hin und her geflogen waren. Sie war nicht sicher, ob sie das je vergessen könnte.

»Ich bin nicht sicher, wie es jetzt bei uns weitergehen soll. Wir sind an einem Tiefpunkt angelangt. Ich glaube, anstatt miteinander voranzugehen, laufen wir nebeneinander her. Und zwar in entgegengesetzte Richtungen. Allein.«

Sie wusste, dass sie wahrscheinlich betroffen, unglücklich oder sogar etwas traurig darüber sein sollte. Das war sie aber nicht. Sie war nur … lustlos. Leer. Sie zuckte bei diesem Gedanken mit den Schultern. Gleichgültig.

»Ist es so schlimm?«

»Ich weiß nicht. Vielleicht? Ich nehme an, wir werden es sehen. Wir sind zurzeit beide am Ende. Riley ist vorbeigekommen, um uns die aktuellen Zeichnungen von Emma zu zeigen. Ich glaube, wir haben beide einfach nur schlecht reagiert und haben es aneinander ausgelassen.«

Das Bild von Emma als Junge verfolgte sie. Es ging ihr schon den ganzen Tag nicht mehr aus dem Kopf. Sie hatte versucht, sich abzulenken, indem sie im Bett alte Filme anschaute, aber sie musste ständig daran denken. Es war alles, das sie tun konnte, um nicht in Peters Arbeitszimmer hinunterzugehen und die Bilder wieder herauszuziehen.

»Gibt es irgendetwas, das ich tun kann?«

Megan biss sich auf die Lippe. Sie wusste nicht, wo sie ohne Laurie wäre. Sie hatte so viel für sie getan, war immer für sie da.

»Nein, versorg mich nur immer mit Schokolade. Ich treff dich morgen an der Ecke für unseren Lauf.«

Megan legte den Hörer auf. Draußen war es so still. Anstatt zu warten, bis Peter nach Hause kam, sollte sie vielleicht einfach zum Strand fahren und die Uferpromenade entlanggehen, bis sie die Mädchen abholen würde.

Sie nahm das Telefon auf. Sie sollte Peter anrufen. Aber sie legte das Telefon wieder auf den Tisch. Sie wollte nicht. Sie wusste nicht, was sie sagen sollte.

Sie ging ins Haus zurück. Lauries Frage ging ihr nicht aus dem Kopf. Hat Peter eine Affäre? Obwohl sie ihm das in der Vergangenheit vorgeworfen hatte, glaubte sie nicht, dass es der Fall war. Oder vielleicht doch. Dennoch. Es war eine Furcht, die in ihrem Hinterkopf nagte. Und die Frau ist immer die Letzte, die es weiß, oder? Sicher, er hatte in letzter Zeit oft bis spät in die Nacht gearbeitet, aber …

Megan schnappte sich ihre Tasche und noch ein Stück Schokolade und ging zur Haustür. Es gab nur eine Möglichkeit, das herauszufinden. Sie hoffte nur, dass sie für die Antwort bereit war.

»Kann jemand die Tür für mich aufmachen?« Megan jonglierte die Eisbecher in ihren Händen, als sie vor der Haustür stand.

»Meine Hände sind voll«, sagte Alexis, während sie ihren Fußball kickte und ihre Schienbeinschoner in den Händen hielt.

»Ich mach's schon.« Hannah kam zu Megan, ließ die Tasche mit den nassen Schwimmsachen fallen, nahm den Schlüssel und sperrte die Tür auf. »Wo ist Dad?«, wollte sie wissen.

Megan zuckte die Achseln. Eis tropfte von der Seite eines Bechers auf ihre Hand. Sie eilte in die Küche, legte die Eisbecher auf die Anrichte und wusch sich gerade die Hände, als die Mädchen in die Küche marschiert kamen.

»Soll ich dann sein Eis in den Gefrierschrank geben, wenn er nicht zu Hause ist?«, fragte Hannah.

Megan verbiss sich eine Antwort. Er hatte die Schleckerei, die sie gekauft hatten, nicht verdient. Aber sie musste eine gemeinsame Front aufrechterhalten. Zumindest steht es so in allen Elternratgebern, wenn es darum geht, seine Teenies zu erziehen.

Stattdessen nahm sie seinen Eisbecher von der Anrichte und legte ihn selbst in den Gefrierschrank. Da. Jetzt kann er nicht mehr sagen, dass sie nicht an ihn gedacht hätte.

»Wie wär's, wenn wir unser Eis draußen essen? Es ist ein schöner Abend, und im Haus ist es zu stickig.«

Alexis stand am Küchentisch, packte den Inhalt ihrer Schultasche aus und ging ihn durch.

»Was suchst du?« Megan brachte ihrer Tochter einen Eisbecher und stellte ihn neben ihr ab.

Alexis machte ein mürrisches Gesicht, als sie die Papiere durchwühlte.

»Mister Morley hat mir eine Mitteilung für dich mitgegeben. Es ist die letzte Schulwoche. Man könnte meinen, er würde es etwas lockerer nehmen«, murrte sie.

Sie hielt einen weißen Briefumschlag in der Hand, der an *Mr & Mrs Taylor* adressiert war. Sobald Megan das Kuvert entgegengenommen hatte, machte sich Alexis über ihr Eis her.

»Warum isst du das nicht draußen mit uns?« Mit ihrem eigenen Eisbecher in der einen Hand und dem Umschlag in der anderen ging Megan nach draußen. Sie machte sich keine allzu großen Sorgen über den Brief. Die Schule dauerte nur noch ein paar Tage. Was könnte da noch falsch sein?

Die Stille zwischen den dreien auf der Veranda sprach Bände. Megan genoss ihren Eisbecher mit Karamellsauce. Sie liebte den Schokoladengeschmack auf ihrer Zunge und genoss jeden Bissen. Alexis inhalierte ihren Buttertoffeebecher, während Hannah ihren Löffel mit feiner Präzision ins Eis eintauchte. Meist war sie die Letzte, die fertig war.

Megans Blick fiel auf den weißen Umschlag, der auf dem Tisch lag. Alexis hatte schon recht lange keinen Brief mehr von ihrem Lehrer nach Hause gebracht.

»Du liest das doch nicht vor ihr, oder?« Alexis zeigte mit ihrem Löffel auf Hannah.

»Alex!«

»Was? Es ist etwas Persönliches. Ich will nicht, dass sie es hört.« Alexis zuckte mit den Schultern.

Hannah streckte ihre Zunge heraus.

»Hannah.«

»Ist ja schon gut. Ich gehe hinein.« Hannah stand auf und sammelte den Abfall ein.

Megan wartete auf einen Wink von Alexis, bevor sie den Umschlag öffnete. Da es die letzte Schulwoche war, bezweifelte sie, dass Mr Morley irgendetwas Negatives mitzuteilen hatte.

Sie hätte es besser wissen müssen.

»Alexis, was ist das?« Sie schwenkte den Brief vor Alexis hin und her, die jetzt zurückgelehnt in ihrem Stuhl mit verschränkten Armen und hängendem Kopf dasaß.

»Ist es wegen heute?«

»Natürlich, das weißt du.«

Megans Blutdruck stieg, als sie auf den Brief in ihren Händen blickte. Sie musste daran denken, zu atmen, ein und aus, ein und aus.

»Ich habe es nicht so gemeint.« Alex schielte zu Megan hoch.

»Aber du hast es gesagt.« O Gott, wie sollte sie jetzt damit umgehen?

Sehr geehrte Mr & Mrs Taylor,

heute nach der Schule ist etwas vorgefallen, auf das ich Sie aufmerksam machen möchte.

Zwischen Alexis und einer Mitschülerin gab es eine Auseinandersetzung. Alexis hat mir den Vorfall gemeldet, erwähnte aber auch etwas, das mir Sorgen bereitet.

Hat sie jemals zu Ihnen gesagt, sie wünschte, man hätte sie mitgenommen statt die andere Tochter?

Alexis hatte sich dieses Jahr enorm bemüht, und ihre Einstellung hat sich verbessert, aber ich frage mich, ob es ihr nicht helfen würde, eine Kinderpsychologin aufzusuchen, die ihr hilft, mit ihren Empfindungen fertigzuwerden. Wenn Sie das wollen, kann ich Ihnen jemanden empfehlen.

Ich weiß, dass Sie eine schwere Zeit hinter sich haben, aber ich mache mir Sorgen um Ihre Tochter.

Sie steckte den Brief wieder in den Umschlag und legte ihn auf den Tisch. Ihr Herz klopfte unruhig.

»Alex, Liebling, warum ... wie kannst du dir nur so etwas wünschen? Glaubst du ... du glaubst doch nicht ... dass ich dich weniger gern habe als Emma, oder?«

Sie griff über den Tisch und legte ihre Hand auf den Arm ihrer Tochter. Er fühlte sich kalt an.

Alexis nahm ihre Arme auseinander und hielt einen Augenblick lang Megans Hand, bevor sie sie wieder losließ. »Aber du liebst sie doch mehr.«

Megan tat das Herz weh. Sie wusste nicht, was sie sagen sollte, ohne ihre Tochter noch mehr zu verletzen.

Alexis' Stuhl gab schürfende Geräusche von sich, als sie ihn auf dem Holzboden zurückschob und aufstand. »Im Ernst, Mom, es ist schon gut, du musst nichts erklären. Du liebst uns alle gleich, blah, blah, blah.« Sie stampfte wütend davon, riss die Verandatür auf und drehte sich um. »Manchmal wünschte ich einfach, du könntest mich mehr lieben. Das ist alles. Nicht immer. Nur manchmal. Mehr als Emma.«

Megan streckte die Hand aus und hielt ihre Tochter am Arm fest, bevor sie ins Haus ging.

»Ich liebe dich doch, Alexis. Ich liebe dich mehr als mein Leben. Wenn du es wärst, die vermisst wird, würde ich alles, was in meiner Macht stünde, tun, um dich zu finden. Alles. Genau wie ich es für Emma tue.«

Alexis' Rücken richtete sich auf, und in ihrem Auge war ein Funkeln zu sehen. Megan kannte dieses Funkeln. Alexis war zum Streiten aufgelegt.

»Ja, aber würdest du Emma vernachlässigen, wenn sie hier wäre und ich nicht?«

Megans Magen zog sich zusammen, als ob sie einen Schlag in den Bauch bekommen hätte. »Was? Wieso sagst du so etwas?« Sie schnappte nach Luft, rang nach Atem, als ihre Tochter so dastand. Dieses Funkeln in ihren Augen wurde stärker.

»Weil es die Wahrheit ist. Oder? Seit Emma verschwunden ist, kommt es mir so vor, als ob du vergessen hast, dass ich auch noch hier bin.« Alexis zuckte mit den Schultern. »Ist schon gut, Mom. Du brauchst dir keine Sorgen um mich zu machen. Ich hab ja Dad. Zumindest liebt er mich.«

Megan zuckte bei Alexis' scharfem Blick zusammen.

Megan stand hilflos da, als ihre Tochter wegging. Die Verandatür stand offen. Bei jedem von Alexis' Tritten die Treppe hoch fuhr sie schreckhaft zusammen. Als die Musik ihrer Tochter durch die offenen Fenster dröhnte, hielt sich Megan die Ohren zu. Sie wollte den Klang abblocken.

Hannah stand am Küchentisch. Megan streckte die Arme nach ihr aus, wollte sie ganz fest halten. Sie betete, dass Hannah sich nicht auch so fühlte. Ihre Tochter bewegte sich nicht. Sie stand einfach nur mit sorgenvollem Blick da. Megan machte einen Schritt auf sie zu, aber Hannah schüttelte den Kopf.

»Du kannst nicht alles ignorieren, Mom. Ich versuche, die Lücke auszufüllen, aber ich bin nur ein Kind.« Sie drehte sich um und ging davon.

Megan stand mit ausgestreckter Hand da. Sie wurde allein gelassen.

Wo war Peter? Wie konnte er sie damit nur alleine lassen? Es war schon nach neun Uhr abends. Warum war er noch nicht zu Hause? Er hatte nicht angerufen, hatte keine E-Mail geschickt oder auf irgendwelche SMS geantwortet, die sie ihm geschickt hatte, als sie an diesem Abend am Strand entlanggegangen war. Auf ihrem Heimweg wollten die Mädchen bei seinem Büro anhalten, um ihm den Eisbecher vorbeizubringen, aber sein Pick-up war nicht da.

Es kam ihr nur ein Gedanke in den Sinn. Es gab nur einen Ort, wo er sein könnte. Ein Ort, wo er hingehen würde, wenn er dachte, dass unsere Ehe vorbei wäre. IHR Haus.

Megan brach es das Herz. Wenn er dort war, dann war es allein ihre Schuld.

Die Verandaschaukel quietschte, als Megan in den Nachthimmel starrte. Es war fast Mitternacht, und sie war immer noch allein. Die Nachtbrise streichelte ihren Nacken. Sie zog die Decke, die um ihren Körper gewickelt war, mit einer Hand fester zu sich heran. In der anderen Hand hielt sie eine Tasse lauwarmen Pfefferminztee.

Sie wusste, dass sie ins Bett gehen sollte. Wenn Peter bis jetzt noch nicht zu Hause war, würde er wahrscheinlich auch nicht mehr kommen. Ihr lethargischer Körper rührte sich nicht. Sie hatte die Beine eingeschlagen und die Decke übergezogen. Das Polster hinter ihrem Kopf war weich genug, um als Kissen zu dienen.

Mit zurückgelehntem Kopf und geschlossenen Augen begann Megan zu summen. Es war ein sanftes Lied, kaum zu hören. Ein Schlaflied, das sie den Mädchen vorgesungen hatte, als sie klein waren. Sie hörte das entfernte Geräusch einer zuschlagenden Autotür. Ein Teil von ihr hoffte, dass es ihr Mann war, aber es könnte auch ihr Nachbar gewesen sein, der von der Spätschicht nach Hause kam.

Erst als die Verandatür aufging, wusste sie, dass ihr Mann nach Hause gekommen war.

Ihre Augen blieben geschlossen, selbst als sich die Schaukel durch sein Gewicht bewegte, als er sich zu ihr setzte.

Eine unangenehme Stille breitete sich zwischen ihnen aus.

»Im Gefrierschrank ist ein Schoko-Karamell-Eisbecher für dich.« Megans Mund öffnete sich kaum, als sie sprach.

»Danke.«

»Dank den Mädchen. Sie wollten dich nach ihrem Training überraschen, deshalb sind wir bei deinem Büro vorbeigekommen.«

In diesem Augenblick öffnete sie ihre Augen. Sie wollte den Ausdruck auf seinem Gesicht sehen, während er sich eine Antwort dazu überlegte. Er schaute sie aber nicht an. Sein Gesicht war abgewandt, nur die Kontur seines Gesichtes blieb ihr. Sie schüttelte den Kopf.

»Du warst nicht da«, sagte sie, als er nichts sagte.

»Tut mir leid. Ich brauchte Zeit zum Nachdenken.«

Sie hob den Kopf vom Polster. »Wie bitte? Du sagst, du brauchst Zeit zum Nachdenken? Worüber wohl, wenn ich fragen darf?« Wenn er den Sarkasmus in ihrer Stimme nicht mitbekommen hat, wäre sie schockiert.

»Der gestrige und heutige Tag hat mich irgendwie fertiggemacht. Ich dachte, nach der letzten Nacht … Ich habe heute überreagiert, und das bin nicht ich.« Er schaute sie immer noch nicht an.

Überreagiert? Von wegen. Ein ganzer Sturm von Anschuldigungen lag Megan auf der Zunge, aber sie hielt ihren Mund. Was gab's da noch zu sagen, das nicht bereits gesagt war?

»Wo warst du?«, flüsterte sie stattdessen.

Megan hatte ein Bild von Peter und IHR im Kopf. SIE – mit ihren langen Beinen und den kurzen Röcken. SIE – mit ihrem langen Haar und den Lippen wie Angelina Jolie. SIE – die Frau, die sie verachtete.

Sie unterdrückte das Bild in ihrem Kopf. Eine kalte Wut setzte sich tief in ihr fest.

Peter beugte den Kopf. »Im Büro.«

Megan schnaubte ungläubig. »Wirklich?«

Diesmal schaute er sie an. Er hatte dunkle Ringe unter den Augen und neue Falten um seine Lippen.

»Im Büro. Ich schwöre es.«

Sie wollte ihm glauben, sie musste ihm glauben. Jede Ehe hatte ihre Höhen und Tiefen. Ihre war nicht anders. Aber da war etwas in ihrem Hinterkopf, das ihr keine Ruhe ließ. Noch nicht.

»Du musst mich nicht anlügen, Peter. Ich habe dir schon gesagt, dass ich mit dem Eis am Büro vorbeigekommen bin. Wo warst du?« Sie zog die Decke fester um ihren Körper.

»Ich bin einfach losgefahren. Ich muss dich gerade verpasst haben. Ehrlich.«

Megan schürzte ihre Lippen. Einfach losgefahren. Aha.

»Da warst du also. Den ganzen Abend? Du konntest nicht anrufen oder auf meine SMS antworten?« Sie ballte ihre Fäuste so fest um die Decke, dass ihre Knöchel weiß wurden.

Peter rieb sich über das Gesicht. »Ich will nicht mehr streiten, Meg. Ich bin einfach herumgefahren, habe irgendwo angehalten und bin am Strand entlangspaziert. Ich musste einfach nachdenken.«

Sie wollte ihm glauben. Wenn ihre Ehe funktionieren sollte, musste sie ihm glauben. Sie musste es aber auch wissen.

»Warst du alleine?«

Peter richtete sich auf und sah sie entsetzt an. »Ja, natürlich war ich das. Du hast doch nicht geglaubt …«

Sie schaute ihn starr an, ohne zu blinzeln. Er hatte die Frechheit, sie heute Morgen zu beschuldigen, eine Affäre zu haben. Aber was ist mit ihm? Hatte er sie für etwas beschuldigt, das er selbst tat?

Sie wollte ihn nicht so einfach davonkommen lassen. Er nahm ihre Hand und drückte sie. Sie drückte nicht zurück.

»Ich war alleine, Meg. Ich schwöre es. Ich habe nachgedacht, das ist alles.« Er rieb sich wieder über das Gesicht. »Ich kann nicht glauben, dass du denkst, dass … was habe ich getan?«

Megan zuckte mit den Schultern. Sie hatte keine Antwort für ihn. Sowieso keine, die er hören wollte.

»Ich vermisse sie. Emma. Ich vermisse sie. Als ich diese Bilder heute gesehen habe, hat mir das die Augen geöffnet. Für uns. Du und ich, wir haben verschiedene Rollen eingenommen. Du hast alles, was du konntest, drangesetzt, um sie zu finden, während ich« – er zuckte mit den Schultern –, »ich habe mich auf unsere Familie konzentriert. Ich versuche, sie zusammenzuhalten und für die Mädchen da zu sein.«

Die Schaukel kam ins Schwingen, als er seine Position wechselte und sie ansah. Er strich ihr mit seinem Daumen über die Hand.

»Mir wurde heute klar, dass wir während dieser ganzen Zeit vergessen haben, auch an uns zu denken. Und ich glaube, wir haben einander verloren. Wir haben nicht nur Emma verloren, sondern auch uns. Ich wollte herausfinden, ob zwischen uns noch etwas geblieben ist, ob es noch Hoffnung gibt, etwas zu finden, das wir einmal hatten. Deshalb habe ich diesen Spaziergang gemacht. Deshalb habe ich dich nicht angerufen.«

Megan ließ den Kopf hängen. Der Schmerz, der in Peters Augen kroch, während er sprach, tat zu sehr weh, um ihn anzusehen. Sie waren verloren. Sie waren schon eine ganze Weile verloren.

»Mir wurde bewusst, Megan, dass ich am meisten dich vermisse. Ich vermisse die Frau, die du warst, bevor dieser Albtraum in unser Leben trat. Ich vermisse meine Frau. Und die Mädchen, sie vermissen ihre Mutter. Wir sind alle zu einer Hülle geworden. Egal, wo Emma ist« – Peters Stimme stockte –, »sie hätte nie gewollt, dass wir so sind.«

Megan wischte sich die Tränen weg, die über ihre Wangen liefen. Sie hob den Kopf und sah ihrem Mann in die Augen. Sie sah ein gebrochenes Herz, Einsamkeit und Furcht. Aber vor allem sah sie dort einen kleinen Hoffnungsschimmer. Sie glaubte ihm. Sie wollte das nicht zunichtemachen, aber sie musste ihm die Wahrheit sagen.

»Ich weiß nicht, wie ich ohne Emma leben soll. Es ist, als ob mein Leben eine Pause machen würde. Wenn es einen Rückspulknopf gäbe, würde ich ihn drücken. Ich würde mir das alles wegwünschen. Aber Gott ist nicht so nett. Er lässt uns diese Wahl nicht. Stattdessen spielt Er mit uns, schaut, wie viel wir ertragen können. Warum sonst würde Er unser Kind von zu Hause wegziehen? Warum sonst würde Er das Leben, das wir gelebt und geliebt haben, zerstören? Du verlangst zu viel von mir, Peter. Tut mir leid.« Ihr Kopf schüttelte sich, als ihr Körper immer wieder von einem Zittern ergriffen wurde und sie nicht mehr wusste, wann es aufhörte oder wieder anfing.

»Hast du mit den Mädchen über Emma gesprochen? Ich meine wirklich mit ihnen *gesprochen*? Hast du gewusst, dass Alexis ein Tagebuch führt, genau wie ich? Dass sie jeden Tag ihrer Schwester schreibt? Wir machen das gemeinsam, sie und ich. Und hast du gewusst, dass Hannah Geschichten für Emma schreibt? Sie zeichnet Bilder und all so was dazu, damit Hannah sie Emma vorlesen kann, wenn sie zurückkommt.«

Megan schüttelte den Kopf. Sie hatte keine Ahnung. Sie wusste nichts vom Schmerz ihrer Töchter. Was ist das für eine Mutter, die so etwas nicht weiß? Sie bedeckte den Mund, als ein Schluchzen hochkam.

»Ich hatte keine Ahnung. Überhaupt keine. Was habe ich getan?«

Peter legte seine Arme um sie und zog sie zu sich heran. Megan schluchzte an seiner Schulter.

»Ich will dich nicht verlieren, Meg. Ich will nicht, dass unsere Kinder ihre Mutter verlieren.« Er strich ihr über das Haar, während er sprach.

Megan wischte sich die Tränen aus den Augen. »Aber du willst, dass ich Emma aufgebe.«

»Ich will, dass du uns nicht aufgibst. Emma ist darin eingeschlossen.« Der sanfte Druck eines Kusses auf ihrem Scheitel gab ihrem Körper Wärme. Die Schaukel schwang vor und zurück, als sie in ihrem Garten auf die Geräusche der Nacht lauschten.

»Ich habe mir gedacht, dass du vielleicht jemanden aufsuchen solltest. Jemand, mit dem du reden kannst. Wir könnten zusammen hingehen, wenn du willst.«

Megan kämpfte sich zum Sitzen hoch. Sie drückte Peters Arme weg. »Einen Therapeuten?«

Sie war nicht sicher, wie sie reagieren sollte. Kurz nach Emmas Verschwinden sind sie alle als Familie zu einer Psychiaterin gegangen. Aber das war schon über ein Jahr her.

»Ich dachte eher an den Pastor der Kirche, oder sogar an die Frau des Pastors. Vielleicht könnten wir sogar versuchen, wieder in die Kirche zu gehen.«

Megan schüttelte den Kopf. Das kam nicht infrage. Auf keinen Fall würde sie wieder durch die Türen ihrer alten Kirche treten. Sie wollte auch nicht mit dem Pastor oder seiner Frau reden. Nein.

»Peter, wo war Gott, als Emma uns genommen wurde? Warum hat Er kein einziges Gebet für ihre Rückkehr erhört?« Sie schüttelte wieder den Kopf. Auf keinen Fall.

»Vielleicht ist es nicht die Schuld Gottes …«

»NEIN. Wag es nicht. Ich will keine Plattitüden von dir oder sonst jemandem hören wie: Gott nimmt kleine Mädchen nicht von ihren Familien weg. Wenn du willst, dass wir zu einem Eheberater gehen, fein. Dann gehen wir. Schauen wir, ob wir unsere Ehe retten können. Ein Berater, kein Pastor.«

Sie erhob sich von der Schaukel und sah Peter an, während er mit einem schockierten Gesichtsausdruck dasaß.

»Ich gehe ins Bett. Es ist spät, und ich bin erschöpft. Vergiss das Eis im Gefrierschrank nicht.« Sie schlug sich die Decke um und ging ins Haus.

Das nachgezogene Ende des Stoffes verfing sich in der Tür, als sie sich hinter ihr schloss. Sie versuchte es herauszuziehen, aber es bewegte sich nicht. Sie protestierte frustriert. Wie konnte er es nur wagen, vorzuschlagen, Gott wieder in ihr Leben zu bringen?

Es waren nicht sie, die Gott verlassen hatten. Er hatte sie zuerst verlassen.

KAPITEL NEUNZEHN

Das Licht schimmerte durch die weißen Vorhänge und durchflutete Emmies Zimmer golden. Sie machte blinzelnd die Augen auf. Gähnend streckte sie ihre Arme aus und drehte sich herum. Sie griff nach ihrer pinkfarbenen Löwin und kuschelte sie eng an sich. Sie liebte ihre Löwin. Oma sagte, sie sei mit Pink in ihr Haus gekommen, deshalb müsse sie ein ganz besonderer Löwe sein. Vielleicht hatte Mami ihr Pink gegeben, bevor sie wegging?

Bei dem Gedanken an Mami setzte sich Emmie im Bett auf, schlug die Decken zurück und kletterte auf den Boden. Ihre Zehen spannten sich an, als sie den Teppich berührten. Sie schlüpfte in ihre Hausschuhe und wackelte mit den Zehen; sie mochten es nicht, kalt zu sein.

Sie ging zu ihrem Bücherregal, nahm sich weißes Papier und ihren Korb mit Farbstiften und trug alles zum Tisch. Etwas fehlte. Emmie sah sich im Zimmer um und entdeckte Pink allein in ihrem Bett. Sie ging auf Zehenspitzen über den Boden, darauf bedacht, keinen Lärm zu machen, und holte ihre Löwin.

Letzte Nacht hatte sie einen Traum, den sie zeichnen wollte. Opa sagte, sie könne gut zeichnen.

Emmie war über ihren Tisch gebeugt, als die Tür aufging. Sonst quietschte es beim Öffnen immer, aber Opa hat das mit etwas Öl gerichtet. Auf diese Weise würde sie Oma morgens nicht aufwecken, wenn sie nach unten ging, um mit ihm zu malen. Sie schielte hoch und lächelte. Sie wusste, dass er es sein würde. Opa sah heute Morgen fröhlich aus. Sie mochte es, wenn er fröhlich aussah. Vielleicht hatte er heute wieder eine Überraschung für sie.

»Aha, da bist du also, du Schlafmütze.« Er streichelte ihr über das Haar und zog einen Stuhl heran.

Emmie kicherte. Es sah immer komisch aus, wenn er auf ihren Stühlen saß. Sie waren zu klein für ihn. Aber er machte sie nie kaputt, nicht wie Goldlöckchen es mit Baby-Bärs Stuhl getan hatte.

Emmie griff in ihrem Korb nach dem rosa Stift. »Wie sieht der Himmel aus?« Sie liebte es, flauschige Wolken zu malen. Fühlten die sich wie Baumwollbälle an, die Oma ihr gab, um Schneemänner zu machen?

Opa beugte sich vor, bis seine Ellbogen auf dem Tisch lagen. Er sah wie ein zusammengeknüllter Bär aus. Er betrachtete ihre Zeichnung. Mochte er sie?

»Also, Prinzessin, ich glaube …« Er rieb sich seinen kahlen Kopf. »Aber warum willst du das wissen?«

Emmie zuckte mit der Schulter. Sie hatte ihre rosa Wolken fertig und tippte mit dem Farbstift gegen ihre Wange. *Was gibt es im Himmel noch?* Sie richtete sich auf, zog den Korb mit den Farbstiften von der Tischmitte zu sich heran und suchte nach dem grauen Stift. Sie hob ihn für Opa hoch, damit er ihn sehen konnte, und fing dann an, ihr Schloss zu zeichnen. Im Himmel gibt es immer ein großes Schloss. Genau wie in Disneyland.

»Weil«, sagte Emmie. Sie sah nicht auf. »Mami muss im Himmel sein.«

Als das Schloss dann fertig war, griff Emmie wieder in ihren Korb nach einer anderen Farbe. Violett. Sie zeichnete überall um das Schloss herum Blumen.

»Also« – Opa räusperte sich –, »warum glaubst du das

wohl? Der Himmel ist ein ziemlich schweres Thema, um deinen hübschen kleinen Kopf so früh am Morgen damit zu belasten.«

Emmie schüttelte den Kopf. Sie wollte Opa nicht von ihrem Traum erzählen. Es würde ihn traurig machen. Sie hatte Mami im Himmel gesehen. Mami hielt Pink in ihren Händen und rief nach Emmie.

»Mami muss im Himmel sein, Opa. Das muss sie. Sie ruft mich nie an und besucht mich auch nicht, aber ich weiß, dass sie mich liebt. Deshalb muss sie im Himmel sein.«

Jack lehnte sich im Stuhl zurück. Er wusste nicht, was er sagen sollte.

Warum würde Emmie so etwas glauben? Er schüttelte den Kopf. Er war froh, dass sie an den Himmel glaubte, aber warum dachte sie, dass Mary dort war? Weder Dottie noch er hatte jemals etwas gesagt, dass sie das glauben könnte.

Er hustete, schob seinen Stuhl zurück und stand auf. Er sah sich in ihrem Zimmer um und fand die Kinderbibel, die Dottie ihr zu Weihnachten auf den Nachttisch gelegt hatte. Emmie hatte die Zunge zwischen ihre Zähne geschoben, während sie sich auf ihre Zeichnung konzentrierte.

Er nahm das Buch und setzte sich auf ihr Bett. Er wünschte sich, Dottie wäre hier. Sie wüsste, wie man mit diesem … Mädchenzeug umgeht. Er schlug das Buch auf und blätterte durch die Seiten, bis er das Bild fand, das er brauchte.

»Emmie, komm doch mal her.«

Sobald sie sich's auf dem Bett bequem gemacht hatte, zeigte Jack ihr das Bild. »Ist es das, was du zeichnest?«

»Ja, den Himmel.«

Jack atmete tief ein. Das überstieg sein Wissen. Großväter sind da, um Schaukeln zu bauen und Picknicktische, um Kekse hinter Großmutters Rücken zu ergattern und mit den Bartstoppeln über das Gesicht zu reiben. Aber nicht für all diese törichten Gespräche über den Himmel. Als Nächstes würde sie ihn über Engel ausfragen. Er schüttelte den Kopf. Er würde nicht über Engel sprechen.

»Emmie, der Himmel ist für jene, die bereit sind, vor Gott zu treten. Für alte Leute. Wie mich.«

Emmie sah erschrocken auf. Er konnte die Fragen in ihren Augen lesen.

»Nein, nein … ich gehe nicht in den Himmel, zumindest nicht jetzt. Aber wenn ich sterbe.« Er seufzte. »Über den Himmel nachzudenken ist aber nichts für kleine Mädchen, okay? Und wenn ich noch nicht bereit bin, dorthin zu gehen, bin ich sicher … dann musst du dir deswegen auch keine Sorgen machen. Okay?«

»Okay, Opa.« Emmie wich zurück.

Er war zu unsensibel mit ihr. Er legte seinen Arm um sie und drückte sie.

»Oh, Emmie. In den Himmel kommt man, wenn man stirbt. Aber du hast noch lange Zeit, bevor du überhaupt daran denken musst, dorthin zu gehen, okay?« Er lächelte.

Ein zaghaftes Lächeln huschte über ihr Gesicht, als sie zu ihm aufsah. »Ich weiß, Opa. Aber wenn wir dorthin gehen, können wir dann vielleicht nach Mami suchen?«

KAPITEL ZWANZIG

»Alexis hat mich heute Morgen angerufen«, sagte Megans Mutter zu ihr am Telefon.

Megan schlug die Beine unter und machte es sich auf der Couch bequem. »Was wollte sie denn?« Es war nichts Ungewöhnliches, dass ihre Kinder die Großmutter anriefen. Es war aber seltsam, dass Sheila sie anrief, um ihr das zu sagen.

»Sie wollte bei mir übernachten.«

»Wann?« Megan nahm einen Schluck aus ihrem Wasserglas.

»Heute Abend.«

Megan schnaubte. Als ob sie es geahnt hätte. »Du hast doch hoffentlich Nein gesagt.«

»Natürlich habe ich das. Es ist ja noch Schule. Aber sie hat mir vom Schreiben des Lehrers erzählt …«

Megan zuckte beim Gedanken an dieses Schreiben zusammen. Sie hatte es heute Morgen Peter gezeigt, bevor er zur Arbeit ging.

»Sie fühlt sich schlecht, Megan, wegen dem, was sie zu dir gesagt hat.«

Das schockierte Megan. Alexis hatte ihr heute Morgen nichts darüber gesagt. Sie war spät zum Frühstück gekommen, hatte sich einen Apfel geschnappt und draußen im Jeep auf Megan gewartet. Sie musste telefoniert haben.

»Megan, hast du gehört, was ich gesagt habe?«

»Ja, ich habe es gehört. Danke, dass du mir das erzählt hast.«

»Also, sei einfach nicht zu streng mit ihr, okay?«, sagte Sheila.

Megan hörte die Kritik in ihrer Stimme. Sie war empört.

»Danke, dass du mir sagst, wie ich meine Tochter erziehen soll«, antwortete sie sarkastisch.

Ein deutlicher Seufzer war zu hören. »Megan, um Himmels willen. Ich sollte nicht einmal anrufen müssen, um dir zu sagen, dass mich Alexis angerufen hat. Aber du hast Scheuklappen auf…«

»Scheuklappen, Mom? Ich habe Scheuklappen auf? Wow. Dass gerade du mir das sagst, ist ein starkes Stück.« Ihr Blut begann zu kochen. Ausgerechnet sie…

»Das war jetzt wirklich nicht gerechtfertigt.«

Megan wusste, was jetzt kam. Die Mitleidstour.

»Ich habe alles getan, was ich für dich tun konnte, Megan, und das weißt du. Ehrlich, ich bin es leid, dass du meine Erziehungskompetenz vorbringst oder infrage stellst, wie du mir oft durch die Blume zu verstehen gibst. Du bist jetzt erwachsen. Es ist Zeit, dass du reif wirst und dich dem Leben stellst.«

Megan sprang von der Couch hoch. »Ich *stelle* mich dem Leben. So gut ich kann.« Tränen traten ihr in die Augen.

»Nein, Megan. Ich glaube nicht, dass du das tust.« Die Stimme ihrer Mutter war ruhig, aber fest. Ganz bestimmt. Es war nichts anderes von ihr zu erwarten. Sheila war nicht dafür bekannt, taktvoll zu sein.

»Mom…«

»Nein, jetzt hörst du mir zu. Du hast eine Tochter, die nach Aufmerksamkeit schreit, und eine andere, die solch eine Last mit sich trägt, dass sie vergessen hat, ein Kind zu sein. Ich weiß, dass du verzweifelt bist und Emma finden willst. Das sind wir alle. Aber bei deiner Suche nach der vermissten Tochter hast du die zwei vergessen, die immer noch an deiner Seite sind und darauf warten, dass du dich um sie kümmerst.«

Megan verkniff sich eine Erwiderung. Sie überlegte. »Steht in deiner Bibel nicht etwas darüber, wie Jesus die neunundneunzig verließ und sich auf die Suche nach dem einen verlorenen Schaf machte?«

»Megan, du bist nicht Jesus. Du bist nur eine Mutter mit einem schweren Herzen.«

Megan ließ sich wieder auf die Couch sinken. Tränen liefen ihr über die Wangen. Sie wischte sie mit der Hand weg, aber es half wenig, um ihr Gesicht zu trocknen. »Ich weiß nicht, was ich tun soll, Mom. Ich fühle mich verloren. Ich will Emma nicht aufgeben, aber ich kann spüren, wie mir die anderen Mädchen entgleiten.«

»Oh, Meg. Du wirst Emma nie aufgeben. Das weißt du. Und du weißt, was zu tun ist, mach dir nichts vor. Vor allem bist du eine Mutter. Tief in deinem Innern weißt du, was notwendig ist, um deine Mädchen wieder schützend in deine Arme zu holen. So hat Gott uns geschaffen.« Von Sheilas Stimme ging etwas überraschend Sanftes aus.

Megan fing bei Sheilas Worten an zu schluchzen. Sie wünschte, ihre Mutter wäre jetzt hier, damit sie sich wie damals als Kind in ihre Arme schmiegen könnte.

Mit einem verweinten »Auf Wiedersehen« legte Megan den Hörer auf. Sie fühlte sich erschöpft. Die letzten paar Tage waren sehr emotional für sie gewesen. Wann würde dieser Albtraum endlich aufhören? Es blieben ihr nur ein paar Stunden, bevor sie die Mädchen abholen musste. Sie wischte sich die Augen trocken, nahm das letzte Stück Schokolade aus der Schachtel, die Laurie vorbeigebracht hatte, und ging nach oben.

Sie war einmal der Meinung, dass es nichts in der Welt gab, das Schokolade und eine heißes Schaumbad nicht heilen könnten. Jetzt war sie aber so weit, alles Mögliche zu probieren.

Die lange Schlange von Fahrzeugen, die am Randstein warteten, überraschte Megan, als sie in ihrem Jeep saß. Ja, sie waren alle da, um ihre Kinder abzuholen. Die meisten Mütter in der Schlange fuhren mit dem Auto zur Schule und zurück. Wo waren die Tage, als sie noch zu Fuß zur Schule liefen, um die Kinder abzuholen?

Als die Mädchen alle im Kindergarten anfingen, begleitete eine ganze Gruppe von Müttern aus der Nachbarschaft die Kinder dorthin. Sie standen am Schulhof herum, hielten einen Kaffee in den Händen, während sie miteinander quatschten und sich gegenseitig kennenlernten. Während dieser Jahre kamen manche dauerhaften Freundschaften zustande.

So hatte Megan Laurie getroffen. Nachdem sie Hannah abgeliefert hatte, saß Megan oft allein mit ihrem Kaffee auf einer Bank am kleinen Spielplatz und ließ Alex sich austoben. Eines Tages kam Laurie vorbei, und ihr Sohn wollte auch spielen. Megan musste bei dieser Erinnerung lächeln. Ohne Laurie wäre sie jetzt verloren. Wer hätte damals gewusst, wie viel diese Freundschaft bedeuten würde?

Megan rückte mit ihrem Wagen ein wenig auf, als ein paar Autos wegfuhren. Sie suchte die Menge nach ihren Töchtern ab. Sie erwarteten sie nicht. Wenn das Wetter nicht zu schlecht war, wurden sie von einem der Freiwilligen begleitet, die bei diesem Programm mitmachten.

Eine Gruppe von Mädchen kam auf sie zu. Hannah und

Alexis waren dabei. Alexis war mit Laurie hintendran, während Hannah die Menge rückwärts laufend anführte. Megan drückte auf die Hupe und winkte. Alexis sah sie zuerst. Sie sprintete zum Jeep und schwang sich auf den Vordersitz, noch bevor Hannah es nur den halben Weg geschafft hatte.

»Hey, Mom, was gibt's?« Ein breites Grinsen lag auf ihrem Gesicht, als Hannah sich mit einem Schmollmund dem Jeep näherte. Laurie ging vorbei, lächelte und winkte. Megan winkte zurück.

»Das ist nicht fair. Du bist das letzte Mal auch schon vorne gesessen!« Hannah ließ sich auf den Rücksitz plumpsen und funkelte ihre Schwester mit verschränkten Armen an.

»Rat mal, wer besser hätte aufpassen sollen.« Alexis zog die Sonnenblende herunter und richtete sich die Haare. Als sie den wütenden Blick von Hannah sah, streckte sie die Zunge heraus und knallte die Sonnenblende wieder hoch.

»Mom, hast du das gesehen?«

Megan klopfte mit den Fingern auf das Lenkrad und zählte bis fünf. *Heute wird ein guter Tag werden. Heute wird ein guter Tag. Heute ist ein guter Tag.* Sie wiederholte die Sätze dreimal, bevor sie sich ihren Töchtern zuwandte und sicherstellte, dass sie ein festes Lächeln auf dem Gesicht hatte.

»Ist schon gut, ihr beiden, beruhigt euch. Ich habe eine Überraschung für euch, aber wenn ihr so weitermacht, können wir auch nach Hause gehen. Ihr habt die Wahl.«

Hannah war die erste, die sich gerade setzte, wie Megan erwartet hatte. »Eine Überraschung, wirklich? Was denn? Eis? Einkaufen?«

»Ja, Mom, was machen wir?«

Megan tat so, als würde sie herumdrucksen. »Oh, ich weiß nicht. Ich dachte mir, wir fahren einfach herum und sehen mal, wo wir landen.«

»Weiß Dad, dass wir ausgehen?«, wollte Alexis wissen. Sie nahm das Telefon aus der Halterung am Armaturenbrett.

»Ja, er weiß es, darum kannst du mein Telefon wieder hinlegen, danke.«

»Wohin gehen wir also?« Hannah machte mit ihrem Kaugummi eine Blase, die zerplatzte.

Megan blickte in den Rückspiegel und lachte. »Ich habe mir gedacht, es wäre Zeit für einen Mädchentag. Nur wir.«

Megan ließ ihre Worte wirken. Das hatte sie oft mit den Mädchen gemacht. Früher, als das Leben noch normal war. Früher, als Emma noch da war. Früher… Megan schüttelte den Kopf. Sie hatte sich und Peter ein Versprechen gegeben, dass sie an nichts anderes als an Hannah und Alexis denken würde. Heute. Im Hier und Jetzt.

»War Dad damit einverstanden?« Alexis starrte aus dem Beifahrerfenster, aber Megan spürte ihren Blick.

Sie reichte hinüber und berührte die Hand ihrer Tochter. »Ja, Alex. Dad war damit einverstanden. Er erwartet aber, dass wir ihm etwas mitbringen.«

»Hat er das Eis gegessen, das wir ihm gestern Abend mitgebracht haben?«

»Ja, sicher. Er ist heute nur deswegen mittags nach Hause gekommen.« Megan lächelte bei dieser Erinnerung.

Peter hatte sie vor der Haustür angerufen und ihr gesagt, er hätte vom Doppeldeckerbus, der am Strand parkte, eine Tüte Pommes und Hamburger in der Hand. Sie liebte diese Pommes frites. Er hatte nach dem Mittagessen das Eis aus dem Eisschrank verschlungen und ihrem Vorschlag zugestimmt, mit den Mädchen nach der Schule auszugehen. Er schien sogar irgendwie schockiert zu sein.

In dem Augenblick, als Megan in das kleine Einkaufszentrum einbog, stöhnte Alexis auf, während Hanna »ja, ja« flüsterte. Megan wusste, dass das passieren würde. Sie hoffte nur, dass es Alexis heute Spaß machen würde. Trotz ihrer Einwände wusste Megan, dass Alexis gerne einkaufen ging.

Nachdem sie den Motor abgestellt hatte, drehte sie sich zu ihren Kindern um.

»Hier ist also der Plan. Ich habe im Nagelsalon einen Termin für eine Maniküre gemacht. Für uns alle. Dann gehen wir eine heiße Schokolade trinken, und dann, habe ich mir gedacht, könnten wir herumlaufen und sehen, was uns so ins Auge sticht. Schuhe, Ohrringe oder so etwas. Wenn wir fertig sind, halten wir irgendwo an und nehmen etwas fürs Abendessen mit. Hühnchen oder Hamburger, was ihr wollt. Wie klingt das?«

»Fantastisch!«, schrie Hannah vom Rücksitz her. Sie hatte schon ihre Hand an der Tür und wartete darauf, dass Megan die Türverriegelung löste. Hannah war das geborene Shoppinggirl.

»Bekomme ich ein Buch?«, fragte Alexis. Sie hatte ihre Hand auch schon an der Tür.

Megan wandte sich ab, damit Alexis nicht sah, wie sie lächelte. Sie war so sehr bemüht, all das, was ihre Schwester liebte, nicht zu mögen.

In dem Moment, als sie die Türverriegelung löste, sprangen beide Mädchen hinaus. Als Megan zum Heck des Jeeps kam, standen beide Mädchen da und klopften mit den Füßen auf den heißen Asphalt. Alexis deutete auf ihr Handgelenk – auf jenes ohne Uhr. Megan verdrehte die Augen, packte die Mädchen an den Armen und ging mit ihnen zusammen ins Einkaufszentrum.

Drei Stunden später taten Megan die Füße weh. Sie sehnte sich danach, sich irgendwo im Einkaufszentrum auf eine

Bank zu setzen. Hannah hatte Megan auch zu einer Pediküre überredet, darum waren nicht nur ihre Fingernägel mit dem letzten Schrei bedeckt, auch ihre Zehennägel glitzerten aus den hellen Flip-Flops, die Megan am Schluss gekauft hatte. Hannah hatte zur Ergänzung ihrer hellrosa Nägel ein Babyblau gewählt und Alexis ein helles Orange als Kontrast zu ihren neongrünen Zehen. Megan hatte sich für Weiß entschieden. Sie streckte die Beine vor sich aus und drehte sie hin und her. Das Rubinrot sah hübsch aus. Wenn sie sich jetzt mit ihren schmerzenden Füßen nach Hause wünschen könnte, dann wäre das Leben perfekt.

Es waren nicht nur die Füße, die wehtaten. Es war auch ihr Herz. Immer, wenn sie ein kleines Kind sah, versuchte sie, ihren Blick abzuwenden. Sie hatte ihr Versprechen gegeben. Wieder einmal. Dieses Mal konnte sie es nicht brechen.

»Mom, bekommen wir jetzt ein Eis? Mir tun schon die Arme weh vom Taschentragen.« Hannah stand mit einem Schmollmund da, während sie ihre Arme ausstreckte. Sie wollte ihre Maniküre nicht ruinieren und weigerte sich deshalb, die Taschen zu tragen.

Megan stöhnte. »Haben die Schokocroissants nicht gereicht?«

»Können wir jetzt nach Hause gehen?« Alexis ließ sich neben ihr auf die Bank plumpsen und ließ die eine Tasche fallen.

»Es gibt noch ein Geschäft, in das ich hineinschauen will.« Hannah trat gegen den Fuß ihrer Schwester.

»Tut mir leid, Süße, aber ich glaube, mir reicht's. Das nächste Mal, okay?«

»Fein.« Hannah saß auf der Bank und ließ die Schultern hängen. »Es hat aber Spaß gemacht; danke, Mom.«

»Ja, danke«, murmelte Alexis.

»Es hat Spaß gemacht, nicht wahr? Es tut mir leid, dass wir schon so lange keinen Mädchentag mehr hatten.« Megan streckte die Hand aus und berührte Hannah an der Schulter.

»Schon mehr als zwei Jahre nicht mehr«, sagte Alexis.

Auweia. Megan blinzelte. Zwei Jahre. Sie ließ bei diesem Gedanken die Schultern hängen. Ihr fielen wieder die Worte von gestern Abend ein. Sie wollte ihre Töchter nicht verlieren. Nicht, wenn sie es verhindern konnte.

»Du hast recht, Alex. Es ist schon viel zu lange her. Das ist meine Schuld. Tut mir leid.«

»Können wir es wieder tun?« Hannahs Gesicht überzog ein Lächeln. Ihre Augen schienen ihr zu vergeben.

Megan wurde es leichter ums Herz.

»Können wir nächstes Mal nicht etwas anderes unternehmen?« Alexis schielte unter ihrem Pony hervor, der ihre Augen bedeckte. Noch einmal.

Befreit von einer Last, die sie nicht länger tragen wollte, setzte sich Megan aufrecht hin. »Hier ist mein Vorschlag: Machen wir es fest aus. Einmal im Monat. Nur wir.«

Die Menschenmenge im Einkaufszentrum wurde um sie herum immer größer. Megans Füße hörten auf zu schmerzen. Sie betrachtete ihre Fingernägel. Es war schon lange her, dass sie das letzte Mal eine französische Maniküre hatte machen lassen. Eigentlich war es schon lange her, dass sie überhaupt Nägel hatte.

»Wenn Emma hier wäre, wäre sie alt genug, um bei unserer Mädchenverabredung dabei zu sein, oder?«

Trotz des Lärms der vielen Menschen hörte Megan genau, was Hannah sagte. Ja, Emma wäre alt genug.

Alexis sprang auf. »Kommt schon. Gehen wir. Holen wir uns ein paar Hamburger und Pommes zum Mitnehmen?« Sie griff nach Megans Hand und zog sie hoch.

Megan griff wiederum nach Hannahs Hand und tat das Gleiche.

»Wenn's für mich eine Poutine gibt, dann bin ich dabei«, stimmte Megan zu. Nach dem heutigen Tag hat sie sich Kalorien und all so was verdient. Pommes mit Frischkäse und brauner Sauce darüber. Megan knurrte der Magen. Jawohl, das war heute ein Tag für so etwas wie eine Poutine. Es gab nur zwei Orte in der Stadt, die das anboten. Beide hatten Megan für verrückt erklärt, als sie zum ersten Mal nach diesem Gericht fragte. Schließlich war es etwas Kanadisches. Jetzt hatten sie es in ihre Speisekarte aufgenommen.

Bevor sie heute Nachmittag losging, hatte Peter eine Bemerkung gemacht, die ihr noch im Hinterkopf herumschwirrte.

»Ich sollte zu Hause sein«, sagte er. *Sollte.* Sie mochte dieses Wort nicht. Nicht nach der letzten Nacht.

Megan sah auf ihre Uhr. Wenn sie zu Hause waren, würde es fast acht Uhr abends sein. Kein Grund, warum er nicht zu Hause sein sollte. Aber was, wenn … Megan schüttelte ganz leicht den Kopf. Nein. Er hatte ihr gestern Nacht gesagt, dass er alleine gewesen war. Sie hatte ihm geglaubt oder es zumindest versucht. Er war sogar heute zu Mittag nach Hause gekommen. Er würde da sein.

KAPITEL EINUNDZWANZIG

Endlich! Ich dachte schon, ihr hättet mich ganz vergessen.«

Peter nahm Megan die Tüte ab und machte sie auf. Er tauchte seine Hand hinein und zog sie mit einer Handvoll Pommes frites wieder heraus.

»Mom musste ihre Poutine haben.« Alexis schlenderte mit einer Flasche Limonade in der einen und einer Tüte in der anderen Hand ins Haus.

Megan folgte Peter. Gemeinsam packten sie die Tüten mit den Gerichten aus und legten alles auf den Tisch.

»Tut mir leid, es sind wieder Pommes. Ich habe versucht, etwas vorzuschlagen, das ein wenig gesünder wäre, aber die Mädchen haben sich hierfür entschieden«, sagte sie, wobei sie sich eine Fritte in den Mund schob.

Peter grinste.

Sie wusste, dass es ihm egal war. »Ich war nicht sicher, ob du da sein würdest«, sagte Megan. Sie wollte nicht, dass es die Mädchen hörten, deshalb sprach sie leise.

Peter zog die Augenbrauen hoch. »Warum denn nicht?« Er fand ihre Poutine und legte sie auf ihren Teller.

Megan senkte den Kopf. Ihre Wangen wurden heiß. »Du hast mir gesagt, dass du vielleicht nicht da bist. Ich dachte mir, du hättest Pläne.« Sie sah ihn nicht an.

Peter legte seine Finger unter ihr Kinn und zog es sanft nach oben.

Sie hob den Kopf. Da war etwas Sanftes in seinem Blick, das sie nicht erwartet hatte.

»Die einzigen Pläne, die ich habe, sind die, den Abend mit meiner Familie zu verbringen.«

Megan sah ihn forschend an. Sie glaubte ihm. Warum also diese plötzlichen Zweifel?

»Können wir essen?« Alexis ließ sich in ihren Stuhl plumpsen und wickelte ihren Hamburger aus. Hannah gesellte sich zu ihr und griff in ihre Pommes frites.

Megan tauschte einen Blick mit Peter. Ein Glücksgefühl durchströmte ihren Körper. Das war ihre Familie. Sie hatte heute Schritte unternommen, um wieder ein Teil davon zu sein.

»Also, wie war der Einkaufsbummel?« Peter wandte sich den Mädchen zu, aber Megan wusste, dass die Frage an sie gerichtet war. Sie konzentrierte sich auf ihr Abendessen und gab den Mädchen die Gelegenheit, zuerst zu erzählen.

Seine Augen begegneten ihren. »Hast du es überlebt?« Da war ein Anflug eines Lächelns.

»Sie hat genauso viel gekauft wie wir, Dad«, antwortete Hannah für sie.

»Hat sie das?«

Megan nickte. Sie hatte es überlebt.

Peter klatschte in die Hände. »Also, ich will nicht das Gefühl haben, übergangen zu werden, deshalb habe ich eine eigene Überraschung.« Peters Gesicht wurde ganz lebhaft. Trotz seines breiten Grinsens waren die Grübchen auf seinen Wangen zu sehen; er schaute ganz begeistert, als er das verkündete.

»Bekommen wir einen kleinen Hund?«, fragte Alexis.

Peter schüttelte den Kopf.

»Gehen wir ins Disneyland?«, meldete sich Hannah zu Wort.

Peter schüttelte wieder den Kopf. Er konnte sich vor Aufregung kaum zurückhalten, wie ein kleines Kind in einem Süßwarengeschäft. Alexis sah Megan an, aber die schüttelte nur ihren Kopf. Auch für sie war es eine Überraschung. Sie stach ihre Gabel in ihre Poutine und drehte sie herum.

»Dieses Wochenende ist der Hanton-Jahrmarkt«, sagte Peter. Niemand antwortete. »Ich glaube, wir sollten da hingehen.«

Megan war völlig perplex. Der Hanton-Jahrmarkt? Megan beugte den Kopf und verbarg ihre Zweifel. Der Jahrmarkt war für Megan mit zu vielen hässlichen Erinnerungen verbunden.

Das letzte Mal, als sie da hingehen wollten, war Emma gerade ein paar Stunden davor entführt worden. Megan glaubte, dass Emma an jenem Tag beim Anblick der vielen Luftballons während der Kinrich-Parade in Versuchung gekommen war. Emma hatte sich in die Clowns verliebt, die vorbeigingen, und hatte einen roten Ballon erbettelt.

»Megan?« Peter legte seine Hand auf ihre und drückte sie.

Sie nahm einen tiefen Atemzug. »Der Hanton-Jahrmarkt, hm? Wow. Es ist schon eine Weile her, dass wir dort waren. Das ist eine echte Überraschung.« Sie versuchte, begeistert zu klingen, aber es gelang ihr nicht.

»Gehen wir dahin? Bitte!«, bettelte Alexis.

»Ich glaube, es würde uns guttun. Ein Schritt nach vorne.« Peter drückte ihre Hand noch einmal.

Megans Finger verkrampften sich um die Gabel, die sie in der Hand hielt. Sie nickte. Sie würde zum Jahrmarkt mitkommen. Es würde sie möglicherweise umbringen, aber zumindest wäre ihre Familie glücklich.

»Höher, Opa. Höher.«

Jack schob die Schaukel noch fester an. Emmie lachte, als sie mit den Beinen vor- und zurückschwang. Dabei flog ihr ein Schuh davon. Daisy jagte ihm hinterher, schnappte ihn und brachte ihn zurück. Emmie schaukelte über Daisy.

»Letzter Anschubser«, verkündete Jack. Seine Arme taten ihm von der ständigen Bewegung schon weh. Seit er die alte Schaukel aufgehängt hatte, wollte Emmie immer noch höher schaukeln. Als Nächstes müsste er ihr einen Hocker bauen, damit sie selbst auf den Reifen klettern konnte.

Dottie saß unter dem großen Ahornbaum. Ihre Augen waren geschlossen, und ihr Kopf ruhte auf der Stuhllehne. Auf ihrem Gesicht lag ein Lächeln. Sie war immer noch so schön wie an jenem Tag, als er sie kennenlernte. Sie liebte die Wärme. Er erinnerte sich, wie sie anfangs nach ihrer Hochzeit stundenlang auf einer Decke auf der Wiese gelegen hatte. Jetzt suchte sie Schutz im Schatten. Eine leichte Brise umspielte die Haarsträhnen, die aus ihren Haarklammern gerutscht waren.

»Schläfst du, Liebes?«

»Hmm, nicht ganz. Ich genieße nur die Brise.« Sie schlug ein Auge auf und sah ihn an, dabei zog sie ihren Mundwinkel hoch, bevor sie das Auge wieder zufallen ließ.

Daisy kam angerannt, sprang hoch und legte beide Pfoten auf Dotties Knie. Sie ließ Emmies Schuh in ihren Schoß fallen.

Dottie blickte an ihrer Nase vorbei auf den Schuh in ihrem Schoß und verzog das Gesicht. »Emmie, wenn du mit deinem Schuh weiter Fangen spielst, geht er kaputt.« Dottie ließ die Hand fallen und wischte sich die Finger im Gras ab.

»Tut mir leid.« Emmie schwang ihre Beine auf der Baumschaukel weiter vor und zurück.

Jack trat zur Seite, während Emmie mit seiner Hilfe vor

und zurück schwang. »Du solltest das nicht tun. Wenn du keine Schuhe hast, kannst du nicht mit zur Überraschung kommen.«

Sie drehte ihren Kopf zu ihm um. »Eine Überraschung? Für mich?«

»Jawohl. Aber dafür brauchst du Schuhe.« Jack schaute auf Daisy, die mitten auf dem Schaukelweg saß.

Emmie steckte ihren Fuß in die Reifenschaukel hinein. »Keine Schuhe mehr, Daisy.«

Jack verschränkte die Arme und wartete. Er drehte den Kopf leicht zur Seite und zwinkerte. Dottie lächelte zurück.

»Opa? Was für eine Überraschung?«

Die Reifenschaukel wurde langsamer, als Emmie ihre Beine baumeln ließ. Sie wandte sich zu ihm um, dabei verdrehte sich die Schaukel. Emmie schaute erschrocken, als sie wild herumschwang. Panisch fuchtelte sie mit den Armen. Jack fasste nach dem Seil, bis das Kind wieder ruhig saß. Sie streckte ihre Hände nach ihm aus und hielt sich an ihm fest. Obwohl seine Arme immer noch zitterten, hob er sie aus der Schaukel und zog sie eng an sich. Emmie schlang die Beine um seine Taille und vergrub ihr Gesicht in seinem Hals.

»Ist ja schon gut. Es ist nichts passiert«, flüsterte Jack, als er zum Sessel ging und sich mit Emmie hineinfallen ließ.

Als Dottie hinübergriff, rutschte Emmie aus Jacks Schoß in Dotties. Jack rieb sich die Kratzer an seinem Hals. Dem Mädchen mussten die Fingernägel geschnitten werden.

»Opa wollte dir gerade vom Jahrmarkt erzählen. Willst du das nicht hören?« Dottie strich Emmie über den Rücken.

Jack stöhnte, als Emmies Kopf in die Höhe schnellte. »Welchen Teil des Wortes *Überraschung* hast du nicht gehört, Frau?« Er schüttelte den Kopf und verschränkte die Arme.

Dottie machte große Augen. »Ups.« Sie legte ihre Hand auf den Mund.

Emmie kicherte. Ein breites Lächeln zeigte sich auf ihrem Gesicht.

»Der Jahrmarkt? Wirklich? Oh, ich liebe den Jahrmarkt«, sagte Emmie. Sie sprang aus Dotties Armen und tanzte im Kreis herum. Daisy sprang ebenfalls auf und lief ihr hinterher.

»Langsam, langsam, Prinzessin. Dir soll doch jetzt nicht ganz schwindelig werden.«

Emmie ließ sich ins Gras fallen und klatschte in die Hände. »Können wir jetzt schon gehen?« Sie hob Daisy in ihren Schoß und drückte sie eng an sich. »Ich will auf einen Jahrmarkt, Opa. Gibt es da Clowns und Luftballons?«

Jack kratzte sich am Kopf. Woher wusste Emmie etwas über Clowns und Luftballons? Er sah zu Dottie hinüber, aber die schüttelte nur den Kopf und runzelte die Stirn.

»Hast du im Fernsehen eine Werbung vom Jahrmarkt gesehen?« Das war die einzige Erklärung, warum sie etwas über Luftballons und Clowns wissen konnte. Sie waren noch nie mit ihr dort. Dottie hatte es immer abgelehnt.

Emmie schüttelte den Kopf. »Nein. Ich war mit Mami dort.« Sie pflückte eine Pusteblume vor ihren Füßen und rieb sie Daisy unters Kinn.

»Nicht auf diesem Jahrmarkt, Liebling.« Dottie verzog ihr Gesicht und spitzte die Lippen, während sie Emmie beobachtete.

Jack gefiel nicht, was er sah.

»Können wir das flauschige rosa Zeug bekommen? Ich mag das. Können wir, Opa?«

Jack beugte sich vor. »Zuckerwatte? Oh, bestimmt können wir das. Oma mag die rosafarbene auch am liebsten.«

Emmie sprang vom Gras hoch, griff nach Jacks ausgestreckten Händen und hüpfte auf seinen Schoß. »Können wir auch mit dem Karussell fahren, Opa? Bitte!« Emmie griff nach Dotties Hand. »Oma, du auch?«

»Oh, ich glaube nicht, Emmie.« Dottie schüttelte den Kopf und klopfte sich auf den Magen. »Oma verträgt das Karussell nicht so gut.«

Jack lachte. Das letzte Mal, als er es geschafft hatte, Dottie zu einer Karussellfahrt mit ihm zu überreden, war sie danach sterbenskrank. Nach einer Stunde hatten sie den Jahrmarkt schon wieder verlassen müssen.

Das war vor fünf Jahren. Er dachte an das Riesenrad. Wenn man so hoch oben war, konnte man die ganze Stadt und den halben See überblicken. Ihm drehte sich der Magen bei dem Gedanken um, so hoch oben zu sein. Je älter er wurde, desto mehr wollte er anscheinend den Boden unter den Füßen spüren.

Emmie zog einen Schmollmund. Jack kitzelte sie, bis sie lächelte. »Nur weil Oma nirgendwo mitfahren will, heißt das nicht, dass Opa nicht will. Albernes Mädchen.«

»Ich bin nicht albern!«

Jack bemühte sich sehr, einen ernsten Gesichtsausdruck zu machen. »Natürlich bist du das. Nur alberne Mädchen ziehen einen Schmollmund, wenn sie ihren Willen nicht bekommen.«

Emmie ließ den Kopf bis zur Brust hängen. Einen Moment lang spielte sie mit den Fingern herum.

»Okay.«

Daisy sprang hoch und jagte hinter einer Biene her. Emmie lachte und jagte hinter Daisy her. Jack schüttelte den Kopf. Er wollte ihr gerade hinterherjagen, als ihn ihre Worte unterbrachen.

»Ich möchte einen roten Luftballon, Opa!«

KAPITEL ZWEIUNDZWANZIG

Das Gras auf dem Jahrmarkt war von Hunderten von Füßen komplett zertrampelt. Megan war vorsichtig, wo sie hintrat. Sie hatte bereits einen Flip-Flop verloren, als ihr Fuß auf einen klebrigen Kaugummi getreten war. Sie wusste, sie hätte ihre Laufschuhe anziehen sollen. Aber das Letzte, was sie an diesem heißen Sommerabend wollte, waren verschwitzte Füße. Etwas knackte unter ihrem Fuß. Megan verzog das Gesicht und hüpfte auf einem Bein. Sie zog den Flip-Flop aus und schüttelte ihn. Offensichtlich war sie auf einen Becher getreten, der nicht leer war. Sie atmete tief ein und stieß die Luft wieder aus.

Peter, der vor ihr ging, blickte fragend zu ihr zurück. Sie zwang sich zu so etwas wie einem Lächeln. Es funktionierte. Peter zeigte mit dem Daumen hoch. Mit einem Nicken sah sie auf ihre Schuhe hinunter, wo sich eine Pfütze aus Limonade gebildet hatte.

Sie hasste den Jahrmarkt. Aus tiefstem Herzen. Ihr kam die Wut hoch. Sie wünschte, sie hätte nie zugestimmt, mitzukommen.

Hannah ging neben ihr her. Sie summte leise vor sich hin und hielt den Blick auf den Boden gerichtet. Megan hatte sie vorher im Auto angeschnauzt, als sie auf dem vollen Parkplatz auf und ab fuhren, um einen Platz zu finden, der groß genug war für den Jeep. Voller Aufregung und Energie hatte Hannah von den Fahrten geplappert, die sie mitmachen wollte, und ob sie Zuckerwatte bekommen und vielleicht sogar einen Preis gewinnen könnte. Ungeduldig hatte Megan sich zu ihr umgedreht, wobei ihr ein scharfer, stechender Schmerz ins rechte Auge fuhr. Sie hätte einfach den Mund halten sollen, aber stattdessen hatte sie zu ihrer Tochter gesagt, sie solle ihren Mund halten, bevor sie es für sie tun würde. Megan schürzte die Lippen. Wieder einmal wünschte sie sich, sie könnte ihr Leben zurückspulen.

Sie griff nach Hannahs Hand, die an ihrer Seite schlenderte, und hielt sie fest. »Es tut mir leid, Hannah. Ich hätte das nicht sagen dürfen.« Sie schlang ihre Finger um die der Tochter und wartete auf eine Antwort. Es dauerte nicht lange.

Hannah warf ihr ein Lächeln zu. »Es ist schon gut. Ich weiß, dass das schwer für dich ist. Hast du immer noch Kopfweh?«

Megan wollte sie umarmen. Aber stattdessen schwang sie Hannahs Hand und passte auf, dass sie nicht wieder irgendwo hineintrat.

Peter und Alexis warteten am Eingang. Alexis hielt durch die Menge Ausschau nach den verschiedenen Fahrgeschäften. Sie kundschaftete alles aus, genau wie sie es verkündet hatte. Sie hielt etwas in der Hand, das wie ein Plan aussah. Peter hatte die Eintrittskarten in seiner. Megan schloss für einen kurzen Moment die Augen und wiederholte das Mantra, das sie sich eingeprägt hatte.

Ich werde diesen Abend genießen. Ich werde lachen und lächeln und Spaß haben. Ich werde mich auf meine Familie konzentrieren. Ich will nicht… nein, denke nicht an Emma. Sie hatte Peter versprochen, dass sie es nicht tun würde. Eine gewisse Selbstverachtung erfüllte ihr Herz. Abscheu vor sich selbst, weil sie so leicht nachgegeben hatte.

Alexis hielt sie am Arm fest. »Mom, können wir zuerst

zu den Spielbuden gehen? Ich will einen Frosch gewinnen. Bitte!«

Megan blickte durch die Menge zu den Hauptattraktionen. Auf den Buden blinkten Lichter. Ganze Gruppen von Teenagern zogen dort herum. Ihre Augen leuchteten vor Aufregung, ihre Hände waren voll mit Popcorntüten und großen Limonadebechern. Die unerträglichen Rufe der Jahrmarktsschreier, die für ihre Spiele warben, erfüllten die Luft. Megans Kopf hämmerte bei jedem *Ping! Ping!* der Plastikringe, die gegen die Glasflaschen geworfen wurden, und bei jedem *Peng! Peng!* der zerplatzten Ballons, auf die mit den Dartpfeilen gezielt wurde.

»Bitte, Mom, bitte!«

Megan warf Peter einen Blick zu. Sie hoffte, er würde die Warnung verstehen, die sie ihm geistig schickte. Er zuckte nur mit den Schultern und lächelte. Auf seinem Kinn waren wieder die Grübchen zu sehen. Sie konnte nicht böse auf ihn sein. Nicht heute Abend. Ein ihr vertrauter Duft erregte ihre Aufmerksamkeit. Hm, Minidonuts. Okay, wenn zumindest Minidonuts für sie dabei rausspringen, dann könnte sie glücklich sein.

Peter legte seinen Arm um Alexis und drückte sie. »Gehen wir, Süße. Deine Mom hat die Kamera; wir werden dafür sorgen, dass sie Fotos von uns macht, wie wir massenhaft Preise gewinnen, okay?« Er zwinkerte Megan zu.

Megan griff nach der Kamera, die ihr um den Hals hing. Die hatte sie ja völlig vergessen. Es hatte sich fremd angefühlt, als Peter ihr vorher die Kamera um den Hals gelegt hatte. Das Gewicht zog an ihrem Hals. Wie schwere Ketten mit einem Vorhängeschloss. Früher war sie nie ohne Kamera aus dem Haus gegangen. Peter hatte gewitzelt, sie würde ein fester Bestandteil von ihr werden, wenn sie nicht aufpasste. Jetzt fiel es ihr schwer, Fotos zu machen. Ein Moment, der für immer eingefangen wurde. Bilder zeigen die Fortsetzung des Lebens.

Sie hielt die Kamera hoch und zwang sich zu einem Grinsen. »Dann legen wir mal los, oder?«x

Sie folgte Peter und Alexis und passte auf die schwarzen Kabel auf, die mit Isolierband zusammengebunden waren. Typisch. Natürlich musste sie über eines stolpern und in einer klebrigen Pampe landen. Hannah streckte ihre Hand aus. Megan ergriff sie und war erstaunt darüber, wie stark ihre Tochter war, als sie half, sie aus dem Schmutz zu ziehen, und Stolz erfüllte sie.

»Los, Hannah. Geh und gewinn einen Preis für deine Schwester.« Megan deutete nach vorne.

Hannah strahlte. Sie lief los und fasste Peter an der anderen Hand. Er blickte über die Schulter zu Megan, seine Augen glänzten vor Freude. Er hatte den Jahrmarkt immer schon geliebt.

Megan dachte an den Abend zurück, als sie sich das erste Mal getroffen hatten. Auf diesem Jahrmarkt, vor vielen Jahren. Sie war mit einer Gruppe von Freunden unterwegs gewesen, es war das erste Mal, dass sie abends alleine auf den Rummelplatz gingen. Megan lächelte, als sie sich an das Freiheitsgefühl jener Nacht erinnerte. Jede ihrer Freundinnen hatte ein Stofftier gewonnen, aber Megan hatte schlecht getroffen. Ihre Dartpfeile verfehlten jeden Ballon, die Ringe schafften es nie über die Colaflaschen, und sie war nicht in der Lage, eine Wasserpistole zu benutzen, um Enten zu schießen.

Peter, der vor ihr in der Abschlussklasse war, stand hinter ihr an. Er bezahlte für sie, damit sie ihr Glück noch einmal versuchen konnte, dieses Mal half er ihr aber zu zielen. Sie hatte zum ersten Mal ein Stofftier gewonnen und bekam ihr erstes Rendezvous. Ein perfekter Abend für erste Male.

Beim verwitterten Entenschießstand, wo Alexis mit breiten Beinen dastand, nahm Megan ihre Kamera, schaltete sie ein und wartete. Peter stand hinter der Tochter und stabilisierte ihren Arm. Sie lächelte ihm zu. Genau in dem Moment drückte Megan auf die Kamera. Ein gestohlener Augenblick zwischen Vater und Tochter. Diese Aufnahme fühlte sich richtig an. Die Kamera war nicht mehr so schwer wie zuvor. Es war, als ob das Blitzlicht etwas in Megans Herzen zum Leuchten bringen würde.

Alex traf mit jedem Schuss und gewann eine Ente. Megan machte ein Foto, als Alex ihre Arme um Peter schlang und ihn fest drückte.

»Kannst du mir auch helfen?« Hannah hielt die Wasserpistole in der Hand und schaute zu Peter. Ihre Augen sahen ihn bittend an.

Peter stand hinter Hannah, ließ zu, dass sie ihren Arm auf seinen legte, und half ihr zu zielen. »Weißt du, deine Mom konnte dieses Spiel ohne meine Hilfe auch nicht schaffen.«

Megan streckte ihm die Zunge heraus, als er ihr zublinzelte.

»Wirklich?« Alex blieb der Mund offen.

»Mach den Mund zu, Schätzchen«, sagte Megan. Sie funkelte Peter an. »Dein Vater hatte nur geglaubt, ich könnte keine Enten schießen. Was er nicht wusste, war, dass es schon die ganze Zeit mein Plan war, dass er mir helfen sollte.«

»Ach wirklich?« Peter zog seine Augenbraue hoch.

Hannah gab nochmals einen Schuss ab, diesmal ohne Hilfe. Und schoss daneben. Peter hielt ihren Arm gerade; sie zielte auf eine Ente. Megan hob noch einmal die Kamera, stellte den Fokus der Linse ein und fotografierte, wie Hannah die Ente traf und mit einem breiten Lächeln auf dem Gesicht ihre Arme in die Luft warf.

Peter grinste Megan an, während er Hannahs Hand abklatschte. »Beweise es.«

Megan warf ihr Haar über die Schulter. »Ich muss gar nichts beweisen.« Sie blinzelte Alexis zu.

»Mach schon, Mom, mach schon«, forderte Alexis sie auf.

Megan nahm ihre Kamera vom Hals und gab sie ihrer Tochter. »Das müssen wir als Beweis festhalten. Schieß ein gutes Foto, okay?«

Megan ging zum Stand. Die Enten bewegten sich in einer Linie vorbei. Auf ihren Körpern hatten sie große Kreise. Peter reichte ihr die Wasserpistole. »Viel Glück«, sagte er. Als er sich nicht wegbewegte, stieß sie ihn mit dem Ellbogen in die Seite. Sie wusste, wenn sie versuchte, den Enten zu folgen, würde sie nie eine treffen. Aber wenn sie auf eine Stelle zielte und wartete, bis eine Ente vorbeikam, würde es gelingen. Sie bräuchte nur einen Schuss. Megan schluckte, zielte und drückte auf den Abzug. Als sie merkte, dass der Wasserstrahl die Ente tatsächlich getroffen hatte, drehte sie sich um und hielt die Arme hoch.

»Noch zwei Schuss.« Ein Grinsen lag auf Peters Gesicht. Als hätte er gewusst, dass es ein Zufallstreffer war.

»Du kannst es, Mom.« Hannahs Augen leuchteten wie ein Weihnachtsbaum auf.

Alexis hielt die Kamera vor ihr Gesicht und wartete darauf, das nächste Foto zu schießen.

Megan streckte Peter die Zunge heraus, der aber nur zurücklächelte. Sie drehte sich zu den Enten um, ihre gelben Plastikkörper hoppelten die Bandstraße entlang. Nur die Ruhe. Sie brachte ihren Arm wieder in Stellung, hielt ihn mit der Hand ruhig und wartete darauf, die nächste Ente zu bespritzen. Sie drückte den Abzug. Und zielte daneben.

»Das ist schon okay, Mom. Noch einen Schuss. Du kannst das«, ermutigte Hannah sie.

»Brauchst du diesmal meine Hilfe?« Peter lächelte.

Megan schüttelte den Kopf. Sie konnte das. Sie wiederholte den Vorgang, aber diesmal wartete sie, bis ein paar Enten vorbei waren, bevor sie auf den Abzug drückte.

»Ach«, stöhnte Alexis. »Das war so nahe dran.« Sie hatte den Schwanz verfehlt.

»Vielleicht das nächste Mal, hm?« Peter umarmte sie von der Seite. »Sieht so aus, als ob du mich immer noch brauchst.«

Megan deutete Alexis an, sie solle noch mal ein Bild machen. Sie schlang ihre Arme um Peter und sah zu ihm hoch. »Also, für manche Sachen kann man dich schon brauchen, nehme ich an.« Sie lächelte.

Er beugte sich zu ihr hinunter, um ihr einen Kuss zu geben, als das Blitzlicht aufleuchtete.

»Können wir jetzt das mit dem Fischen probieren?« Hannah zog Megan am Arm.

Die Kamera wieder um den Hals, folgte Megan ihrer Familie, die sich durch die Menge drängte. Megan machte Schnappschüsse von den Mädchen, wie sie den Jahrmarkt genossen. Sie konzentrierte sich auf ihre Töchter. Sie hatte es versprochen.

Nachdem Hanna beim Fischteich einen Fisch gewonnen hatte, forderte Megan die Mädchen auf, stehen zu bleiben, damit sie ein Foto machen konnte. Sie wollte sichergehen, dass sie die Atmosphäre des Rummelplatzes einfing, die hellen Lichter, die Clowns und die Buden.

Als sie den Fokus der Linse einstellte, fiel ihre Aufmerksamkeit auf einen Umriss von jemandem, der sich im Hintergrund befand: ein kleines Mädchen mit Zöpfchen. Megans Herz blieb für einen Moment stehen. Alles andere um sie herum verschwamm, die Geräusche, die Gerüche, die Sicht – alles außer dem Anblick dieses kleinen Mädchens. Sie machte einen Schritt nach vorne.

Es waren ihr blondes Haar und ihr weißes Kleid, was Megan auffiel. Aus der Entfernung sah sie wie Emma aus. Aus der Entfernung. Megan atmete tief ein und stieß den Atem wieder aus. Sie hatte ein Versprechen gegeben. Sie würde nicht, könnte nicht in jedem kleinen Mädchen mit Zöpfen Emma sehen.

Peter stand neben ihr. Trotz ihrer zitternden Hand ließ sie die Kamera nicht sinken, um es besser sehen zu können. Es musste ihre Fantasie sein, etwas sehen zu wollen, das nicht da war. Es war immer so. Wie oft hatte sie schon gedacht, es sei Emma, nur um später einzusehen, dass sie es nicht war? Wie viele Kinder hatte sie dabei erschreckt?

Wie oft würde sie ihr eigenes Herz noch brechen wollen? Mit dem kleinen Mädchen immer noch im Hintergrund, schoss Megan das Foto. Sie nahm die Kamera langsam und bedächtig ab und lächelte ihren Töchtern zu. Dieser Abend gehörte ihrer Familie. An diesem Abend würde sie ihren eigenen Schmerz ignorieren und die Vergangenheit hinter sich lassen. Peter fasste sie an der Hand und schlang seine Finger in die ihren. Sie versuchte, das kleine Mädchen zu finden, aber hinter Alexis und Hannah tauchte eine Schar von Teenagern auf und drängte sie ab.

»Alles in Ordnung bei dir?«, wollte Peter wissen. Er drückte ihre Hand.

Megan blickte ihn an und dann wieder in die Menge. Sie sah seine sorgenvollen Augen. »Alles gut«, sagte sie. Sie setzte ein Lächeln auf und drückte seine Hand.

Sie wollte ihm sagen, dass sie gerade Emma gesehen hatte. Sie musste es ihm sagen. Aber er würde ihr nicht glauben. Sie war nicht einmal sicher, ob sie sich selbst noch glauben konnte.

Das schwere Gewicht auf seinen Schultern schwankte bei jedem Schritt. Ihm taten die Schultern weh. Dottie hatte ihn gewarnt, Emmie nicht auf seinen Schultern zu tragen, dass es seinen Rücken zu sehr belasten würde. Aber wie konnte er seinem kleinen Mädchen das abschlagen?

»Ich sehe sie, ich sehe sie! Dort drüber, Opa, siehst du die Lichter?«

Jack hielt ihre Beine ganz fest, während sie nach vorne zeigte. Sie umgingen die Autos, die auf einen freien Parkplatz warteten, und näherten sich dem Rummelplatz.

»Was Leute dagegen haben, ein paar Schritte extra zu laufen, anstatt nahe dran zu parken, geht über mein Verständnis«, sagte Dottie. Sie starrte auf die Fahrzeuginsassen, die darauf warteten, dass sie vorbeigingen, bevor sie weiterfuhren, um einen freien Parkplatz zu finden.

»Bewegung schadet nie. Ich sage dir, heutzutage wachsen die Kinder faul auf.«

Jack schüttelte den Kopf. »Hör auf zu brummeln, Frau.«

»Warum setzt du sie nicht ab? Sie kann den Rest des Weges laufen.« Dottie griff nach oben, um Emmie an der Taille zu packen.

Jack scheuchte ihre Hand weg. »Lass sie. Es geht ihr gut da oben. Das Mädchen will die Lichter sehen, und das soll sie auch.«

Jack hob die Schultern im Bemühen, das Gewicht seiner Enkeltochter zu verteilen. Sie wog kaum etwas, aber im Moment hätte sich eine Feder wie eine Tonne Ziegelsteine angefühlt.

»Willst du mich absetzen, Opa?« Emmie beugte sich hinunter, bis ihre Wange sich an seine presste.

»Nein, Kindchen, das geht schon. Wenn wir einmal auf dem Platz sind, dann kannst du herunter. Einverstanden?« Er hielt ihre Beine wieder fest. Er hätte ihr vorher die

Schuhe ausziehen sollen. Ihre Fersen gruben sich ständig in seine Brust.

Eine ganze Gruppe von Ballons flog in den Himmel hoch. Emmie kicherte, als sie ihnen nachsah.

»Bekomme ich einen Luftballon, wenn wir dort sind?«

»Sofern noch welche übrig sind«, sagte Jack. Er stöhnte, als er in den Haufen verschütteter Fritten trat.

»Setz sie ab, Jack«, sagte Dottie.

Sie fasste Emmie an der Hand und begann zu ziehen. Jack griff nach der anderen Hand, und nach einigem Manövrieren kletterte Emmie von seinem Rücken herunter. Jack richtete sich auf und streckte sich. Ein lautes Knacken war zu hören, der Druck hatte nachgelassen. Ah, das fühlte sich jetzt besser an.

»Ich wünschte, Daisy hätte mitkommen können«, sagte Emmie, als sie Jacks und Dotties Hand nahm und anfing, sie vor und zurück zu schwingen. »Sie hätte so viel Spaß.«

»Emmie, wir haben schon darüber gesprochen. Ein Jahrmarkt ist kein Ort für einen kleinen Hund.« Dottie wich ein paar feuchten Servietten auf dem Boden aus.

Am Eingang des Rummelplatzes stand ein Clown. In seiner Hand hielt er ganze Bündel mit Luftballons. Als sie sich dem Clown näherten, hielt sich Emmie zurück. Jack schaute zu ihr hinunter, um zu sehen, was los war, und sah, dass Emmie ganz große Augen machte. Jack blieb stehen und bückte sich zu ihr hinunter.

»Emmie, hast du schon einmal einen Clown gesehen?« Er strich ihr über das Haar und versicherte sich, dass sie lächelte.

Emmie nickte.

»Fürchtest du dich vor Clowns?«

Sie schüttelte den Kopf.

Jack schaute zu Dottie hoch. Sie schüttelte den Kopf und zuckte die Achseln.

»Also, was ist los, Prinzessin?«

Emmie beugte sich vor, bis ihre Lippen sein Ohr berührten. »Bekomme ich einen Luftballon?«

Jack lächelte. Manchmal überraschte sie ihn. Wegen eines Clowns schüchtern. Das muss man sich mal vorstellen.

»Also gut, fragen wir ihn.« Jack ächzte, als er wieder hochkam. Seine Knie waren nicht mehr gut zum Hinknien. Jack nahm Emmie bei der Hand und führte sie zum Clown. Der Ausdruck auf dem Gesicht seiner Enkeltochter war unbezahlbar.

Jack studierte den Clown. Er sah nicht furchterregend aus. Auf seiner lockigen roten Perücke trug er einen großen Schlapphut mit einem großen Gänseblümchen. Auf sein Gesicht war ein breites rotes Lachen gemalt und um die Augen hellgelbe Sterne. Emmies Augen wurden ganz groß, als sie die Aufmachung betrachtete, die bunten Flicken mit den Blumen auf der Hose. Als sich der Clown bückte und Emmie in die Augen sah, musste sich Jack ein Lachen verbeißen. Sie machte einen Schritt zurück und versteckte sich hinter Jacks Beinen.

Der Clown hielt ihr einen knallroten Ballon hin und wartete darauf, dass Emmie ihn nahm. Sie sah zu Jack hoch, als ob sie um Erlaubnis fragen würde, bevor sie vorsichtig ihre Hand ausstreckte und nach der Schnur griff. Der Clown ging weiter, um ein anderes Kind mit einem Ballon zu überraschen, aber Emmie bemerkte es nicht. Sie entdeckte die hell blinkenden Lichter, die Fahrgeschäfte und Popcornbuden auf dem Rummelplatz.

Jack nahm Emmie bei der Hand und wandte sich Dottie zu.

»Wo sollen wir zuerst hingehen?«

Emmie zog an seiner Hand. »Können wir irgendwo mitfahren, Opa?« Sie zog wieder an seiner Hand. Es gab so viele Dinge, die er mit ihr machen wollte. Karussell fahren, ins Spiegelkabinett gehen, Zuckerwatte und kandierte Äpfel essen und einen Preis gewinnen. Besonders einen Preis für sie gewinnen. Die Spielbuden waren an der Seite, und er sah ein paar Stoffponys. Vielleicht eines von denen.

»Ich glaube, wir sollten das als Letztes machen, Jack. Willst du den ganzen Abend ein großes Stofftier mit dir herumschleppen?« Dottie nahm Emmie an der anderen Hand und deutete in die entgegengesetzte Richtung, weg von den Spielbuden.

Jack sah sich um. Der Jahrmarkt veränderte sich nie. Er sah jedes Jahr gleich aus. Die hellen Lichter, die laute Jahrmarktsmusik und die vielen Menschen. Besonders die vielen Menschen. Als sie auf dem Rummelplatz herumgingen, um ein Fahrgeschäft zu finden, für das Emmie groß genug war, betrachtete Jack die Menge. Gruppen von Teenagern scharten sich zusammen und gingen lärmend von einer Spielbude zur nächsten. Familien schlenderten herum, kleine Kinder sprangen in den Schmutz, während die Eltern ihnen müde nachschauten, ihre Arme voll mit Stofftieren, Popcorn und halb aufgegessenen Tüten mit Zuckerwatte.

Jack rempelte eine Frau an, die mitten im Weg stand. Die Kamera fiel ihr aus der Hand. Jack bückte sich, um sie aufzufangen. Er hatte Angst, sie würde zerbrechen, aber sie baumelte nur an ihrem Hals. Beschämt murmelte Jack eine Entschuldigung, weil er sie angerempelt hatte, und trat zurück.

Emmie zog an seinem Arm. Die Frau lächelte Jack kurz an, als er ihr zunickte, bevor er Emmie folgte. Sie hatte ein Fahrgeschäft gefunden. Teetassen. Mary hatte dieses besonders geliebt. Sie mochte es, das Rad so schnell zu drehen, wie sie konnte, damit die Teetasse sich noch schneller drehte.

»Du willst also da raufgehen, oder?«

»Machen wir das, Opa?« Emmie sah zu ihm hoch, ihre Augen waren groß und rund vor Freude.

»Gib mir deinen Luftballon, Emmie. Ich bleib hier und schau zu, okay?« Dottie beugte sich hinunter, um den Ballon von ihrem Handgelenk loszubinden.

Jack nahm sie an der Hand, und sie stellten sich für die Fahrt an. Er warf einen Blick zurück. Die Frau mit der Kamera in der Hand stand immer noch da. Er ließ seinen Blick über die Menschenmenge schweifen und sah, dass sie ein Foto von einem Mann mit zwei Kindern machte. Muss wohl ihre Familie sein. Jack legte seinen Arm um Emmie. Damals, als Mary ein Kind war, hatten sie das Gleiche gemacht. Dottie hatte die Aufgabe, Fotos zu machen, aber damals war es eine Polaroid, nicht dieses neue digitale Spielzeug, das heutzutage jeder hat.

Emmie hüpfte auf und ab, als sie langsam zum Anfang der Schlange kamen. Jetzt waren sie an der Reihe, auf den Teetassen zu fahren. Emmies erste wirkliche Fahrt. Mary hatte sich in diesem Alter genau gleich verhalten. Sie hüpfte auf und ab, während sie vor Freude in die Hände klatschte. Jedes Mal wollte sie zuerst auf die Teetassen.

Wie die Mutter, so die Tochter.

KAPITEL DREIUNDZWANZIG

Megan wurde es ganz schwindelig, als sie den Mädchen auf ihrer letzten Fahrt zusah. Sie konnte diese Fahrten nicht gut ertragen. Sie führte es gerne auf das Alter zurück, aber dann müsste sie zugeben, dass sie älter wurde. Peter stand neben ihr. Er lehnte sich mit den Armen auf den Holzzaun und schaute seinen kreischenden Mädchen auf der Walzerbahn zu.

»Ich wette, du möchtest auch gerne dabei sein«, sagte Megan. Peters sehnsüchtiger Blick war unverkennbar, als er zusah, wie das Karussell sich immer weiter drehte. Wie ein kleines Kind.

»Nee, nee, die wollen nicht, dass ihr alter Herr überall mit ihnen mitfährt«, sagte Peter und zuckte mit den Schultern.

Megan musste wegschauen – es wurde ihr schon beim Zuschauen schwindelig. »Du hättest mitfahren sollen, Peter«, sagte sie.

Alexis wollte zuerst eine Runde ganz alleine fahren, aber im letzten Moment flippte sie aus und bat Hannah, sie zu begleiten. Peter bot sich an, aber in der Schlange standen nur Kinder und Jugendliche, keine Eltern. Alexis wollte sich auf keinen Fall blamieren. Megan erinnerte sich, wie sie durch diese Phase ging. *Um Himmels willen.*

»Ich frage mich, ob sie noch weitere Fahrten aushalten können. Ich habe Hannah versprochen, dass wir noch eine

Runde mit dem Riesenrad fahren, bevor wir wieder gehen.« Peter zeigte auf das Fahrgeschäft.

Megan blickte zum Riesenrad hoch und erschauerte, als sie die schaukelnden Gondeln sah, die gerade anhielten, um andere aussteigen zu lassen. Der Gedanke, in dieser Gondel zu sitzen und auf den Boden zu starren, während sie vor und zurück schaukelte, drehte Megan den Magen um. Ein Schauer lief ihr über den Rücken. Auf keinen Fall.

»Ich glaube, bei dem mach ich auch nicht mit.«

Peter legte seinen Arm um Megans Rücken und drückte sie. »Willst du nicht wenigstens eine Fahrt mit mir machen?«

Megan drehte sich um und lehnte sich mit dem Rücken gegen den Holzzaun. Sie schielte zu Peter hinüber.

Er lachte.

»Du machst dich lustig über mich, stimmt's?« Sie drehte sich wieder um. Die Walzerbahn wurde langsamer. Gott sei Dank.

Als die Mädchen ausstiegen, merkte sie, dass Hannah schwankte. Megan eilte hinüber und half ihr die Stufen herunter. Hannahs Gesicht war weiß, ihre Lippen blass, und ihr Körper schwankte im Halbkreis. Megan führte sie zu einem Sims, wo sie ihre Tochter hinsetzte und ihr den Rücken rieb. Alexis hüpfte die Stufen herunter, rannte zu Peter und klatschte seine Hand ab.

»Das war super!« Sie nahm Peter die große Limonade aus der Hand und kippte sie in sich hinein. Dann nahm sie ihren angebissenen kandierten Apfel aus seiner Hand und schleckte daran.

Megan schüttelte den Kopf. Dieses Mädchen liebte die Fahrgeschäfte. Jedes Mal suchte sie den Nervenkitzel.

»Da will ich nie mehr mitfahren«, sagte Hannah. Megan rieb ihr weiter den Rücken. Ihre Wangen bekamen langsam wieder Farbe. Megan reichte ihr eine Tüte Popcorn. Hannah tauchte ihre Hand in die Tüte und stopfte sich die Körner in den Mund.

»Du bist einfach ein großer Angsthase. Das war total lustig.« Alexis fasste Peter an der Hand, als sie Hannah verspottete.

»Willst du dieses Mal eine Runde mit mir fahren, Dad?«

Megan schaute Peter an und schüttelte den Kopf. Dass er Lust dazu hatte, stand ihm ins Gesicht geschrieben, und sie musste lächeln. Das war genau der Mann, in den sie sich verliebt hatte. Der Mann, der Spaß in ihr Leben brachte. Oder zumindest gebracht hatte. Er wollte das wieder für sie tun. Heute Abend war ein Schritt in diese Richtung. Um Spaß am Leben zu haben. Irgendwie hatte er es geschafft, den Horror in ihrem Leben zu übersehen. Sie wusste nicht, wie er das schaffte. Es schien, als ob das in letzter Zeit alles war, was sie sehen konnte.

Bis sie zu Alexis schaute. Die Aufregung in ihrem Gesicht, wie ihre Augen funkelten, das half. Es half ihr zu sehen, dass es noch einen anderen Weg gab, das Leben zu betrachten. Sie hielt ihre Kamera hoch und wartete, bis die Linse den richtigen Fokus hatte. Die Art und Weise, wie Alexis Peter am Arm zog, wäre ein großartiges Foto.

»Weißt du was«, sagte Peter, als er Alexis zu Megans und Hannahs Platz führte, »es wird schon spät, und ich habe Hannah versprochen, dass wir noch aufs Riesenrad gehen, bevor wir nach Hause fahren. Die Schlange dort ist ziemlich lang, deshalb denke ich, dass Hannahs Magen sich beruhigt haben wird, wenn wir dran sind, und wir können vielleicht deine Mom überreden, mitzukommen. Was meinst du?«

Megan schaute auf die Schlange, die sich um den Zuckerwattestand bildete. Wenn sie einmal das vordere Ende der Schlange erreicht hatten, könnte sie ihre Leute vielleicht überzeugen, dass es besser wäre, wenn sie ihnen nur zusah.

Alexis rannte zum Ende der Schlange. »Beeilt euch, bevor jemand anders herkommt.«

Peter nahm Megan an der Hand, als sie sich zu Alexis gesellten. Er drückte ihre Hand. Sie beugte sich vor und küsste ihn auf die Wange.

»Igitt! Müsst ihr das hier tun?« Alexis hielt sich die Hand vor die Augen und stöhnte.

Hannah lächelte ihnen zu. Sie kuschelte sich an Peter, legte ihre Arme um seine Taille und lehnte ihren Kopf gegen ihn. Ihr Gesicht hatte wieder Farbe bekommen.

Als sie in der Schlange anstanden, hörte Megan den Mädchen abwesend zu, wie sie darüber sprachen, wo sie überall drauf waren; sie ertappte sich, wie sie sich in der Menschenmenge umsah, die vorbeiging. Familien, lachende Gesichter, die ganz angetan von den Erlebnissen und den Gerüchen über den Rummelplatz bummelten. Ältere Paare, die in Erinnerungen schwelgten, während sie Hand in Hand herumschlenderten. Kinder, die der Aufmerksamkeit ihrer Eltern entwischten, spielten auf dem zertrampelten Gras Fangen. Das quietschende Gelächter, die laute Musik der Spielbuden, das Weinen eines müden Kindes, alles war miteinander vermischt. Megan lächelte, als sie das alles in sich aufnahm.

Peter klopfte ihr auf die Schulter. »Alles okay bei dir?« Seine Worte könnten eine allgemeine Frage gewesen sein, aber sie kannte den Ausdruck in seinen Augen. Er wollte mehr wissen. *Bist du noch bei uns? Hältst du dein Versprechen?*

Sie nickte. Es ging ihr gut. Nicht gut im Sinne, dass sie sich komplett oder ganz fühlte. Aber gut. *Gut – im Sinne von: Ich bin hier, ich lerne, den Augenblick zu genießen.*

»Das Riesenrad muss nur noch ein paarmal anhalten, dann sind wir dran.« Alexis stieß Megan an.

Sie wandte sich von Peter ab und fuhr durch das bereits zerzauste Haar ihrer Tochter. Hinter Alexis war eine Bank.

»Wisst ihr was? Ich glaube, ich werde mich einfach auf die Bank dort drüben setzen und euch zuschauen. In der Gondel haben nur drei Platz, drum werde ich Fotos machen. Einverstanden? Außerdem kann ich die ganzen Preise halten und euer Popcorn aufessen.« Megan zeigte auf die Bank, die noch frei war. Ein Wunder bei so einem Abend. Etwas, das Megan ausnutzen wollte.

»Du willst nur nicht mitfahren. Gib es zu.« Alexis verschränkte die Arme und schmollte.

Hannah funkelte ihre Schwester an.

Megan trat aus der Schlange heraus und streckte ihre Arme aus. Alexis warf ihre Sachen auf sie, die Stofftiere und die Tüte mit Zuckerwatte. Hannah legte ihre Sachen oben drauf und lächelte ihre Mom an. Peter lachte nur. Megan warf ihm einen bösen Blick zu. Er hätte ihr zumindest helfen können, der Mitfahrt zu entgehen, ohne dass Alexis sauer wurde. Sie ging durch die wachsende Menschenmenge und erreichte die Bank, als sich gerade eine Gruppe Jugendlicher dort hinsetzen wollte.

»Habt ihr etwas dagegen?« Sie ließ die Ladung in ihren Armen auf die Bank plumpsen, ehe sie noch ein Wort sagen konnten. Ein Mädchen, um die sechzehn, setzte sich mit gekreuzten Beinen auf die Bank. Sie wippte mit dem Fuß, während sie einen Lutscher in den Mund steckte. Megan schaute nicht weg. Diese Jugendlichen heutzutage. Ein anderes Mädchen packte ihre Freundin am Arm und zog sie hoch. Die eine, die auf der Bank saß, zog den Lutscher aus ihrem Mund und ließ ihn auf die Bank fallen, drehte sich um, schwang ihre Hüften und warf ihre Haare über die Schultern. *Grrr. Diese Jugendlichen … meine Mädchen sollten sich hüten, sich so zu benehmen, wenn sie mal älter sind.*

Als sie sich auf der Bank niedergelassen hatte, winkte Megan ihrer Familie zu, die als Nächstes an der Reihe war.

Sie schob alle Sachen auf der Bank näher zu sich heran. Es machte keinen Sinn, die ganze Bank zu belegen, wenn sie nur die halbe brauchte. Sie beugte sich nur ein wenig vor, um die Schlange vor dem Riesenrad im Blick zu haben. Sie war riesig. Teenager, größere Kinder, junge Paare, die Händchen hielten, und Familien wie die ihre warteten auf ihre Gelegenheit.

Eine Familie fiel ihr besonders auf. Ein älteres Paar. Die Frau hatte etwas an, das sie an einen Hausmantel erinnerte, und der ältere Mann trug einen abgetragenen Strohhut auf dem Kopf. Zwischen den beiden stand ein kleines Mädchen. Muss ihre Enkeltochter sein – wie nett. Letztes Jahr hatte Megans Mutter angeboten, Hannah und Alexis zum Jahrmarkt mitzunehmen. Nachdem Megan es abgelehnt hatte, bot sie sich nicht mehr an. Nicht in diesem Jahr. Eigentlich überraschte es sie, weil sie mit dem Angebot ihrer Mutter gerechnet hatte.

Sie hörte ein freudiges Quietschen und beobachtete, wie Peter Hannah und Alexis in die Gondel half. Er saß in der Mitte und hatte seine Arme um die Mädchen gelegt. Hannah klammerte sich am Metallbügel fest, während Alexis ihre Hände hochhob und darauf wartete, dass es losging. Megan fühlte mit Hannah mit. Sie hätte den Bügel so fest umklammert, bis ihre Knöchel weiß gewesen wären, und hätte ihre Augen fest zugedrückt.

Megan machte Schnappschüsse von den Mädchen. Sie stellte sicher, dass sie die Gesichtsausdrücke von beiden einfing. Als sie noch ein Foto schießen wollte, wurde sie von einer Stimme abgelenkt.

»Hätten Sie etwas dagegen, wenn ich mich zu Ihnen setze?«

Megan nahm die Kamera vom Gesicht. Vor ihr stand eine ältere Frau, die ihr irgendwie bekannt vorkam.

Megan versuchte sich zu entsinnen, wo sie die Frau

schon einmal gesehen hatte. Ihre schmächtige Figur, die knochigen Hände und das lockige graue Haar erinnerte sie an jemanden. Sie lächelte, rückte die Sachen näher zu sich heran und schaute auf das ältere Ehepaar mit dem kleinen Kind zurück, das in der Schlange anstand. Der Mann stand jetzt alleine mit dem kleinen Mädchen dort.

»Natürlich nicht«, sagte Megan.

Die ältere Frau ließ sich seufzend neben Megan auf die Holzbank sinken. Sie hob kurz ihre Füße auf und setzte sie dann wieder im Staub ab.

»Es tut so gut, sich auszuruhen. Ich bin kein junger Hüpfer mehr.«

Megan lächelte die Frau freundlich an, nahm die Kamera wieder hoch und suchte das Riesenrad nach Peter und den Mädchen ab. Den Mädchen machte es Spaß. Sie waren schon fast ganz oben.

»Fahren Ihre Kinder auch mit?«

Megan wandte sich um und studierte die Frau, die neben ihr auf der Bank saß. Sie zwinkerte mit den Augen, als sie Megans Blick erwiderte und dann auf die Schlange zeigte. Trotz ihrer älteren Erscheinung strahlte sie Energie und Begeisterung aus. Als ob sie sich jünger fühlte, als ihr Körper aussah. Das sanfte Lächeln, das sie Megan gab, sprach Bände. Als ob sie ein Geheimnis zu teilen hätte.

»Sie sind dort. Mein Mann und die beiden Töchter. Sie sind schon fast ganz oben.« Sie deutete dahin, wo Peter saß. Er musste sie beobachtet haben, da er winkte, als sie auf ihn zeigte. Megan winkte zurück.

»Sie wollten nicht mit ihnen mitfahren?«

Megan schüttelte den Kopf. »Diese Fahrten bekommen mir nicht. Besonders, wenn es so hoch hinaufgeht.« Sie hielt ihre Kamera hoch. »Ich bin ganz zufrieden, nur Fotos zu machen.«

Die Frau kicherte. »So geht es mir auch. Dort drüben ist mein Mann mit unserer Enkeltochter. Er war derjenige, der sie heute Abend überallhin mitgenommen hat.« Sie zeigte auf den älteren Mann mit dem Strohhut und das kleine Mädchen im hellgelben Kleid. Das kleine Mädchen drehte ihr den Rücken zu.

Megan beobachtete das kleine Mädchen. Sie hielt sich an den Händen ihres Großvaters fest und versuchte, in die Luft hochzuspringen. Bei jedem Sprung zog er sie nach oben und half ihr so, jedes Mal etwas höher zu springen. Megan stellte sich das Lachen vor, das vom Mädchen ausging. Ihr Herz verkrampfte sich.

»Ihre Enkeltochter ist süß.« Megan riss ihren Blick los.

»Ja, das ist sie. Sie ist der helle Sonnenschein in unserer sonst so dunklen Welt. Ich weiß nicht, was wir ohne sie machen würden.«

Megan nickte. Sie reichte hinüber und bot ihr die Hand an. »Es sieht so aus, als ob wir hier eine Weile gemeinsam auf der Bank sein werden, also, ich bin Megan«, sagte sie.

»Schön, Sie zu treffen, Megan, ich bin Josie.« Sie reichte hinüber und schüttelte Megan die Hand. Es war ein so warmer Abend, dass Megan schockiert war, als Josies kalte Finger Megans warme berührten.

»Ich weiß nicht, wie mein Mann mit all diesen Fahrgeschäften fertigwerden kann. Er wird nicht jünger, aber wie er sich heute Abend verhält, könnte man meinen, er sei ein Teenager.« Josie legte ihre Handtasche zwischen sich und Megan auf die Bank.

Megan lachte. Er erinnerte sie an Peter. Sie betrachtete die beiden Männer. Peter hielt seine Hände hoch in die Luft, als sie ganz oben im Riesenrad saßen. Megan wurde wieder ganz flau im Magen, als sie ihnen zusah. Hannah sah geradeaus und hielt sich an den Stangen fest, während Alexis nicht nur ihre Hände hochhielt, genau wie ihr Vater, sondern auch versuchte, die Gondel zum Schaukeln zu bringen. Was für ein Miststück.

Josie kicherte neben ihr. Megan sah sie an. Sie war wirklich eine schöne Frau, wenn sie lächelte.

»Meine Enkeltochter ist zum ersten Mal mit auf dem Jahrmarkt. Sie ist so aufgeregt. Ihre Mutter steht kurz vor dem Geburtstermin, und das arme kleine Mädchen war gelangweilt«, sagte Josie, als Megan sie ansah.

Megan sah zum kleinen Mädchen hinüber. Sie war immer noch mit dem Rücken zu ihr gekehrt und hüpfte ständig auf und ab. Ihre Zöpfchen flogen herum, wenn sie hochhüpfte, und ihr hellgelbes Kleidchen mit den Rüschen am Saum flog hoch, wenn sie landete. Emma wäre jetzt ungefähr im selben Alter. Sie wäre wahrscheinlich auch so aufgeregt.

»Das kann man sehen.« Megan konnte ihren Blick nicht von dem kleinen Mädchen nehmen.

»Welche noch mal sind Ihre?«

Megan zeigte auf das Riesenrad und winkte. Peter winkte zurück.

»Mein Mann ist mit zwei meiner Mädchen dort oben. Sie sind nicht zu übersehen. Die eine hat ein breites Grinsen auf dem Gesicht, während die andere den Bügel nicht loslässt.«

»Haben sie mehr als zwei?«

Megan nickte und räusperte sich. »Ich habe drei. Meine jüngste Tochter wurde vor zwei Jahren entführt.« Megan versagte die Stimme ein wenig.

Josies Augen wurden wässrig, als sie Megans Hand mütterlich tätschelte.

»Du meine Güte. Das kleine Mädchen aus Kinrich?«

Megan nickte.

»Ich kann mich erinnern, darüber gelesen zu haben. Sie

war noch ein Kleinkind, oder?« Josie zog die Augenbrauen zusammen.

Megans Hals schwoll an, als sie um Fassung rang.

»Megan? Es tut mir leid, ich wollte das nicht aufwühlen. Ich kann mir nur vorstellen, was für einen Schmerz Sie und Ihre Familie da durchmachen mussten.« Josie tätschelte ihr wieder die Hand.

Megan ließ die Schultern hängen, als sie die ältere Frau neben sich ansah. Es fühlte sich an, als ob ihr jemand mit der Faust die Lungen zusammenpresste. Sie konnte nicht atmen.

»Meine Tochter verschwand vor zwei Jahren …« Megan senkte den Kopf. Sie ballte die Faust. Ein leichtes Zittern wanderte von ihrem Herzen zu den Fingern.

»Es tut mir leid, Liebe. Ein Kind zu verlieren ist hart. Aber irgendwie gibt Ihnen Gott die Kraft, das Leben zu leben. Irgendwie. Ich habe Jahre gebraucht, um das herauszufinden, nachdem eines meiner Babys gestorben war – man nennt es heute SIDS, plötzlicher Kindstod.« Josie schüttelte den Kopf. »Aber schauen Sie sich an – Sie haben eine wunderbare Familie. Sie werden drüber hinwegkommen.« Josie tätschelte Megans Hand, während das feste Band um ihr Herz sich bei Josies Worten löste. Die Faust, die ihre Lungen zusammenpresste, ließ los. Sie konnte wieder atmen.

»Also, es sieht so aus, als ob mein lieber Mann die Hände voll hat. Ich sollte ihm helfen. Es war sehr nett, Sie kennengelernt zu haben. Ich werde für Ihre Tochter beten.«

Megan lächelte durch ihre Tränen und nahm Josies Hand. Sie wünschte, es gäbe Worte, um ihre Gefühle zu beschreiben – Josie war ein Engel in Menschengestalt, ihre unaufgeforderten Worte eine Wohltat. Als Megan sich die Tränen wegwischte, hörte sie einen Schrei.

»Mom!«

Alexis kam angesprungen. Sie hatte nicht einmal bemerkt, dass sie schon vom Riesenrad herunter waren.

»Hast du Fotos von uns gemacht? Hast du mich da oben gesehen? Ich wollte mit der Gondel schaukeln, aber Hannah war ein Angsthase, und Dad meinte, ich solle aufhören.« Alexis nahm ihr Getränk von der Bank und trank es in einem Zug aus. Sie warf den leeren Becher in den Abfalleimer daneben.

Peter kam mit Hannah daher, seine Arme um sie gelegt.

»Ich glaube, dieses Mädchen hatte eine Fahrt zu viel.« Peter drückte Hannahs Schulter und zwinkerte Megan zu.

»Etwa wie die Mutter, so die Tochter?« Megan neigte sich vor und sah Hannah in die Augen. »Alles okay?«

»Ich will jetzt nach Hause gehen.« Hannahs Augen waren weit geöffnet, ihr Gesicht blass.

»Können wir nicht noch ein bisschen länger bleiben?« Alexis steckte den Rest ihres kandierten Apfels in den Mund.

Peter zerzauste ihre Haare. »Ich glaube, wir haben für heute Abend genug getan, Liebling. Der Jahrmarkt ist noch ein paar Tage hier; wir können jederzeit wiederkommen.«

»Mit wem hast du gesprochen?«, wollte Peter von Megan wissen.

»Nur eine nette alte Dame.« Megan wischte sich die restlichen Tränen aus dem Gesicht und sammelte das Zeug auf der Bank zusammen.

Sie gingen über den Rummelplatz zum Ausgang. Megan hielt nach Josie Ausschau, um vielleicht noch mal ein mütterliches Lächeln zu ergattern, aber trotz all der anderen älteren Paare, die sie sah, war Josie und ihre Familie nicht darunter.

Es erschreckte Megan, dass sie sich gegenüber einer völlig Fremden wegen Emma geöffnet hatte. Aber es fühlte sich gut an, wie Balsam für ihre wunde Seele. Sie hatte Peter versprochen, sich heute Abend nicht auf Emma zu konzentrieren. Deshalb behielt sie das Geheimnis für sich, dass sie ihr Herz ausgeschüttet hatte.

Auf ihrer Fahrt nach Hause keimte ein kleiner Samen Schuld in ihrem Herzen.

Als sie an den Kornfeldern vorbeifuhren, überflog Megan ihre Erinnerung. Nur weil sie versprochen hatte, nicht nach ihrer Tochter zu suchen, bedeutete das nicht, dass sie blind war. Was, wenn ihre Tochter dort war? Was, wenn sie sie verpasst hat, weil sie nicht nach ihr Ausschau gehalten hatte?

KAPITEL VIERUNDZWANZIG

Im Haus war es ruhig. Die Mädchen waren in der Schule, und Peter war gerade zur Arbeit gegangen. Er hatte sie überrascht, als er am Morgen mit ihr und Laurie zum Laufen mitkam. Das war wirklich schön. Es war etwas, das sie früher oft zusammen machten, bevor das Leben sie eingeholt hatte. Jetzt tendierte Peter eher dazu, in der Mittagspause oder nach der Arbeit ins Fitnessstudio zu gehen, während Megan weiterhin frühmorgens laufen ging.

Nach der Dusche und ihrer ersten Tasse Kaffee nahm Megan die Kamera mit ins Arbeitszimmer und klappte Peters Laptop auf. Sie gab ihr Passwort für ihr Profil ein und wartete, bis die Programme geladen waren. Es war schon so lange her, seit sie das letzte Mal Bilder von ihrer Kamera heruntergeladen hatte. Keine Ahnung, was da noch drauf war. Sie sollte wahrscheinlich ein paar ausdrucken und sie zumindest in ihr Fotoalbum einkleben.

Laurie hatte schon vor ein paar Jahren versucht, sie zum Scrapbooking zu überreden, als es gerade der letzte Schrei war. Megan war zu einer Scrapbooking-Party gegangen, machte ein paar nette Karten und entwarf sogar eine Seite für ein Scrapbook, das sie gekauft hatte. Dann machte sie den Fehler, zu viele Sticker, Papier und Schneideutensilien zu kaufen. Jetzt hatte sie eine große Plastikkiste voller Scrapbooking-Materialien, die sie nie benutzte.

Als sie die Bilder herunterlud, fing sie kleine Ausschnitte

von ihnen auf. Alexis war so voller Leben, energiegeladen, hatte immer ein Glänzen in den Augen, obwohl es viel brauchte, um ein Lächeln auf ihr Gesicht zu zaubern. Hannah jedoch lächelte immer. Sie sah süß aus. Wenn sie ein Buch las, ein Spiel spielte oder zeichnete, immer lag ein Lächeln auf ihrem Gesicht.

Nachdem die Fotos heruntergeladen waren, drückte Megan die Löschtaste. Es ergab keinen Sinn, ihre Speicherkarte unnötig zu belasten. Sie ging ein Bild nach dem anderen durch. Alexis, wie sie neben einem Clown posierte, beide schnitten dabei dumme Gesichter; Peter, wie er ein Stück von der Zuckerwatte der Mädchen stibitzte; und Hannahs verkrampfter Griff am Bügel des Riesenrads.

Es wurden etwa sechzig Bilder heruntergeladen, vierzig davon vom Jahrmarkt. Die anderen zwanzig waren von vergessenen Tagen, vom ersten Schultag, Alexis in ihrem Karate-Gi, Hannah mit einem Kuchen, den sie selbst gebacken hatte. Nette Erinnerungen, die mit der Zeit vergessen wurden. Einige Fotos wanderten sofort in den Papierkorb. Wie jenes von ihr, wie sie im Liegestuhl lag. Ja, also, nein.

Sie kam zum letzten Bild, das sie letzten Abend gemacht hatte. Von Peter. Sie waren gerade durch die Tür gekommen, die Mädchen waren in ihre Zimmer gegangen, um ihre hart erkämpften Preise auf die Regale zu stellen, da hatte Peter sie gepackt, sie hineingezogen und sie fest auf den Mund geküsst. Es war kein romantischer Kuss. Aber er hatte etwas an sich. Erregung vielleicht.

Megan fiel der Ausdruck in seinen Augen auf. Ihr Herz setzte für einen Moment aus. Sie hatte ihre Kamera noch in der Hand und wollte sie gerade auf den Tisch im Eingangsbereich legen. Sie hob sie stattdessen hoch, schaltete sie ein und machte einen Schnappschuss von Peter, wie er sich gerade wegdrehen wollte.

»Für was war das?«, fragte er.

»Einfach so.« Megan zuckte mit den Schultern, drehte sich weg und wollte gerade in die Küche gehen, als Peter sie an der Hand zurückhielt.

»Ich bin stolz auf dich. Megan, du warst heute Abend mit uns dort, einhundert Prozent, und ich bin so stolz auf dich. Ich weiß, wie schwer es gewesen sein muss.« Er zog sie nahe heran und nahm sie in seine Arme. Megan versteifte sich für einen kurzen Moment, bevor sie sich zwang, zu entspannen. Sie ließ die Schultern fallen, schlang ihre Arme um seine und umarmte ihn auch.

Megan lehnte sich im Schreibtischstuhl zurück und legte ihre Hand auf die Maus. Sie klickte auf die Bilder, die sie zum nahen Drogeriemarkt zum Entwickeln schicken wollte. Es war ein Service, der nur eine Stunde dauerte, vollständig mit einem Link auf dem Computer. Ein Bild fiel ihr dabei besonders auf.

Es war ein Bild von Peter, Hannah und Alexis. Die Mädchen hielten ihre Jahrmarktspreise in den Händen. Die Lichter im Hintergrund glitzerten. Megan liebte dieses Bild. Sie sollte es einrahmen und im Flur an die Wand hängen. Im Hintergrund fiel ihr etwas auf. Sie vergrößerte den Rahmen und ging nahe an den Computerbildschirm heran.

Hinter Hannah stand ein älteres Paar mit einem kleinen Mädchen. Auf dem schwarzen Hintergrund waren die roten Hosenträger und das weiße Kleid deutlich sichtbar.

Megan konnte das kleine Mädchen nicht so gut erkennen. Ihr Gesicht war verschwommen. Deshalb machte sie eine fünfzigprozentige Vergrößerung des Fotos. Das Bild war immer noch ein bisschen unklar, aber wenn sie genau hinsah, konnte Megan die Gesichtszüge des kleinen Mädchens erkennen. Es sah so vertraut aus.

Megan lehnte sich im Stuhl zurück. Sie schloss die

Augen, aber das Bild des kleinen Mädchens hatte sich bereits in ihren Kopf eingeprägt. Sie hatte es schon irgendwo gesehen. Noch vor dem Jahrmarkt. Megan dachte an all die kleinen Mädchen zurück, von denen sie einmal meinte, dass sie Emma wären. Sie versuchte sich zu erinnern, ob dieses kleine Mädchen vielleicht eines davon war.

Dann fiel es ihr auf einen Schlag ein.

Megan sprang aus dem Stuhl und zog die Schublade vom Aktenschrank auf. Sie zog die Akte mit den aktuellen Bildern von Emma heraus. Als sie das Bild fand, starrte sie es an.

Langsam bewegte sich Megan rückwärts, bis ihre Kniekehlen an den Schreibtischstuhl stießen. Sie sank nach unten, als ob ein Gewicht auf ihre Schultern gefallen wäre. Ihre Hand zitterte so fest, dass das Bild sich vor ihren Augen hin und her bewegte. Ihr blieb das Herz stehen, und der Atem stockte.

Ihre Tochter war auf dem Jahrmarkt. Ihre Tochter war nur wenige Meter von ihr entfernt gewesen, und sie hatte sie nicht einmal gesehen. Sie hatte ihrem Mann ein Versprechen gegeben, sie hatte auf ihn gehört und zugestimmt, ihn an erste Stelle zu setzen, und dabei übersah sie ihre Tochter. Emma.

Wäre Megan nicht schon im Stuhl gesessen, wäre sie zusammengebrochen. Ihre Tochter war in Greifweite, und sie hatte nur ein Foto von ihr.

Megan studierte das Bild und merkte sich jedes Detail vom Gesicht ihrer Tochter. Sie sah nicht wie ein Junge aus, auch nicht leblos oder missbraucht. Sie sah glücklich aus. Auf ihrem Gesicht war ein Lächeln.

Ihre Tochter. Emma. So nah und doch so fern.

KAPITEL FÜNFUNDZWANZIG

Megan stürmte durch die Haustür von Peters Büro. In dem Augenblick, als ihr Herz wieder zu schlagen begonnen hatte, wusste sie, dass sie das Bild ausdrucken und Peter zeigen musste. Sonst würde er ihr nicht glauben. Das durfte dieses Mal nicht sein. Nicht, wenn es wirklich wichtig war.

»Megan, wie geht es Ihnen?«

Dana, die kleine Empfangsdame von Peters Immobilienfirma, lächelte sie an. Ihre französisch manikürten Finger blieben erstarrt über der Tastatur stehen, als Megan erschien.

»Ist Peter in seinem Büro?«

Dana machte große Augen, als Megan an ihr vorbeiging und nach der Klinke der Milchglastür griff. Sie drehte sich in ihrem Stuhl herum und streckte ihre Hand aus.

Als ob sie das aufhalten würde.

»Megan, Peter hat mir gesagt, dass er nicht gestört werden will. Er ist in einem Meeting.« Danas Lächeln hätte mit einem großen F beschrieben werden können. F für falsch. Sie zuckte mit ihren zarten Schultern, wie um zu sagen: »Was kann ich da schon machen?«

»Ist ein Kunde bei ihm?« Das Bild von Emma flatterte in Megans Fingern. Sie hielt ihren Arm ruhig. Der Schock, ihre Tochter gesehen zu haben, verwandelte sich in Wut, weil sie nicht zu ihrem Mann durchgelassen wurde.

»Also, nein. Nicht wirklich.« Dana spielte nervös mit einem Stift herum. Sie sah Megan nicht in die Augen.

Megan seufzte. Sie ließ die Türklinke los. »Ist SIE bei ihm?« Sie weigerte sich, ihren Namen auszusprechen. Sie konnte nicht.

Danas perfekt gewachste Augenbrauen formten sich zu einem Zickzack, sie zog ihre kleine Stupsnase hoch und schürzte die Lippen. »Sie?«

Megan schloss die Augen. Also wirklich. Als ob sie nicht wüsste, wen sie meinte. Außer Peter war sie die Einzige, die noch im Büro arbeitete. Seine Geschäftspartnerin. SIE.

»Ja, sie sind, ähm, in einer Konferenzschaltung.« Dana warf einen Blick auf das Telefon.

Megan ebenfalls. Das ausgeklügelte Telefonsystem, das zu installieren Tausende gekostet hatte, konnte alles und jedes tun, das man sich von einem Telefon nur wünschen konnte. Dasselbe Telefon, das aufleuchten sollte, wenn tatsächlich eine Konferenzschaltung im Gang war.

»Ah, ja, man kann's sehen.«

Megan riss die Tür auf und stürmte den Gang hinunter. Im hinteren Teil gab es drei Büros und ein Empfangszimmer, das Megan geholfen hatte einzurichten, als Peter damals seine eigene Immobilienfirma gründete. Die Türen zu zwei der Büros standen weit offen. Eine nicht – die von Peter.

Megans Flip-Flops schlugen dumpf auf dem dicken Berberteppich auf, als sie zu Peters Tür ging. Sie zögerte. Sollte sie anklopfen oder einfach hineinplatzen? Was, wenn sie tatsächlich in einer Konferenzschaltung waren? Aber was, wenn nicht? Sie machte die Augen zu, fasste nach der Klinke und öffnete die Tür. Mit Schwung. Und dann machte sie die Augen auf.

Sie hätte sie geschlossen halten sollen.

Peter saß an seinem Schreibtisch. Er sah aber nicht auf seinen Computer. Er war auch nicht am Telefon und machte sich auch keine Notizen auf ein Papier. Stattdessen ruhte sein Blick voller Leidenschaft auf dem Gesicht der einzigen Frau, von der Megan je zugeben würde, dass sie sie hasste.

Samantha. Mit ihrem notorischen Modelkörper stand sie gebückt an Peters Schreibtisch und kritzelte etwas auf einen Notizblock. Ihre gewellten blonden Haare fielen ihr über die Schultern und berührten leicht Peters Arm. Sie trug einen grauen Bleistiftrock zu einer schwarzen Seidenbluse, die am Hals offen war und einen tiefen Einblick in ihren Ausschnitt bot.

Das … darf … doch … nicht … wahr … sein?

Als Megan ins Büro eintrat, richtete sich Samantha langsam auf. Aufgrund ihrer Größe vermutete Megan, dass sie Stilettos trug. Wenn es je eine Frau verdiente, das Leben einer Großstadtfrau zu leben, war es bestimmt Samantha. Zu dumm, dass sie in einer Kleinstadt festsaß.

»Megan, was für eine nette Überraschung. Peter hat gar nicht erwähnt, dass Sie heute hereinkommen.« Samantha legte kurz ihre Hand auf Peters Schulter, bevor sie einen Schritt zurücktrat. Ihre Stimme war schmeichlerisch.

Wut stieg in Megan hoch, während sie sich zu einem Lächeln zwang.

»Störe ich?« Sie richtete ihren Blick auf Peter. Sein Gesicht wurde zwei Spuren röter, während er auf seinem Schreibtisch mit den Papieren herumfummelte.

»Ja, eigentlich …« Samantha lehnte sich gegen die Schreibtischkante.

»Nein, überhaupt nicht«, unterbrach Peter sie. Er schob seinen Stuhl zurück und stand auf.

Megan trat zur Seite, als Samantha an ihr vorbeirauschte. Ihr Hüftschwung war nicht zu übersehen. Megan weigerte sich, ihr in die Augen zu schauen. Es brauchte all ihre Kraft, nur um ihren Mund zu halten.

Peter schloss die Tür hinter Samantha und wandte sich

Megan zu. Sie sagte nichts. In ihrem Kopf schwirrten unausgesprochene Fragen herum, aber Peter müsste heute Gedanken lesen können.

»Megan, es war nicht das, wonach es aussah. Wir haben gerade eine Konferenzschaltung beendet und sind die Notizen durchgegangen. Ich habe einen Kunden, der hierziehen will…« Er starrte sie mit einem Hundeblick an. Megan berührte das nicht.

Die Stille im Raum dehnte sich aus. Peter ließ die Schultern hängen, als er zu seinem Stuhl zurückging.

»Es ist mir egal«, flüsterte Megan in die Stille hinein.

Sie sah auf das Foto in ihren Händen. Sie hatte Angst, es ihm zu zeigen. Der ganze Dampf war verpufft. Was, wenn sie es sich nur einbildete? Was, wenn es nur ein kleines Mädchen mit ihren Großeltern auf dem Jahrmarkt war?

Sie hielt das Bild hoch und legte es auf den Schreibtisch.

Peter starrte es an. Die Sorgenfalten auf seiner Stirn wurden tiefer, als er von Megan auf das Bild sah.

»Wen siehst du auf dem Bild?«

Peter zog das Foto näher zu sich heran und hob es mit beiden Händen hoch.

»Was soll ich denn sehen, Meg? Außer die Mädchen und mich?«

Megan biss sich auf die Lippe. Sie hoffte wirklich, er würde es sehen. Sie sehen. Ihre Tochter.

»Im Hintergrund, was siehst du da?« Megan beugte sich vor.

Peter legte das Bild hin, legte seine Hände ineinander und lehnte sich im Stuhl zurück. Der Blick, den er Megan gab, sprach Bände. Enttäuschung. Wegen ihr. Eine nervöse Unruhe machte sich in Megans Brust breit. Er hat es nicht gesehen. Wie konnte er das nicht?

»Megan, ich sehe eine verschwommene Reflexion von

zwei, vielleicht drei Leuten. Zwei Erwachsene und ein Kind. Was soll ich sonst noch sehen?«

Megan beugte sich vor und stieß mit ihrem Finger auf das Bild.

»Unsere Tochter, Peter. Du sollst unsere Tochter sehen. Diese Leute« – Megan zeigte auf das Paar im Hintergrund – »haben unsere Tochter.«

Sie starrte in die Augen ihres Mannes und wünschte von ganzem Herzen, dass er es sehen würde. Sie musste ihn dazu bringen, die Verbindung herzustellen.

»Du siehst Emma?« Peter fuhr sich mit den Fingern durch seine Haare.

Megan starrte ihren Mann an. War das sein Ernst?

»Ja, Peter. Ich sehe unsere Tochter. Wieso siehst du das nicht?«

Peter stand auf. Megans Blick folgte ihm, während er um seinen Schreibtisch herumging und sich in den Sessel neben sie setzte. Er nahm ihre Hände.

»Es ist Emma.« Megans Stimme wurde gefasster, als Peter ihr die Hände rieb. Sie wollte, dass er ihr glaubte. Er musste ihr glauben. Sie hasste seinen Gesichtsausdruck, das mitleidige Lächeln, die sanften Augen. Er glaubte ihr nicht.

»Es ist nicht Emma. Ich weiß, dass du es glauben willst, aber sie ist es nicht.«

Megan zog ihre Hände von ihm weg. Sie schnappte sich das Bild vom Schreibtisch.

»Sie ist es, Peter, schau« – sie hielt das Foto hoch –, »es ist unsere Tochter. Ich weiß es!« Die Tränen drohten ihr über die Wangen zu fließen.

Peter seufzte. Es war ein tiefer Seufzer. Sie sah, wie seine Schultern einfielen und sich nach vorne beugten. Der Hoffnungsschimmer, der sich in ihrem Herzen breitmachte, als ihr klar wurde, dass es ihre Tochter war, sollte sterben?

Peter nahm Megan das Bild aus der Hand und legte es auf den Schreibtisch zurück. Er legte eine Hand auf ihr Knie. »Meg, Liebling, ich weiß, wie sehr du willst, dass es Emma ist. Das ist mir klar. Ich wünschte, sie wäre es. Aber sie ist es nicht. Ich bin nicht einmal sicher, wer es ist. Du hast es so sehr vergrößert, dass es verschwommen ist. Was, wenn es ein Junge ist? Was, wenn es jemand ist, der eine Tasche trägt und nicht ein kleines Mädchen in einem Kleid? Zieh keine voreiligen Schlüsse.«

Megan schüttelte den Kopf. Schlüsse? Eine Tasche? Wie konnte er es nicht sehen? Wie konnte er es nicht verstehen?

Peter beugte sich näher zu ihr hin. Seine Stimme war samtweich, als er mit ihr sprach. Als ob sie ein Kind wäre, das er beruhigen müsste.

»Meg, bitte, vertraust du mir? Bitte! Ich glaube, du musst mit jemandem reden. Ich könnte die Therapeutin anrufen und einen Termin machen, wenn du willst.«

Megan zitterte. Die Tränen, die sich in ihren Augen angesammelt hatten, liefen über und an ihren Wangen hinunter. Sie riss ihre Hand aus seiner und wischte sich über die Wangen.

»Nein, Peter. Ich gehe nicht mehr zu ihr. Du weißt, was passieren wird. Ich will keine Medikamente.«

»Wie wäre es dann mit der Frau des Pastors in der Kirche? Wir könnten wieder da hingehen und die Mädchen mitnehmen. Ich weiß, dass dir diese Vorstellung nicht gefällt, aber es könnte uns guttun.« Peter reichte ihr ein Kleenex.

»Das Einzige, das für uns gut ist, wäre, Emma zu finden. Ich werde damit zur Polizei gehen, Peter. Ich werde schauen, ob Kommissar Riley da ist, und ihm das Foto geben. Er wird sie finden können. Hanton ist nur eine halbe Stunde entfernt; er kann die örtliche Polizei dort kontaktieren. Unsere

Tochter ist so nahe. Ich muss das tun. Bitte versuch nicht, mich aufzuhalten.« Sie wischte sich über das Gesicht.

Peter blickte zu Boden. Sie wusste nicht, was er dachte. Ob er damit einverstanden war. »Ich werde ihn anrufen«, sagte Peter mit leiser Stimme. Er hob seinen Blick nicht.

»Du?« Megan konnte nicht glauben, was sie gehört hatte. Sie atmete kurz ein. Bedeutet das, dass er mir glaubt? *Oh, bitte, lieber Gott, mach, dass er mir glaubt.*

»Ich will, dass diese Sache ein Ende hat. Ich kann das nicht mehr ertragen. Ich werde ihn anrufen. Aber unter einer Bedingung.« Peter hob seine Augen. Sein Blick durchbohrte sie. »Ich will, dass du mir versprichst, dass das ein Ende hat. Wenn er sich das Foto ansieht und nicht glaubt, dass sie es ist, dann hörst du damit auf. Du wirst aufhören, sie in jedem Gesicht, das du siehst, zu suchen. Damit wir unser Leben weiterführen können.« Er rieb sich über das Gesicht.

Megan konnte nicht glauben, welchen Unterschied ein Satz bewirken kann. Er sah älter aus. Müder. Ein Fremder. Sie hasste ihn beinahe.

»Peter, wir haben das bereits besprochen.«

»Aber du hörst mir nicht zu. Ich mache das nicht mehr mit, Megan. Wenn du mir das nicht versprechen kannst, wenn du nicht damit aufhören kannst, dann kann ich nicht weitermachen.« Er wandte sich von ihr ab.

Für Megan fühlte es sich an, als ob eine Ladung Ziegel auf sie gefallen wäre. Sie war zerstört. Das meinte er nicht. Das konnte er nicht. Er würde nicht weggehen. Nicht von ihr. Nicht von seinen Kindern.

»Ich würde unsere Kinder nie verlassen«, sagte Peter. Sie musste es wohl laut gesagt haben.

Megan stand auf. Egal, was sie tat, sie hatte etwas verloren. Wenn sie Peter zustimmte, würde sie ihre Tochter aufgeben. Wenn sie nicht zustimmte, würde sie ihre Ehe aufgeben. Es war eine Situation, in der sie nicht gewinnen konnte. Es gab nichts, was sie tun konnte.

Selbst wenn Peter bereit wäre, ohne Kampf aufzugeben, sie würde das nicht tun. Wenn es bedeuten würde, dass sie die Einzige war, die kämpft, dann sollte es so sein. Sie griff nach ihrer Tasche, die am Stuhl lehnte, und hängte sie sich über die Schulter.

»Ruf ihn an, Peter. Ruf ihn einfach an«, sagte sie, während sie die Tür zu seinem Büro aufmachte. Samantha stand in ihrem Büro im Gang gegenüber. »Nichts anderes ist für mich wichtig. Nicht jetzt.«

KAPITEL SECHSUNDZWANZIG

Als Kind hatte Megan es geliebt, durch Friedhöfe zu laufen.

Sie verbrachte Stunden damit, durch die Grabreihen zu schlendern. Sie liebte es, die Grabsteine zu lesen. Für sie war es eine Art, jene zu ehren, die vor ihr gegangen waren. Kinder, die zu früh gestorben waren. Mütter, die schon zu früh einen Verlust erlitten hatten. Großeltern, die wussten, was es bedeutet, zu überleben. Ihre Mutter nannte ihre Faszination für Friedhöfe makaber.

Heute würde sie es auch so sehen.

Irgendwie, zwischen dem Zeitpunkt, als sie Peters Büro verlassen hatte, und diesem Augenblick, hatte sie es geschafft, von einem Ende der Stadt zum anderen zu fahren. Aber das geschah alles in einem Nebel. Ihr Kopf war leer, sie war einfach nur fassungslos. Verwirrt darüber, dass ihr Mann bereit war, alles so einfach aufzugeben, das sie zusammen aufgebaut hatten. Verletzt darüber, dass er sie kampflos aufgeben könnte.

Sie öffnete die Autotür. Die Stille, die es nur auf einem Friedhof gibt, begrüßte sie. In der Ferne zwitscherte ein einsamer Vogel. Obwohl sie sich in der Nähe des Sees befand, hörte sich das Schlagen der Wellen gegen die Felsen gedämpft an. Sie nahm die Umgebung in sich auf. Die Reihen der weißen, grauen und schwarzen Marmorgrabsteine standen Wache.

Dieser Ort beruhigte sie. Sie saugte die Ruhe, den Frieden, den sie immer hier fand, auf.

Sie war überrascht, dass sie hierhergefahren war. Wenn sie lief und emotionsgeladen war oder wirklich nachdenken musste, nahm sie meistens die lange Route durch den Friedhof, zum See hinunter und dann wieder zu ihrem Haus zurück. Die extra Entfernung war es wert.

Sie parkte ihren Wagen an der Seite und ging durch die Reihen. Sie ließ ihren Blick zärtlich über jeden Grabstein schweifen, wobei sie die wenigen in den Stein gemeißelten Worte las, die jemand über den geliebten Menschen zum Ausdruck gebracht hatte. Sie betrachtete die Jahreszahlen.

Ihr Herz brach bei all den Kindern, die unter ihren Füßen lagen. Gott sei Dank, dass Emma nicht hier war.

Megan erreichte einen großen Baum, der ganz alleine am Hügel oben stand, und ließ sich dagegensinken. Ihr Körper fühlte sich erschöpft an. Am Fuße des kleinen Hügels stand eine Gruppe von schwarz gekleideten Leuten. Ein Leichenwagen mit offener Hecktür wartete auf der anderen Seite der Menge.

Ein Sarg wurde aus dem Leichenwagen und in die Hände von vier wartenden Männern geschoben. In dem Augenblick, als der Sarg erschien, stieß eine Frau in der Menge einen schmerzerfüllten Schrei aus und wäre zu Boden gegangen, wenn der Mann, der neben ihr stand, nicht gewesen wäre. Er fing sie noch rechtzeitig auf.

Megan sah wieder auf den Sarg. Ein Kindersarg.

Das ist genau das, was Peter wollte. Dass sie Emmas Tod akzeptierte und mit dem Leben weitermachte.

Schluchzend glitt sie am Baum entlang zu Boden. Sie hielt die geballten Hände vor den Mund und versuchte, still zu sein. Sie stellte sich Emma in dieser Kiste vor. Sie beobachtete die Frau am Rande des Grabes. Ihr Gesicht war abgewandt, während der Sarg an ihr vorbeigetragen wurde. Als er auf dem Sargversenkgerät über dem offenen Loch ruhte, brach die Frau aus dem Halt des Mannes aus und warf sich auf den Sarg. Ihre Schreie hallten über den Friedhof.

Megan wandte ihren Blick ab. Es war, als ob ihr das Herz herausgerissen, auf den Boden geworfen und darauf herumgetrampelt würde. Tränen strömten haltlos über ihr Gesicht. Ihre stillen Schreie wirkten wie ein Echo des Schluchzens der Frau.

Es war Zeit, zuzugeben, dass Emma fort war.

Megan kehrte zu ihrem Auto zurück und fuhr zum nächstgelegenen Gebäude, wo sie sich verstecken konnte, bis sie sich nach der Begebenheit auf dem Friedhof beruhigt hatte.

Unglücklicherweise war es ihre alte Kirche.

Es war schon zwei Jahre her, dass sie durch den Haupteingang gegangen war. Nachdem Emma verschwunden war, konnte sie die zu erwartenden mitleidigen Blicke nicht mehr ertragen; das leichte Händetätscheln mit den geflüsterten Worten: *mein Beileid für Ihren Verlust*. In ihren Köpfen war Emma bereits tot.

Das Schlimmste war, als der Pastor eines Abends bei ihnen zu Hause vorbeikam und ihnen sagte, dass Gott nicht mehr gab, als eine Person verarbeiten konnte. Hätte Peter ihn nicht aus dem Haus eskortiert – Megan hätte ihn umgebracht. Im wahrsten Sinne des Wortes.

Die reservierten Parkplätze für die Pastoren und das Verwaltungspersonal waren besetzt, ansonsten war aber die Kirche, die für alle Leute offen sein sollte, leer. Megan war überzeugt, dass die Türen verschlossen sind, selbst wenn sie in die Kirche hineingehen und sich dort eine Weile hinknien wollte. Was sie nicht vorhatte.

Megan trommelte mit den Fingern auf das Lenkrad. Sie verstand nie ganz das Konzept einer verschlossenen Kirche. Warum müssen die Leute einen Termin ausmachen, um ihr Herz einem Mann auszuschütten, wenn der Altar für jeden offen und verfügbar sein sollte, der das Bedürfnis hat, die Hand Gottes auf seinen Schultern zu fühlen?

Am Ende der Straße beobachtete Megan, wie die Begräbnisprozession aus dem Friedhof kam. Es war eine kleine Gruppe; insgesamt folgten sechs Wagen der großen Limousine, als diese sich die Straße hinunterschlängelte.

Ein scharfer Schmerz fuhr ihr durch die Brust. Sie legte ihre Hand auf den Ausgang des Schmerzes und rang nach Atem. Was war da los? Das war immer wieder am Anfang ihrer ersten Albträume passiert, ungefähr einen Monat nachdem Emma gekidnappt worden waren und sie keine Nachricht über ihren Verbleib erhalten hatten.

Die Therapeutin nannte es Panikattacken. Sorgenschmerzen, behauptete ihre Mutter. Gib es einfach an Gott ab, und es wird gut sein. Wenn Megan jedes Mal einen Dollar bekommen hätte, als ihre Mutter ihr sagte, es einfach an Gott abzugeben, wäre sie mittlerweile eine reiche Frau.

Die Begräbnisprozession ging vorbei und verschwand in der Ferne, während Megan sich darauf konzentrierte, durch den Schmerz zu atmen. Als sie bis zwanzig gezählt hatte, konnte sie wieder problemlos atmen. Sie massierte sich den Nacken, wo sich eine Druckblase gebildet hatte. Sie sollte nach Hause fahren, bevor sich eine vollständige Migräne entwickelte.

Megan griff in ihre Tasche nach einem Taschentuch, stattdessen fanden ihre Finger die kleine Kerze, die Johnny ihr im Eissalon gegeben hatte. Sie zog sie heraus und rollte sie in ihrer Hand. So ein unschuldiges kleines Ding. Als Kind glaubt man, dass man sich nur etwas wünschen muss, damit all die Träume wahr würden. Als Erwachsener weiß man, dass Wünsche nicht erhört werden.

Aber sie hatte ein Versprechen gegeben. Was könnte es schon ausmachen?

Sie griff zum Handschuhfach hinüber und drückte auf den kleinen Verschluss. Irgendwo dort drinnen müsste sie ein paar Streichhölzer haben. Nachdem sie ihre Versicherungspapiere und die Bedienungsanleitung für den Jeep beiseitegeschoben hatte, fand sie sie.

Ihre Finger zitterten, als sie ein Streichholz herausbrach und es gegen den schwarzen Rand strich. Eine Flamme entstand und wurde ganz schön groß. Sie hielt sie an den Docht und sah zu, wie sie hell brannte. Sie schüttelte das Streichholz aus und beobachtete, wie eine Rauchfahne zum offenen Fenster schwebte. Sie schnippte das Streichholz aus dem Fenster und starrte auf die brennende Kerze in ihrer Hand.

Sie ignorierte den Quälgeist in ihrem Kopf, der stichelte und sie schwach und feige nannte. Wer außer einem Kind würde an Wünsche von einer Kerze glauben?

Heiße Wachstropfen verbrannten ihr die Finger, als die Kerze weiter herunterbrannte.

Es gab keine Wünsche mehr, die sie flüstern konnte. Es war an der Zeit, der Realität ins Auge zu sehen.

Sie pustete sanft die Kerze aus.

Sie steckte die Kerze in ihren Becherhalter und strich den kleinen Wachsballen von ihrem Finger, bevor sie an den parkenden Wagen auf dem Parkplatz der Kirche vorbei und nach Hause fuhr. Im Rückspiegel wurde das weiße Kreuz auf der Kirche immer kleiner, je weiter sie wegfuhr.

»Wo warst du, Gott, als mir meine Tochter weggenommen wurde? Wo warst du, als wir auf eine Nachricht über ihre Rückkehr warteten? Warum hast du sie alleine sterben lassen?«

Eine sanfte Brise strich ihr durch das offene Fenster über die Wange.

KAPITEL SIEBENUNDZWANZIG

In den Gartenbeeten hinter Megans Haus tanzten Schmetterlinge und Glühwürmchen. Als sie das Geschirr vom Abendessen im Abwasch spülte, kam ihr wieder die Szene auf dem Friedhof in den Sinn. Die Mutter, die sich auf den kleinen Sarg geworfen hatte.

Peters Schritte machten Megan auf seine Anwesenheit aufmerksam. Sie wünschte, er würde weggehen. Die Mädchen waren im Wohnzimmer und spielten ein Spiel auf der Entertainment Unit. Obwohl sie darum bettelten, weigerte sich Megan mitzuspielen. Stattdessen nahm Peter ihren Platz ein.

»Schon so früh fertig?« Peters Arme schlangen sich um ihren Körper.

Sie versteifte den Rücken und beruhigte die Hände in dem heißen, schaumigen Wasser. Das Letzte, was sie jetzt wollte, war, berührt zu werden. Von ihm.

»Ja, die Mädchen werden ziemlich gut bei dem Spiel. Sie haben mich innerhalb weniger Minuten geschlagen.« Er zog die Arme von ihrem Körper weg, worauf sie einen Seufzer der Erleichterung ausstieß. Einen kleinen.

Sie spülte das nächste Geschirr ab und gab es ins Abtropfgestell zum Trocknen. Das Geschirr von Hand zu waschen beruhigte sie. Sie hätte den Geschirrspüler benutzen können, aber sie hatten sich heute Abend das Essen bringen lassen, deshalb gab es nicht viel abzuwaschen.

»Hör zu, wegen heute …« Peter ging zur Kochinsel und lehnte sich dagegen.

Megan ballte das Geschirrtuch in ihrer Hand. »Ist schon okay.«

»Nein, ich …«

Sie biss sich auf die Lippen, bevor sie sich umdrehte. »Ich sagte, es sei okay. Ich habe dich verstanden, Peter. Und du hattest recht.« Tränen liefen ihr über das Gesicht, als sie ihren Mann anstarrte.

»Was meinst du damit?«

»Es ist Zeit, uns zu verabschieden.« Die Luft zerschmetterte in tausend Stücke.

Peter schüttelte den Kopf. »Nein, nein. Das ist nicht das, was ich sagen wollte.« Er blickte zu Boden und ließ seine Schultern hängen. »Ich habe mit Riley gesprochen.«

Megans Hand zitterte. Ein Energieschub ging durch ihren Bauch. Sie ließ das Wasser aus dem Spülbecken und wischte die Anrichte ab.

»Glaubt er, dass sie es ist?«

Sie wollte Peter nicht ansehen, aus Furcht, was sie in seinen Augen lesen würde. Aus Furcht, sich wieder Hoffnungen zu machen.

Als er nicht antwortete, drehte sie sich um. Das war Antwort genug.

»Meg …« Er kam ganz nahe zu ihr heran und streckte seine Arme aus. »Wir müssen darauf vorbereitet sein, dass sie es nicht ist.«

Megan ballte ihre Hand zur Faust und hielt sie vor ihren Mund, um das Schluchzen zurückzuhalten, das tief aus ihrem Innern hochkam. Tränen stiegen ihr in die Augen, und das war alles, was sie tun konnte, um sie nicht zu vergießen. In ihr schmerzte alles. Ihr Herz. Ihr Verstand. Ihre Seele.

»Dad?« Eine kleine Stimme unterbrach die Stille, die sich in der Küche ausgebreitet hatte. Peter und Megan drehten sich beide zu ihrer Tochter um, die in der Tür stand.

Alexis' Augen gingen zwischen Megan und Peter hin und her. »Ähm, du bist an der Reihe, Dad«, sagte sie. Die Unsicherheit in ihrer Stimme sprach Bände.

»Er wird gleich kommen, okay, Liebes?« Megan versuchte, ihre Stimme ruhig zu halten. Sie schenkte ihr ein zaghaftes Lächeln, was ihre Tochter offensichtlich beruhigte, da sie nickte und ging.

»Peter …«

Peter schüttelte den Kopf und griff nach ihren Händen. Wieder. Dieses Mal zog sie sich nicht zurück.

»Riley weiß nicht, ob sie es ist oder nicht. Es ist kein klares Bild. Aber er geht der Sache nach und gibt uns Bescheid.« Seine Finger streichelten ihre Hand. »Ich weiß, du willst, dass sie es ist. Das will ich auch. Aber sie ist es nicht. Wir müssen das akzeptieren.« Peter hatte Tränen in den Augen. »Ich kann das nicht mehr mitmachen, es tut mir leid. Ich weiß, dass du mich für ein Monster hältst. Dass ich mich nicht kümmere und selbstsüchtig bin. Dass ich unsere Tochter aufgegeben habe. Aber das ist so weit von der Wahrheit entfernt. Ich wünsche mir einfach, du könntest das verstehen. Das Warten auf Emma schadet unserer Familie. Siehst du das nicht? Es bringt uns um, Megan. Wir müssen dem kleinen Mädchen, das uns aus den Armen gerissen wurde, Auf Wiedersehen sagen. Wir müssen einen Schlussstrich ziehen. Ich muss einen Schlussstrich ziehen.« Seine Augen suchten die ihren.

Sie sah die Notwendigkeit darin, die Notwendigkeit, dass sie ihm glaubte.

Wenn sie ihrer Ehe eine Chance geben wollte, würden die nächsten Worte, die sie sagte, entscheidend sein.

»Okay.«

»Okay?« Sie hörte den Zweifel in seiner Stimme.

»Okay. Aber ich kann nicht …« Ihre Stimme versagte. »Ich kann nicht diejenige sein, die die Abschiedsfeier plant. Du musst das tun. Oder meine Mutter. Aber ich will daran nicht teilnehmen.«

Peter nahm sie in seine Arme und drückte sie fest an sich. Sie machte sich erst steif, bevor sie sich entspannte und ihre Arme auf seine Brust legte. Sie vergrub ihr Gesicht in seiner Halsbeuge.

»Danke«, sagte Peter.

»Aber was ist, wenn sie nach Hause kommt? Was dann?«

»Wenn«, sagte er, als er ihr mit der Hand über den Rücken rieb. »Kein Wenn, Meg. Wenn sie zurückkommt, werden wir sie mit offenen Armen empfangen. Aber sie wird ein anderes Mädchen sein als jenes, das wir kannten. Und wir werden eine andere Familie sein. Eine stärkere Familie. Ich sage nicht, dass wir aufgeben, Megan.« Er machte sich los und trat einen Schritt zurück. »Nur dass uns das helfen wird, nach vorne zu schauen, bis sie nach Hause kommt.«

Er beugte sich vor und gab ihr einen Kuss auf ihre kalten Lippen. Dann ging er wieder ins Wohnzimmer, um mit den Töchtern die Spiele weiterzuspielen.

Etwas hatte sich zwischen ihnen verändert. Es hatte schon vor langer Zeit angefangen. Ein kleiner Riss, der immer größer wurde. Sie war nicht sicher, ob er je wieder geflickt werden konnte.

KAPITEL ACHTUNDZWANZIG

Darf ich mir meinen ganz eigenen Donut aussuchen, Opa?«

Jack schaute auf Emmie hinunter. Sie saß in der Mitte des Führerhauses des Pick-ups, den Sicherheitsgurt um ihre Hüfte geschnallt, die Hände auf ihrem Schoß und mit einem Lächeln auf dem Gesicht. Ihre Augen tanzten vor Aufregung.

»Was immer du willst«, sagte Jack.

Als Dottie gerade Eis zum Nachtisch bringen wollte, hielt Jack sie auf und meinte, sie sollten in die Stadt gehen und sich einen Donut genehmigen. Emmie machte große Augen und wartete, dass Großmutter einverstanden war. Jack hatte das Gefühl, dass sie zustimmen würde. Heute war ein guter Tag. Der Jahrmarkt gestern Abend schien Dottie aufgemuntert zu haben.

Emmie drehte sich im Vordersitz um und schaute aus dem Heckfenster des alten Pick-ups.

»Warum braucht Oma so lange?« Sie stützte ihr Kinn in die Hände, während sie auf die Hintertür starrte.

Jack schaute auf seine Armbanduhr. Warum brauchte sie so lange? Sie musste doch nur ihre Handtasche holen – es war ja nicht so, dass sie sich herausputzen musste oder so etwas. Sie wollten ja nur zum Donutladen fahren.

»Werden deine Freunde dort sein, Opa?« Emmie neigte ihren Kopf zur Seite und sah ihn an.

»Oh, ich bin mir sicher. Sie wollten dich schon lange mal kennenlernen.« Jack zwinkerte. Zu lange.

Er blickte aus dem Fenster und sah, dass das Gras an der Seite des Hauses geschnitten werden musste. Auf dieser Seite wuchs es immer schneller als im übrigen Garten. Dottie wollte im Frühling, dass er ein Beet anlegte, damit sie darin Sonnenblumen anpflanzen konnte. Vielleicht hätte er das tun sollen. Dann gäbe es weniger Gras zu schneiden.

Die Hintertür blieb verschlossen. Was machte Dottie dort drinnen? Wenn sie sich nicht beeilte, würde die Sonne untergehen, und sie würde zu ihm sagen, dass Emmie ins Bett müsse. Er stieß Emmie an der Schulter an und drückte auf die Hupe. Ihre Augen wurden doppelt so groß, und ihr Mund formte sich zu einem großen O. Jack kicherte. Jawohl, Emmie wusste, dass Oma nicht gedrängt werden wollte.

»Emmie, geh doch hinüber und spiel ein paar Minuten mit Daisy, während ich nachsehe, was mit Oma los ist.«

Jack drückte die Tür auf und war genervt, als er das Quietschen in den Angeln hörte. Er wusste doch, dass er heute etwas vergessen hatte, was er tun wollte. Dottie hatte das Geräusch gestern Abend erwähnt, als sie zum Jahrmarkt fuhren. Er wartete, bis Emmie über den Sitz gerutscht war, und half ihr dann, aus dem Führerhaus zu springen.

»Daisy, Daisy!«, rief Emmie, als sie nach hinten in den Garten lief.

Daisy streckte ihren kleinen Kopf aus der großen Hundehütte, die Jack gebaut hatte. Er wartete und wollte damit sichergehen, dass Emmie das Tor öffnen konnte, das er eingebaut hatte, um Daisy einzuschließen, wenn sie unterwegs waren. Was nicht oft vorkam.

Jack ging zur Hintertür, legte die Hände über die Augen und spähte hinein. Er konnte Dottie nicht in der Küche sehen. Er öffnete die Fliegengittertür und streckte den Kopf hinein.

»Dottie, beeil dich, Frau. Warum brauchst du so lange?«

»Ich kann sie nicht finden!«, rief Dottie zurück. Jack fand Dottie im vorderen Zimmer, wo sie den Schrank durchwühlte.

»Was kannst du nicht finden, Liebes?« Jack stand hinter ihr und spähte in den Schrank.

Sie schob Schuhe und Stiefel auf dem Boden zur Seite. »Meine Handtasche. Ich kann meine Handtasche nicht finden.« Sie lehnte sich zurück und blies eine Haarsträhne aus ihrem Gesicht.

Jack beugte sich hinunter, packte sie an der Hand und zog sie hoch, bis sie wieder auf den Beinen stand. »Wo hast du sie zuletzt gesehen?«

Dottie rieb sich über das Gesicht. »Ich weiß nicht. Ich kann mich nicht erinnern. Ich kann sie einfach nicht finden.«

Jack schaute sich im Zimmer um. »Bist du sicher, dass du überall nachgeschaut hast?«

Es war offensichtlich, dass sie im Wohnzimmer bereits nach ihrer Handtasche gesucht hatte. Es war völlig durcheinander. Kissen, die normalerweise in der Ecke der Couch saßen, waren jetzt auf dem Boden. Wolle war aus ihrer Stricktasche geworfen worden, und einige der Knäuel waren vom Stuhl heruntergerollt. Die Wollfäden gingen quer über den Boden.

»Was ist mit der Küche?« Er zog Dottie hinter sich her.

»Da hab ich schon nachgesehen. Ich weiß einfach nicht, wo sie ist!«

Dotties Hand ballte sich zu einer Faust, als Jack sie hielt. Nicht gut. Er ließ Dottie sich an den Küchentisch setzen und massierte ihr mit sanftem Druck den Nacken, bis ihr Kopf nach vorne fiel, als die Berührungen ihre Magie entfalteten. Vielleicht würde sie sich erinnern, wenn sie sich einfach ein paar Minuten lang entspannte.

»Es war anstrengend, als wir gestern Abend nach Hause kamen. Emmie war vom Jahrmarkt ziemlich aufgedreht, und Daisy hatte ein Chaos in der Küche angerichtet. Ich bin sicher, du hast sie einfach irgendwo hingestellt. Du hast es nur vergessen, das ist alles«, meinte Jack.

Dotties Kopf schnellte hoch, und sie entzog sich Jacks Händen. »Ich vergesse nicht einfach, Jack«, sagte sie. Ihr Mund formte eine gerade Linie, als sie sich umdrehte, um ihn anzusehen. Er trat zurück und hob die Hände hoch.

»Doch, Dottie. Das tust du. Neuerdings vergisst du immer mehr und mehr. Erinnerst du dich an heute Morgen, als du mich gefragt hast, ob wir heute auf den Jahrmarkt gehen? Das haben wir gestern gemacht«, sagte Jack.

Dottie schüttelte den Kopf. »Nein, haben wir nicht. Wir gehen jetzt. Deshalb brauch ich meine Tasche. Du hast mir die Karten zum Aufbewahren gegeben, und die sind in meiner Tasche.«

»Nein, Liebes, das war gestern«, sagte Jack.

Vielleicht war es an der Zeit, wieder zum Arzt zu gehen.

Dottie ließ die Schultern hängen. Jack warf einen kurzen Blick aus dem Küchenfenster. Emmie saß auf der Wiese mit Daisy auf ihrem Schoß. Er fing an, die Küchenschränke aufzumachen. Vielleicht hatte Emmie die Handtasche aus Spaß versteckt. Als er wieder zum Küchentisch zurückblickte, sah er, wie Dottie den Kopf hängen ließ und wie ihre Schultern zitterten. Er ging zu ihr, setzte sich in den Stuhl neben sie und nahm ihre Hände in seine.

»Ich vermisse sie, Jack. So sehr, dass es wehtut. Ohne sie bin ich leer.« Tränen liefen über Dotties Gesicht.

Jack beugte sich nach vorne und wischte sie weg. »Ich

vermisse sie auch.« Jack wusste, dass sie von ihrer Tochter sprach.

Dottie hob ihr verweintes Gesicht. Ihre sorgenvollen Augen brachen Jack das Herz.

»Ich habe es dir nie gesagt. Ich wollte es dir immer sagen.« Sie hob ihre Hand und fuhr ihm über das Gesicht. »Es tut mir so leid.«

Jack legte seine Hand auf ihre. Diese kleinen Ausflüge in die Vergangenheit wurden häufiger. Das machte Jack Sorgen. Sie verstrickte sich immer mehr in das Leben, das sie einmal hatten, als in jenes, das sie jetzt lebten.

»Ich weiß, dass du sie vermisst, das ist schon gut.« Er wusste nicht mehr, wie er seiner Frau helfen sollte, und das machte ihm wirklich Sorgen.

Dottie schüttelte den Kopf. »Nein, Jack. Du verstehst das nicht.«

»Was soll ich verstehen? Was verstehe ich nicht?«

Dottie zog ihre Hand weg und fummelte am Korb mit Emmies Sachen auf dem Tisch herum. Sie sah überall hin, nur nicht zu ihm.

»Ich weiß, wir haben uns versprochen, nie Geheimnisse voreinander zu haben. Ich wollte das nicht. Nur … in meinem Kopf ist es ganz durcheinander …« Dotties Körper zitterte.

Jack brach es das Herz. Er kannte Dotties Geheimnis. Er kannte es, aber er hatte es ihr nie gestanden. Manche Geheimnisse bleiben lieber ungesagt.

»Es ist schon gut, Liebes. Es ist gut. Du musst es nicht sagen«, meinte er. Er atmete tief ein. »Ich weiß es bereits.«

»Woher weißt du es? Wieso?« Dottie bekam ganz glasige Augen, ihre Brauen furchten sich.

Jack wusste, dass sie nicht verstand, was er sagte. »Warum sagst du es mir nicht, Liebes? Sag mir dein Geheimnis.«

Dotties Stimme war kaum zu hören, als sie es beichtete. Mit jedem Wort, das sie flüsterte, wurde der Riss in Jacks Herzen größer, bis der Schmerz so stark wurde, dass er dachte, es würde zerspringen.

»Sie ist tot, Jack. Unsere Mary ist tot.«

Ein kleiner Schrei erfüllte das Zimmer. Jack riss den Kopf hoch. Emmie stand in der Gittertür.

Mit einer Geschwindigkeit, die er für sein Alter nicht für möglich gehalten hätte, eilte Jack zur Tür. Er schloss Emmie in seine Arme, drückte sie an seine Brust, während ihm die Tränen über die Wangen liefen. Sie sollte das nicht hören. Nicht hier, nicht jetzt.

Emmie schlang ihre Arme fest um Jacks Hals. »Es ist schon gut, Opa. Ich weiß, dass meine Mami im Himmel ist«, flüsterte ihm Emmie ins Ohr.

Jack schloss die Augen, während er sie festhielt. Dotties leises Schluchzen erfüllte die Küche, aber alles, was Jack im Geiste sah, war seine Tochter in Emmies Alter, wie sie im vorderen Garten tanzte. Emmie erinnerte ihn in so vielen Dingen an seine Tochter. Während er sie festhielt, flüsterte er ein stilles Gebet. Wenn er seine Tochter schon nicht haben konnte, dann doch wenigstens seine Enkeltochter.

»Geh doch in dein Zimmer hoch, okay? Lass mich ein paar Minuten mit Oma sprechen, dann komm ich hoch, und wir können reden.«

Jack küsste sie auf den Scheitel und setzte sie wieder auf den Boden. Er schaute zu, wie sie Dottie umarmte und dann die Stufen zu ihrem Zimmer nach oben ging. Erst als er hörte, wie sich die Tür schloss, setzte er sich wieder an den Tisch.

»Ich wusste es bereits, Dottie. Ich habe das Rehabilitationszentrum angerufen, und sie haben es mir gesagt.«

Die Erinnerung an den Telefonanruf traf Jack mit voller

Wucht. Als er herausgefunden hatte, dass seine Tochter tot war, wäre sein Herz fast gebrochen. Das Einzige, was ihn aufrecht hielt, war Emmie.

»Sie haben es dir gesagt? Warum hast du dort angerufen?« Angst trat in Dotties Augen. Es gab etwas, das sie ihm nicht sagen wollte. Was könnte schlimmer sein, als den Tod ihrer Tochter geheimzuhalten?

Jack erklärte sehr geduldig, warum er im Rehabilitationszentrum angerufen hatte. Er gestand den Schmerz in seinem Herzen wegen Mary und dachte, dass, wenn er nur ihre Stimme hören oder sogar eine Nachricht hinterlassen könnte, um ihr zu zeigen, dass er sich kümmerte, dieser Schmerz nachlassen würde. Die Therapeutin des Heimes sagte ihm, dass Mary sehr krank sei.

Sie war jetzt schon seit über zwei Jahren tot. Auf Marys Wunsch hin wurde die Familie nicht kontaktiert, erst nach der Beisetzung. Sie verwendeten das Geld, das Jack schickte, um die Kosten zu decken.

»Du musst mich hassen«, sagte Dottie, als Jack ganz still wurde.

»Wie könnte ich dich hassen? Wir haben zu viel durchgemacht, meine Dottie, als dass ich dich je hassen könnte. Ich wünschte, du hättest es mir gesagt, ich wünschte, du hättest dich mir anvertrauen können. Du hättest nicht alleine damit fertigwerden sollen«, sagte Jack.

Nein, er hasste sie nicht. Das könnte er nie.

»Warum hast du es mir nicht gesagt, Dottie? Warum hast du es mir nicht gesagt, als du Emmie nach Hause gebracht hast?« Er versuchte, es ganz zu erfassen, aber konnte es nicht. Die verschiedenen Gedankenspiele, die er durchging, keines davon ergab Sinn.

Dottie riss den Kopf hoch. Ihr Gesicht war voller Entsetzen.

»Weil ich mich nicht daran erinnern konnte. Ich konnte mich nicht daran erinnern, Jack. Ich konnte mich nicht erinnern ...« Dottie schlug sich immer wieder mit der Faust gegen den Kopf, als sie diese Worte sagte.

Jack hielt ihre Fäuste fest und rang mit ihr. Sie entzog sich ihm.

Wie konnte sie sich nicht an das erinnern? Damals war ihr Gedächtnis noch nicht so schlecht. Dann fiel es Jack schlagartig ein. Das war die Zeit, als Dotties Gedächtnis nachließ. Sie waren beim Arzt, und er hatte verschiedene Medikamente und Dosierungen ausprobiert, um ihr zu helfen. Es gab einen Punkt, wo es wirklich schlecht war, als ihre Erinnerung ganz ausgefallen war. Der Arzt hatte die Dosierung angepasst, bis sie wieder normal war. Das war genau in jener Zeit, als Dottie Emmie nach Hause brachte.

»Natürlich erinnerst du dich, Dottie. Du erinnerst dich an den Tag, als du Emmie nach Hause gebracht hast, richtig? Wie glücklich du warst, als du zur Tür hereinkamst. Ich vergesse diesen Tag nie. Emmie hielt deine Hand so fest, aber dein Gesicht, ah, dein Gesicht strahlte. Du erinnerst dich doch an diesen Tag, oder?« Jack wollte, dass sie sich erinnerte.

Dottie nickte. »Ich erinnere mich, dass ich so glücklich war. Als ich sie alleine auf der Straße gefunden hatte, musste ich sie nur einmal ansehen und wusste sofort, dass sie Marys Tochter war. Sie sieht ihr so ähnlich, nicht wahr?« Ein sanftes Lächeln machte sich auf Dotties Gesicht breit. Sie zog sich in die Vergangenheit zurück, zu jenem Tag, als Emmie nach Hause kam. Jack konnte es nicht zulassen. Er konnte sie nicht verlieren, nicht jetzt. Jetzt, da sie so klar im Kopf war.

»Auf der Straße?«, stocherte Jack weiter. Er musste sie dazu bekommen, sich zu konzentrieren, bei ihm in der Ge-

genwart zu bleiben. Jack musste sie dazu bekommen, sich zu erinnern.

»Dottie, du hast gesagt, du hättest sie auf der Straße gefunden? War das vor dem Rehabilitationszentrum, wo Mary sich aufgehalten hatte?«

Dottie antwortete nicht. Tränen schimmerten in ihren Augen, ihre Lippen schürzten sich, und sie presste ihre Finger zusammen.

Sie faltete die Hände ineinander und schloss ihre Augen. Jack gab ihr eine Minute Zeit. Er musste sie dazu bekommen, sich zu erinnern.

»Aber wo habe ich dann Mary bekommen?«, fragte Dottie mit immer noch geschlossenen Augen.

»Emmie, du meinst Emmie.«

Überrascht rang Dottie nach Luft. »Natürlich meine ich Emmie. Jack, was glaubst du denn?«

Jack starrte aus dem Fenster. Seine Welt brach um ihn zusammen, und er fühlte sich hilflos, etwas dagegen zu unternehmen. Er wünschte, er hätte noch die Scheuklappen auf, dass er nicht sah, was vor ihm war. Sein Herz brach, als er mit der Wahrheit kämpfte, die ihm direkt in die Augen starrte.

»Ich glaube … Ich glaube, du kämpfst jeden Tag mehr mit deiner Erinnerung. Wir müssen wieder zum Arzt gehen. Es ist schon eine Weile her. Du hast deine letzten Termine ausgelassen. Du hast versprochen, einen neuen Termin zu machen, das hast du aber nicht getan. Hast du noch Pillen, oder sind die aus?«

Dotties Kopf drehte sich hin und her, als sie seinen Vorschlag ablehnte. Er wusste, dass sie das tun würde. Sie hasste es, zum Arzt zu gehen. Das war immer schon so.

»Ich brauche keinen Arzt. Ich bin okay.« Sie schaute ihm in die Augen, und er wusste, dass er sie verloren hatte. Sie war weg.

»Komm schon, holen wir Mary und gehen wir auf den Jahrmarkt. Du weißt, wie sie den Jahrmarkt liebt«, sagte Dottie, als sie den Stuhl zurückschob und aufstand.

Jack nahm sie an der Hand und ließ sie nicht mehr los. »Emmie, Dottie, Emmie. Unsere Enkeltochter. Wir sind gestern mit ihr zum Jahrmarkt gegangen. Jetzt ist sie in ihrem Zimmer oben. Sie hat das von Mary gehört, Dottie. Emmie weiß, dass ihre Mom tot ist.«

Traurigkeit überkam Jack, als er diese Worte sagte. Seine Enkeltochter. Das ganze Gewicht der Welt lastete auf seinen Schultern. Er hatte Angst. Mehr Angst, als er je in seinem Leben hatte – sogar noch mehr Angst als damals in der Armee, als er dem Feind gegenüberstand.

Dottie sank in ihren Stuhl. Ihr Körper zitterte heftig, als sie aufschluchzte. Wäre Jack nicht direkt neben Dottie gewesen, hätte er denken können, das tierische Geräusch käme aus einem Horrorfilm.

»Es tut mir so leid, Jack. Es tut mir so leid.«

Jack stand in der Tür und sah seiner Enkeltochter zu. Sein Herz war voller Liebe, Schmerz und einer Traurigkeit, die er nicht verstehen konnte. Der Tod war ihm nichts Fremdes, im Krieg war er zu einem ständigen Begleiter geworden. Aber nicht auf diese Weise. Das hier würde er seinem schlimmsten Feind nicht wünschen.

Emmie saß über ihren kleinen Tisch gebeugt. Sie hatte all ihre Stofftiere in einem Kreis um sich herum platziert. Jack konnte nicht sehen, was sie tat, aber er stellte sich vor, dass sie ein Bild malte.

Jack hustete, und Emmie sah auf. Sie hatte ein trauriges Lächeln auf dem Gesicht.

»Hey, Prinzessin«, sagte Jack. Die Worte kamen krächzend.

»Hallo«, sagte Emmie. Sie senkte ihren Kopf wieder und konzentrierte sich auf was immer sie gerade tat.

»Darf ich mich hinsetzen?« Jack machte einen Schritt ins Zimmer. Er war nicht sicher, was er zu erwarten hatte. Er hatte Dottie gerade in ihrem Zimmer zurückgelassen, nachdem er sie überredet hatte, sich ein bisschen hinzulegen. Er hoffte nur, es würde ihr helfen, sich zu beruhigen.

Emmie nahm ein Stofftier, das neben ihr saß, vom Stuhl. Sie sagte nichts. Er schielte über die Tiere, um zu sehen, was sie tat. Vor ihr lag ein Blatt Papier. Darauf hatte sie ein großes Schloss gemalt, das auf einer glitzernd weißen Wolke saß.

Emmie beobachtete ihn, wie er ihr Bild betrachtete. Als er aufblickte, bemerkte er die unvergossenen Tränen in ihren Augen. Er strich sich über sein Gesicht, um jeglichen Hinweis auf seine eigenen Tränen zu vertuschen.

»Es ist okay, Opa. Ich bin nur ein bisschen traurig.« Emmies ruhige Stimme linderte den Schmerz in seinem Herzen.

Er verstand dieses Geschenk Gottes nicht. Er kam hoch, um seine Enkeltochter zu trösten, nicht um von ihr getröstet zu werden.

»Ich bin auch traurig«, gab Jack zu. Trauriger, als er sich überhaupt vorstellen konnte.

»Magst du mein Bild, Opa?« Emmies Hand schwebte über das Bild, sie hielt einen rosa Stift in ihren Fingern.

»Es ist sehr schön. Ich glaube, das ist das beste Schloss, das ich bis jetzt gesehen habe.«

»Es ist Mamis Schloss im Himmel. Sie liebt Blumen, deshalb habe ich ganz viele gemalt. Und hier ist die Schaukel, Opa, genau wie die, die du gemacht hast, als sie ein kleines Mädchen war. Oma hat mir erzählt, wie gerne sie damit geschaukelt ist.« Emmie malte noch eine Blume neben dem Schloss.

Jack konnte nicht antworten. Er wusste nicht, was er sagen sollte.

Im Zimmer herrschte Stille. Eine leichte Brise kam durchs Fenster. Dazu war das sanfte Tschilpen des Rotkehlchens, das im Baum vor Emmies Zimmer sein Nest hatte, zu hören.

»Opa?« Emmies Stimme unterbrach die Ruhe.

»Ja, Prinzessin?«

»Sind meine Schwestern bei ihr?« Emmie zog ihre Brauen zusammen.

Die Frage schockierte Jack. Es war nicht das erste Mal, dass Emmie diese imaginären Schwestern zur Sprache brachte. Er wusste nicht, was er ihr darauf antworten sollte.

»Welche Schwestern, Emmie?«

»Meine Schwestern. Oma will nicht, dass ich über sie spreche. Sie sagte, das wäre törichtes Gerede. Will sie nicht, dass ich über sie rede, weil sie mit Mami und Daddy im Himmel sind?«

KAPITEL NEUNUNDZWANZIG

Wenn wir unseren Pflanzen so wenig Aufmerksamkeit geben würden wie unseren Kindern, würden wir uns über den Dschungel wundern, in dem wir uns befänden.

Es war ein Sprichwort, das Dotties Mutter gerne wiederholte, während sie ihre Kinder im Garten beaufsichtigte. Dottie murmelte es jetzt vor sich hin, als sie zwischen den Beeten in ihrem eigenen Garten hockte und die winzigen Unkrautsprossen auszupfte, die zwischen den Pflanzen wuchsen.

Sie streckte den Kopf über die Pflanzen und sah nach Emmie. Sie musste unwillkürlich lächeln. Emmie warf einen Stock und versuchte Daisy dazu zu bringen, ihm nachzujagen. Aber sosehr sie sich auch bemühte, dieser kleine Hund wollte einfach nicht Holen lernen. Dottie kicherte. Wenigstens war das Mädchen beschäftigt.

Sie bückte sich wieder und streckte sich nach einem anderen Bündel Unkraut aus, als sie ein Knacksen hörte. Sie hatte sich zu weit ausgestreckt, dabei hat sich der Rücken verzogen. Stöhnend bemühte sich Dottie aufzustehen. Auf der einen Seite ihres Rückens baute sich ein heftiger Druck auf. Sie drehte sich zur Seite und versuchte, ihren Rücken wieder einzurenken. Es dauerte ein paar Minuten, aber in dem Augenblick, als sie ein weiteres Knacksen hörte, ließ der Druck nach. Sie seufzte. Das Alter war nicht so, wie man immer sagte. Der Ruhestand war auch nicht so entspannt, wie sie erwartet hatte.

Als sie sich erhob, bemerkte sie, dass Emmie nicht mehr da war, wo sie noch vor ein paar Minuten gespielt hatte. Dottie atmete tief ein, aber es war schwer. Emmie musste in der Nähe sein, sie konnte nicht weit weggegangen sein. Sie wollte sie nicht auch noch verlieren. Als sie über ihre Pflanzen stieg, um auf die andere Seite des Gartens zu gehen, hörte sie Emmies Gekicher und Daisys Bellen zu ihrer Rechten. Sie hob die Hand abschirmend über ihre Augen und suchte den Hügel ab, der zum Haus der Nachbarn führte. *Ich hätte es wissen müssen.*

Emmie stand am Zaun, während Daisy herumsprang.

»Emmie!«, rief Dottie. Sie wusste, dass sie mürrisch blickte, aber das Mädchen wusste genau, dass sie sich nicht einfach entfernen durfte.

»Hier drüben, Oma!« Emmie winkte mit der Hand.

Dottie machte ein paar Schritte zum Hügel hin. Ihre Knie knackten. Der Hang war nicht steil, trotzdem war sie sich nicht sicher, ob sie es schaffen würde. Sie blieb am Fuße des Hügels stehen und wollte gerade ihre Enkelin zu sich rufen, als Sherri, die Nachbarin, an den Zaun kam. Sie winkte. Dottie winkte zurück. Das verlangte zumindest die Höflichkeit.

»Darf Emmie mit den Mädchen spielen?«, rief Sherri zu ihr hinunter.

Dottie machte die Augen zu. Ihr wurde plötzlich schwindelig. Sie geriet ins Schwanken. Jack, wo war Jack? Sie sah sich um, aber der Pick-up war weg. Wo war er?

»Oma?«

Dotties Augen wurden größer. Emmie. Wo war sie? Sie drehte den Kopf suchend in alle Richtungen, aber sie konnte sie nicht sehen.

»Oma!«

Dottie blickte hinunter. Da war sie ja, zu ihren Füßen. Sie

schloss die Augen, während ein neuer Schwindelanfall ihre Welt zum Drehen brachte.

»Kann ich spielen gehen, bitte?« Emmie zog sie an der Hand.

Dottie bemühte sich, ihr zuzuhören. Spielen? Wo spielen? Sie blickte hoch und sah, wie die Nachbarin ihr winkte. Dottie winkte zurück und ließ dann ihre Hand sinken. Sie hatte das doch schon vorher getan, oder nicht?

Dottie nickte mit dem Kopf. Dottie wollte sich nur noch in ihren Stuhl setzen und die Augen schließen. Vielleicht würde dann die Welt aufhören, sich zu drehen. Emmie ließ ihre Hand los und lief weg. Dottie sah, wie Sherri zum Tor auf ihrer Seite des Zauns ging und Emmie an der Hand nahm.

»Danke!«, rief Sherri herunter.

Dottie hob die Hand bis zur Hüfte und winkte ihr halbherzig zu. Sie machte einen Schritt vorwärts, wobei der Kiesweg sich nach links neigte. Sie streckte, das Gleichgewicht suchend, die Arme aus. Nachdem sie ihren Fuß wieder aufgesetzt hatte, wartete sie darauf, dass sich alles wieder normalisieren würde.

Auf der Straße vorne war eine Staubwolke zu sehen. Durch das trockene Wetter und den mangelnden Regen war die Schotterstraße zu ihrem Haus ausgetrocknet. Immer, wenn ein Auto ihre Seitenstraße herunterfuhr, wurde es, lange bevor man den Wagen tatsächlich sehen konnte, durch eine Staubfahne angezeigt.

Dottie hoffte, es wäre Jack. Sie brauchte Jack. Er war auf einen Sprung zum Nachbarn, um sich ein Werkzeug auszuleihen. Aber er war schon zu lange weg.

Dottie verschränkte die Arme, während sie wartete, um zu sehen, ob es Jacks Pick-up war. Sie schirmte ihre Augen mit der Hand ab, als sich der Wagen näherte. Aber es war nicht Jacks Wagen. Es war ein dunkles Auto. Es wurde langsamer, als es sich dem Haus näherte.

In Dotties Magen machte sich ein nervöses Flattern breit. Sie trat zurück. Es hatte mit dem Auto zu tun … sahen nicht Polizeiwagen so aus?

Sie hatte für einen Moment Angst. Als der Wagen fast still stand, wusste Dottie, dass etwas falsch war, sehr falsch. Ihre Nasenflügel blähten sich auf, als sie gegen die Panik ankämpfte, die sie zu überwältigen drohte. Sie konnte fühlen, wie sie aufstieg. Zuerst zitterten ihre Hände, dann ihre Arme.

»Nein, nein …«, sagte Dottie, als sie sich umdrehte und zum Haus eilte.

Sie verstand den plötzlichen Anflug von Panik nicht. Sie wusste nur, dass sie Jack brauchte. Der Wagen auf der Straße hielt vor Dotties Einfahrt an. Dottie verdrückte sich, sodass der Fahrer des Wagens sie nicht sehen würde.

Sie drehte sich um und wurde von einem so heftigen Schmerz im Kopf getroffen, dass sie über den Kies unter ihren Füßen stolperte. Sie versuchte, mit den Armen das Gleichgewicht zu halten, und bemerkte, dass sie doppelt sah. Sie schaute wieder auf die Straße zurück. Der Wagen war weitergefahren, immer noch langsam, aber er war in diesem Moment an der Einfahrt ihrer Nachbarn. Vielleicht schauten sie auf die Briefkästen. Sie sollte es Jack sagen. Er würde wissen, was da los war.

KAPITEL DREISSIG

Dottie schaffte es mit ihren wackeligen Gliedern, ins Haus zu kommen. Sie schnappte sich einen Küchenstuhl und ließ ihren erschöpften Körper darauf sinken. Als sie ihre Augen schloss, stand alles still.

Sie atmete tief ein, um sich zu beruhigen. Sie verstand nicht, warum ihr so schwindelig war. Wenn alles nur auf der Stelle stehen bleiben würde, wäre sie okay. Sie hatte heute zu viel zu tun. Mit diesem Gedanken im Kopf stand Dottie vom Stuhl auf und blickte sich in der Küche um. Da war etwas, das sie tun sollte.

Auf der Küchenanrichte stand eine Schüssel mit einem Geschirrtuch darüber. Dottie starrte einen Moment lang drauf, dann erinnerte sie sich, dass sie vorher den Brotteig zum Aufgehen hingestellt hatte. Sie machte ein paar zaghafte Schritte zur Anrichte, unsicher, ob ihr von der Bewegung schwindlig würde oder nicht. Sie fühlte sich seltsam. Sie konnte nicht genau sagen, was es war, aber sie hatte sich noch nie zuvor so gefühlt.

Ganz benommen wiederholte Dottie den Vorgang, den sie auswendig kannte. Sie gab den Teig auf die Anrichte und knetete die Luft heraus. Sie achtete nicht auf die rhythmische Bewegung; stattdessen sah sie sich in der Küche um. Etwas stimmte nicht. Etwas fehlte. Emmie. Emmie fehlte.

Draußen war ein kreischendes Gelächter zu hören. Es war Emmie. Dotties Herz klopfte. Wo war Emmie? Sie suchte durch das Fenster ihren Garten ab und erinnerte sich, dass Emmie bei den Nachbarn war. Dottie fühlte eine Welle der Erleichterung, als die anfängliche Panik nachließ. Emmie war okay. Emmie war okay. Emmie war das einzig Wichtige für Dottie.

Dotties Fäuste drückten immer wieder auf den Teig. Tränen liefen über ihr Gesicht. Von der wiederholten Bewegung fingen die Hände an wehzutun, aber sie konnte nicht aufhören. Sie versuchte aufzuhören, wegzugehen, aber es fühlte sich so an, als ob etwas ihren Körper übernommen hätte und ihn kontrollieren würde. Ein heftiger Schmerz stach durch ihren Kopf. Sie schrie gequält auf und brach auf dem Boden zusammen. Sie versuchte aufzustehen, aber ihre Beine funktionierten nicht mehr.

Jack bog in die Einfahrt ein, stellte den Wagen an der Seite ab und sah sich im Garten um. Alles war ruhig. Dottie musste mit Emmie und dem Hund drinnen sein. Jack nahm die Leckereien, die er in der Stadt geholt hatte, und ging zum Haus. Er hoffte, dass die kleinen Cupcakes, die er in der Bäckerei in der Stadt gefunden hatte, ein Lächeln auf Emmies Gesicht zaubern würden.

Als er das Haus betrat, hörte er Gemurmel. Das Radio musste an sein.

»Dottie?«, rief er.

Das leise Murmeln ging weiter. Er ließ die Schachtel mit den Backwaren und seine Schlüssel auf den Tisch fallen und ging ins Vorzimmer. Es war leer. Er stand an der Haustür und öffnete die schwere Holztür. Eine angenehme Brise strich durch das Haus. Warum hatte Dottie sie nicht schon früher aufgemacht? Das tat sie doch immer.

Er ging wieder in Richtung Küche zurück. Vielleicht wollte sie sich hinlegen, während Emmie entweder das Gleiche tat oder in ihrem Zimmer spielte. Er ging um die Ecke in die Küche und wollte gerade die Treppe hochgehen, als er seinen Namen hörte.

»Jack.«

Er drehte sich um. Dottie lag in einer fast fötalen Stellung am Boden. Ihr Kopf lag in einem Winkel zur Seite, ihre Beine waren eingerollt, und der eine Arm steckte unter dem Körper.

Er eilte hinüber und zog sie in seine Arme. »Dottie!«

Das Gewicht ihres Körpers, als sie in seinen Armen lag, schockierte ihn. Totes Gewicht. Aber sie war am Leben, atmete gut. Ihre Augen waren ganz glasig, und ihr Mund hing schlaff zur rechten Seite. Ein Schlaganfall. Dottie hatte einen Schlaganfall. Sanft, wie man es normalerweise mit Babys tut, legte Jack sie auf den Boden zurück und suchte in der Küche nach dem schnurlosen Telefon.

»Emmie?«, rief Jack, während er nach dem Telefon suchte.

Es war drüben auf dem Schreibtisch. Er eilte hinüber, um es zu holen, und wählte Neun-elf-elf, während er wieder zu Dottie, die auf dem Boden lag, zurückrannte. Ihre Augen sahen ihn verzweifelt an. Es zerriss ihm das Herz, wie die Liebe seines Lebens hilflos dalag.

Als er sicher war, dass der Rettungswagen unterwegs war, hielt er Dottie schützend in den Armen und rief wieder nach Emmie. Sie schlief wohl. *Bitte, Gott, lass sie nicht herunterkommen. Nicht jetzt.*

»Jack… Staub… hoch«, flüsterte Dottie. Ihre Stimme war aufgeregt. Sie murmelte Worte, die er nicht verstehen konnte, Worte, die keinen Sinn ergaben.

»Pst, meine Liebe. Es ist okay. Pst.«

Jack bemühte sich, die Fassung nicht zu verlieren, während er seine Frau beruhigte. Die Fahrt von der Stadt zu ihrem Haus hatte etwa zwölf Minuten gedauert. Er hoffte, der Rettungswagen würde es in fünf schaffen. Er hatte noch nie zuvor so viel Angst gehabt. Nichts war damit vergleichbar. Nichts.

Dottie kämpfte darum, sich zu bewegen. Er zog vorsichtig ihren Arm unter ihrer Hüfte hervor. Dottie atmete auf. Es muss ihr wehgetan haben. Warum hatte er es nicht schon früher bemerkt? Er behielt seine Uhr im Blick, während er weiter versuchte, Dottie zu beruhigen. Sie stöhnte und murmelte, ihre Worte waren nicht mehr verständlich. Es machte ihm Angst. Ein leichtes Zittern durchzog ihren Körper, von den Beinen bis zum Kopf. In dem Augenblick, als sie anfing, sich zu schütteln, hielt er sie fester. Der Schweiß, der sich auf seiner Stirn gebildet hatte, tröpfelte herunter.

Durch die Fenster hörte Jack die Sirenen des näher kommenden Rettungswagens. Er murmelte ein rasches Dankesgebet für ihre Schnelligkeit. Er wischte Dotties Sabber weg und wiegte sie hin und her. Er hatte ein ungutes Gefühl.

Als der Rettungswagen da war, fühlte sich Jack wie in einem Albtraum. Er nahm seine Arme von seiner Frau, trat zur Seite und sah hilflos zu, wie die Sanitäter sich besser um seine Frau kümmerten, als er es konnte. Er ließ Dottie nicht aus den Augen. Ihr blasses Aussehen machte ihm Sorgen. *Bitte, lass sie nicht sterben, lieber Gott, bitte, ich werde alles tun.*

Er wurde von einem der Sanitäter aus dem Gebet gerissen.

»Sir, nimmt Ihre Frau irgendwelche Medikamente?« Der Mann wartete mit dem Stift in der Hand, während Jack darum kämpfte, seine Augen vom schwachen Körper seiner Frau abzuwenden.

»Ähm, ja. Namenda, Zyprexa und Aricept. Manchmal nimmt sie …«

Jack versuchte sich an den Namen des Sedativums zu erinnern, das ihr der Arzt verschrieben hatte. Er gab es Dottie nur, wenn sie wirklich aufgewühlt war. Er mochte die Wirkung nicht. Er drehte sich um und öffnete den oberen Küchenschrank, wo er ihre Medikamente aufbewahrte. Wo Emmie sie nicht erreichen konnte. Er suchte die Pillenflaschen ab, bis er ganz hinten die fand, die er suchte. Er schaute auf das Etikett … *Ativan* … und gab sie dem Sanitäter.

»Sir, wir werden Sie bitten müssen, uns ins Krankenhaus zu folgen; geht das?«

Jack nickte. Er musste erst Emmie finden und ihr erklären, was passiert war. Dann müsste er ein paar Sachen für Dottie zusammenpacken. Sie würde nicht im dünnen Krankenhauskittel aufwachen wollen, und sie würde ihre Hausschuhe brauchen. Vielleicht sogar ihr Strickzeug.

Als die Sanitäter Dottie in den Rettungswagen luden, sackte Jack zusammen. Er hielt sich zur Stütze am Tisch fest, bevor er sich aufrichtete, seine Schultern straffte und sich selbst ermahnte. Er musste für seine Familie stark sein. Wenn er sich jetzt gehen ließ, müsste er sich für immer schämen.

Als er gerade nach oben gehen wollte, um Emmie zu finden, blieb Jack stehen, als er ein Klopfen an der Tür hörte.

»Jack, ist alles in Ordnung? Ich wollte warten, bis der Rettungswagen weg war, bevor ich herüberkam. Ich wollte nicht, dass Emmie es sieht und sich Sorgen macht.« Sherri rang die Hände, als sie da stand.

»Emmie ist bei Ihnen?«

Erschrocken, dass sie nicht oben in ihrem Zimmer war, wie er gedacht hatte, dauerte es einen Augenblick, bis ihm klar wurde, dass sie bei den Nachbarn war. Dann musste

Dottie das gewusst haben. Vielleicht war es das, was sie ihm sagen wollte.

»Jack, ist alles in Ordnung? Was ist mit Dottie passiert?« Sherris Stimme drang durch die Verwirrung, die in Jacks Kopf herrschte.

Er öffnete die Tür und ließ sie herein, während er die Schreibtischschublade aufzog, um Dotties medizinische Daten zu finden. Er konnte sich erinnern, dass er eine Plastiktasche mit allen Daten gesehen hatte, die sie vom Arzt beim letzten Besuch erhalten hatte, als er damals in der Schublade nach Marys Telefonnummer gesucht hatte.

»Ich glaube, sie hatte einen Schlaganfall. Ich muss eine Tasche für sie packen. Und Emmie. Ich muss Emmie holen.«

In der Eile zog Jack die Schreibtischschublade ganz heraus, anstatt sie hineinzuschieben, alles fiel auf den Boden. Sherri bückte sich hinunter, um alle losen Papiere, Stifte und Schlüssel aufzulesen, die sich auf dem Boden verstreut hatten, während Jack dastand und zusah. Die Schublade erinnerte ihn an etwas. Er konnte es nicht genau sagen, aber er wusste, dass es etwas war, das man lieber vergaß.

»Jack, lassen Sie Emmie über Nacht bei mir. Sie kann mit meiner Tochter eine Pyjamaparty machen. Die Mädchen werden es lieben. Sie braucht nur ihr Nachthemd und ihr Lieblingsstofftier. Okay?«

Jack wusste nicht, was er sagen sollte. Eine Nachbarin in der Gestalt eines Engels. Gerade als er ein Wunder brauchte, klopfte eines an seine Hintertür. Zu schockiert, um zu antworten, ächzte er und ging nach oben. Nicht nur um das Notwendigste für Dottie im Krankenhaus zu packen, sondern auch für Emmie. Sie würde ihren pinkfarbenen Löwen wollen.

Ein Gedanke stieg ihm in den Kopf, als er alles in die Tasche stopfte. Was, wenn die Nachbarin nicht der Engel war, der sie zu sein schien? Was, wenn das der Grund für Dotties Schlaganfall war, weil Emmie in ihrem Haus drüben war? Die Sorge, der Stress, ihre Enkeltochter nicht in der Nähe zu haben, könnte Dottie um den Verstand gebracht haben. In den letzten paar Tagen war Dotties Angst, Emmie zu verlieren, stärker geworden.

KAPITEL EINUNDDREISSIG

Sherri eilte nach Hause zurück. Sie hatte die Mädchen kichernd über einer Schale Popcorn zurückgelassen, während der neueste *My-Little-Pony*-Film im Hintergrund lief.

Beide Mädchen lösten ihre Blicke von Bildschirm und schauten sie an, als sie die Haustür öffnete. Sie hielt ihre Sorge um Dottie zurück, als sie die Tasche hochhielt, die Jack ihr in die Arme gedrückt hatte, bevor er ging.

»Ich habe eine Überraschung«, verkündete sie. Die Mädchen grinsten sie über beide Ohren an. Marie, ihre Tochter, sprang vor Erwartung hoch.

»Wir werden eine Pyjamaparty machen!«

Sherri stellte die Tasche auf den Sitz neben der Tür und streckte ihre Arme aus. Ihre Tochter warf sich vor lauter Aufregung in ihre Arme und drückte Sherri, bis ihr die Luft wegblieb. Sherri warf einen Blick auf Emmie. Sie bezweifelte, dass das kleine Mädchen jemals länger als eine Stunde von ihren Großeltern weg war, schon gar nicht über Nacht. Emmie sah zerknirscht aus, ihre Augen hingen an der Tasche auf dem Sitz. Sherri machte die Tasche auf und nahm das Stofftier heraus, das Jack hineingestopft hatte. Emmie sprang hoch und packte den pinkfarbenen Löwen. Sie hielt ihn eng an ihre Brust, während ein zaghaftes Lächeln auf ihrem Gesicht erschien.

»Was sagst du, Emmie? Willst du eine Pyjamaparty?«, fragte Sherri.

Marie entzog sich Sherri, legte ihre Hände auf Sherris Wangen und lächelte.

»Pyjamaparty?«, fragte Sherri ihre Tochter. Marie nickte mit dem Kopf.

Sherri schmunzelte und umarmte ihre Tochter schnell. Wenn es eine Sache gab, die ihre Tochter liebte, waren es Pyjamapartys. Sie bemühte sich, ihr Grinsen zu verbeißen, als ihre Tochter aus ihren Armen zu Emmie hinübersprang. Sie schlang ihre Arme um ihre Freundin und drückte sie fest. Emmie machte große Augen, bis sie kicherte.

»Festung, Mama?«

Sie musste dafür sorgen, dass diese Nacht Emmie eine Freude machte. Es könnte für eine Weile ihre letzte sein. Sie hielt eine Hand hoch und fing an, alles aufzuzählen, was die Mädchen heute Abend tun würden. Eine Festung bauen. Kekse backen. Ein Lagerfeuer machen und Marshmallows rösten und dann Gutenachtgeschichten lesen.

Ihre Tochter hüpfte hoch in die Luft, und ihr Schrei hallte von den Wohnzimmerwänden, bis Emmie sich gezwungen sah, ihre Ohren mit den Händen zuzuhalten. Marie nahm Emmie bei der Hand und zog sie die Treppe nach oben. Sherri wusste, dass sich das Schlafzimmer in ein Chaos verwandeln würde, wenn die Mädchen versuchten, ihre Festung zu bauen. Sie durfte nicht vergessen, Fotos zu machen.

Als sie sich daranmachte, das Abendessen vorzubereiten, waren lautes Getrampel und viel Gelächter von oben aus dem Zimmer ihrer Tochter zu hören. Es war gut, das Lachen zu hören. Sherri sprach ein kleines Gebet für Dottie. Ein Schlaganfall. Was würde das für Jack und Emmie bedeuten? Wo war Emmies Mutter, und warum kümmerte sie sich nicht um ihre Tochter? Sherri wusste, dass sie nicht über jemanden richten oder sich übertriebene Gedanken machen sollte. Viele ältere Paare kümmerten sich heutzutage um ihre Enkelkinder. Es war einfach traurig. Großeltern war dazu da, kleine Kinder zu verwöhnen, aber nicht, um sie aufzuziehen.

Mit einem Wasserkessel auf dem Herd zum Kochen und einem Blech Chicken-Nuggets im Ofen zum Backen goss sich Sherrie ein Glas Eistee ein und fing an, den Küchentisch sauber zu machen. Ihr Mann würde erst spät in der Nacht nach Hause kommen. Matt managte das Autohaus in der Stadt und machte oft Nachtschicht. Ein leichtes Abendessen, das besonders für die Mädchen geeignet war, würde den Abend sogar noch einfacher für Sherri machen. Es war für alle eine Win-win-Situation.

Als alles fertig war, rief Sherri die Mädchen herunter. Als keine Antwort kam, hegte sie einen leisen Verdacht. Deshalb stieg sie die Treppe hoch und stellte sich vor die Zimmertür. Sie konnte nicht glauben, was sie sah. Nicht nur war die Festung gebaut und das Zimmer überraschend sauber, sondern die Mädchen waren in der Festung drinnen, und man konnte gedämpftes Kichern hören. Sie hatten es geschafft, alle Decken und Überzüge vom Bett zu nehmen, und mithilfe von Maries Schreibtischstuhl, der Schubladen der Kommode und des Schreibtisches hatten sie einen Raum geschaffen, der groß genug war, um darunter zu schlafen.

Auf Zehenspitzen schlich Sherri ins Zimmer und hob eine Ecke eines Betttuchs, das über dem Stuhl hing, und spähte verstohlen hinein. Sie bekam ein Kissen ins Gesicht. Knurrend kroch sie in die Festung und schnappte sich das nächste Kissen. Nachdem sie ein paar Minuten lang Schläge einstecken musste und sie vor lauter Lachen Seitenstechen bekam, überredete Sherri die Mädchen, zum Abendessen herunterzukommen.

Während Sherri die hausgemachten Makkaroni, den Käse und die Chicken-Nuggets auf die Teller verteilte, holte Marie Milch aus dem Kühlschrank und schenkte sich und Emmie ein Glas ein. Noch bevor Sherri die Teller auf den Tisch tragen konnte, hatte ihre Tochter bereits ein volles Glas Milch geleert und war mittendrin, sich noch eines einzuschenken. Emmie saß nur mit weit offenen Augen da, während sie zusah, wie Marie die Milch mit superheldenhafter Geschwindigkeit austrank.

Emmie wartete, bis Sherri sich hingesetzt hatte, bevor sie nach ihrer Milch griff und einen großen Schluck davon nahm. Sherri lächelte ihr zu, griff nach ihrer Hand und wartete auf ihre Tochter, um ein einfaches Dankgebet für das Mahl zu sprechen. Während sie ihr Abendmahl aßen, herrschte Stille in der Küche. Jedes Mal, wenn Marie etwas sagte, wunderte sich Sherri, wie schnell Emmie erkannte, dass sie ihrer Tochter in die Augen sehen musste, bevor sie antwortete. Kinder sind fähig, sich anzupassen und das zu akzeptieren, was Erwachsenen oft Mühe macht, es überhaupt zu erkennen. Die Schwerhörigkeit ihrer Tochter schien Emmie nicht einmal zu stören.

Emmie kicherte, und Sherri erkannte den Grund dafür. Maries Gesicht war voller Sauce, und Käsefäden hingen ihr vom Kinn. Wenn ihre Tochter eines nicht konnte, dann war es, schön zu essen. Sherri schob ihren Stuhl zurück und griff nach dem Serviettenhalter, den sie vorher vergessen hatte auf den Tisch zu stellen. Dabei fiel ein Stapel Flugblätter auf den Boden.

»Mama? Warum ist Emmie auf diesem Papier?«, wollte Marie wissen.

Sherri sah hinunter. Was? Marie zeigte auf ein Flugblatt, das genau unter ihrem baumelnden Fuß lag. Sherri langte hinunter und hob das Papier auf. Es war eine dieser Vermisste-Kinder-Anzeigen. Sherri hatte nie viel Notiz davon genommen.

»Das bin ich nicht«, sagte Emmie, während sie weiter ihre Makkaroni und den Käse in den Mund löffelte.

Sherri schaute auf das Bild und dann wieder auf Emmie. Da bestand eine Ähnlichkeit. Das war verblüffend.

»Das bin ich nicht«, sagte Emmie wieder und schüttelte den Kopf. »Schau, meine Haare sind länger, und ich habe alle meine Zähne.« Sie machte den Mund weit auf, um ihre Zähne zu zeigen.

Sherri schaute wieder auf das Bild. Mit den zwei fehlenden Schneidezähnen und dem Pony glich das kleine Mädchen jetzt, da sie es genauer betrachtete, Emmie überhaupt nicht. Außerdem war Emmie älter, und wo waren die Grübchen?

»Okay«, meinte Marie und wandte ihre Aufmerksamkeit dann wieder dem Essen zu.

Sherri sagte nichts.

Sherri stand am Fuße der Treppe und seufzte erleichtert. Es hatte eine Weile gebraucht, aber schließlich hatte sie es geschafft, die Mädchen zur Ruhe und zum Schlafen zu bringen. Sie wollte das Ganze für Emmie aufregend gestalten. Die ersten Übernachtungen woanders sind immer schwer, aber das tapfere kleine Mädchen hatte nur wenige Male nach ihren Großeltern gefragt.

Sie stellte sicher, dass das Verandalicht für Matt an war. Er sollte bald zu Hause sein. Sie musste mit ihm über das Foto auf dem Flugblatt sprechen. Das Lagerfeuer schwelte draußen im hinteren Garten in der Feuerstelle. Es war zur Gewohnheit geworden, dazusitzen und die ruhige Nacht auf dem Land zu genießen, wenn die Tochter im Bett war. Sie schenkte sich ein großes Glas Eistee, den sie sich schon früher gemacht hatte, aus der Kanne ein und wollte gerade nach draußen gehen, als sie eine Autotür zuschlagen hörte. Sie sah aus dem Fenster, aber Matts silberner Pick-up war nicht da.

Mit ihrem Eistee in der einen und dem schnurlosen Telefon in der anderen drückte Sherri die Gittertür der Veranda auf. Die Feuerstelle gab eine warme rote Glut ab. Die Mädchen hatten vorher so viel Spaß hier draußen, als sie ihre Marshmallows toasteten. Sherri drehte es bei dem Gedanken an all die Süßigkeiten den Magen um. Emmie aß keine von denen, die Feuer gefangen hatten, deshalb hatte Sherri sie lieber in sich hineingestopft, als sie wegzuschmeißen.

Die Nacht war still. Die warme Sommernachtsbrise war mit dem Zirpen der Grillen erfüllt; eine Kuh muhte und rief auf dem Feld nach ihrer Herde. Sherri liebte die ruhigen Nächte des Landlebens. Sie vermisste das Leben in der Stadt überhaupt nicht. Sherri ließ sich in einen der Adirondack-Sessel, die um das Lagerfeuer standen, sinken und schloss die Augen. Rechts war das Knirschen von Kies zu hören. Es war ein leises Geräusch, aber Sherri fuhr hoch und sah sich um.

Ein Wagen parkte vor Jacks und Dotties Haus. Sherri ging zum Zaun, der ihre Grundstücke trennte. Vielleicht war Jack schon zu Hause, obwohl er einen alten Ford Pick-up fuhr, keinen Jeep.

Sherri konnte die Umrisse der Person, die an die Hintertür der Nachbarn klopfte, kaum ausmachen.

»Sie sind nicht zu Hause!«, rief Sherri während einer Klopfpause.

Die Gestalt drehte sich um, machte ein paar Schritte von der Veranda weg und trat in das kleine Licht.

»Sie sind nicht zu Hause!«, rief Sherri noch einmal. Sie wollte nicht zu laut rufen. Das Fenster ihrer Tochter war offen, und sie wollte auf keinen Fall die Mädchen aufwecken.

»Wissen Sie, wann sie wieder zu Hause sein werden?« Die Stimme eines Mannes wurde vom Wind herübergetragen.

Sherri wollte gerade wieder rufen, als sie bemerkte, dass die Person auf sie zukam.

»Es tut mir leid, es gab einen Notfall, und sie mussten ins Krankenhaus.«

»Ist alles in Ordnung, Ma'am?«

Als der Mann näher kam, bemerkte sie etwas in seiner Hand. Eine Dienstmarke. Er war Polizist. Warum sollte ein Polizist nach Jack und Dottie suchen?

Sollte sie etwas von Emmie und dem Foto dieses vermissten Mädchens sagen?

»Es tut mir leid, aber ich bin sicher, Jack wird morgen wieder zu Hause sein. Soll ich ihm sagen, dass Sie hier waren?« Eine unangenehme Stille lag in der Luft.

Der Beamte kam zum Zaun, bis er Sherri direkt in die Augen sah.

»Ma'am, können Sie bestätigen, dass bei diesen Leuten ein kleines Mädchen wohnt?«

Sherri zögerte. Das Bild des vermissten Kindes blitzte vor Sherris Augen auf.

»Ja, ihre Enkeltochter. Ist alles in Ordnung?« Sherri wollte gerade fragen, ob Dottie im Krankenhaus irgendetwas passiert sei, erinnerte sich aber dann, dass der Beamte gar nicht wusste, dass sie dort waren.

»Es tut mir leid. Jack ist bei Dottie im Krankenhaus.«

»Danke, Ma'am. Ich werde ins Krankenhaus fahren, um Mister und Mrs Henry selbst zu sehen. Ich wünsche Ihnen einen schönen Abend. Entschuldigen Sie, dass ich Sie gestört habe.« Der Beamte trat einen Schritt zurück.

Sherri warf einen Blick zurück und dachte an die beiden Mädchen, die oben schliefen.

Was, wenn Emmie das vermisste kleine Mädchen ist?

»Herr Polizist?«

KAPITEL ZWEIUNDDREISSIG

Megans Hand lag auf dem Türknopf zu Emmas Zimmer. Sie hätte nie gedacht, dass sie das tun würde – Abschied nehmen. Nicht so. Es fühlte sich nicht richtig an.

Sie sollte hier drinnen sein, das Zimmer aufräumen, die Kissen und Daunendecken aufschütteln und die Bilderrahmen abstauben. Es für Emmas Rückkehr bereit machen.

Aber sie tat es nicht. Nie. Und es war an der Zeit, das zu akzeptieren.

Eine dunkle Wolke hing über Megan.

Sie öffnete die Tür und begutachtete die Wände, die Bücherregale und das Bett. Peter hatte recht. Dieses Zimmer war ein Schrein. Ihr Leben war all diese Jahre stehen geblieben.

Das Zimmer würde nie etwas anderes als Emmas Zimmer sein. Ein neuer Anstrich und neue Möbel könnten das nicht ändern.

Unten klingelte das Telefon. Megans Herz blieb für einen kurzen Augenblick stehen, bis sie sich erinnerte, dass es nichts mehr ausmachte. Sie musste akzeptieren, dass die Wahrscheinlichkeit, jemand könnte Emma sichten, jetzt sehr gering war. Sie musste aufhören, diesen Anruf zu erwarten.

Dennoch eilte sie aus Emmas Zimmer und die Treppe hinunter, blieb dann aber wie angewurzelt stehen. Peter stand da. Das Telefon in der Hand.

Peter räusperte sich. Sie starrte auf das Telefon in seiner Hand. Sie hob ihre Augen, um ihn anzusehen, und ihr Herz wurde schwer. Seine Augen waren rot.

»Kommissar Riley.« Der gequälte Klang seiner Stimme erschütterte das bisschen Hoffnung, an das sich Megan immer noch wie an einen Strohhalm klammerte.

»Sie ist es nicht, oder?«, schrie sie. Sie wollte an ihm vorbeigehen, aber er hielt sie auf. Er legte seine Hände auf ihre Schultern und zwang sie, stehen zu bleiben.

»Kommissar Riley hat das Paar auf dem Bild gefunden. Aber sie waren im Krankenhaus. Die Frau, eine Großmutter« – Peter schüttelte den Kopf –, »hatte einen Schlaganfall. Das Kind, das du auf dem Foto gesehen hast, ist ihre Enkelin. Die Mutter ist vor fast drei Jahren gestorben. Seitdem lebt das Kind bei ihnen.«

Megans Körper erstarrte. Enkelin. Das kleine Mädchen war nicht Emma. Ihr Körper zitterte, als ihr das klar wurde.

»Wir haben einen Polizeibeamten ins Krankenhaus geschickt, um mit einem Mann zu sprechen, dessen Frau gerade einen Schlaganfall hatte, nur wegen eines körnigen Fotos, von dem ich dir sagte, es sei nicht Emma. Warum?« Peter wandte sich von ihr ab. Sein Rücken war steif. Wut stieg in ihm hoch.

Megans Herz brannte, als ob es mit einem heißen Eisen geschürt würde. Kummer, Herzschmerz und Verzweiflung waren für immer in ihr Herz eingebrannt. Sie war weg. Sie war wirklich weg.

»Ich musste es versuchen. Ich hätte mich sonst immer gefragt«, schluchzte Megan. Sie wollte sich zu einem Ball zusammenrollen und alles von sich abprallen lassen. Sie konnte so nicht weitermachen.

»Ich weiß. Deshalb habe ich Riley das Bild geschickt. Aber wir können nicht so weitermachen, Megan. Siehst du das nicht? Wir können andere nicht verletzen. Nicht so.« Peters Stimme versagte. Sein Körper schüttelte sich vor Schluchzen.

»Peter?« Ihr gefiel die Distanz zwischen ihnen nicht.

Seine Augen bekamen einen gequälten Ausdruck. Er trat von ihr weg, nur einen Schritt, aber für Megan hätte es genauso gut bis zum Mond sein können, so weit fühlte sich die Distanz zwischen ihnen an.

»Es ist spät. Ich gehe ins Bett.« Die gebeugten Schultern und die Art und Weise, wie er den Kopf hängen ließ, sprachen Bände.

»Peter«, wiederholte Megan und streckte den Arm nach ihm aus, hielt aber inne.

Sie könnte es nicht ertragen, ihn auch noch zu verlieren, nicht heute Nacht. Das wurde ihr plötzlich klar. Es war seine Stärke, seine Liebe, sein Lachen, das sie brauchte. Sie konnte das nicht alleine tun. Sie brauchte ihn, um ihr zu helfen, wieder zu leben. Ohne Emma zu leben.

»Komm ins Bett, Megan. Ich will nur, dass dieser Tag vorbei ist.«

Megan folgte ihm die Treppe hoch. Sie blieb vor Emmas Zimmer stehen. Sie zog die Tür zu, aber erst nachdem sie noch mal das rüschenbesetzte Prinzessinnenbett auf sich hatte wirken lassen, ein Raum, wo nur süße Träume wohnen sollten. Das war kein Raum voller Träume mehr. Nicht für sie.

Peter war schon im Schlafzimmer verschwunden, als Megan sich umdrehte. Sie hoffte, sie wäre nicht zu spät. Dass er sie noch nicht ausgeschlossen hatte.

Megan kroch neben Peter ins Bett und schmiegte sich an seinen kalten Körper. Er lag einfach nur da. Mit ihrem Kopf auf seiner Schulter und der Hand auf seiner Brust schloss sie die Augen und betete. Betete, dass es noch eine Chance gab, die Risse in ihrer Ehe zu kitten, dass ihre Familie heil werden und vorwärtsgehen konnte und dass Emma, egal, wo sie war, glücklich war. Eine Träne rutschte aus ihren Wimpern, als sie an Emma dachte.

Lieber Gott, bitte lass meine Tochter mit dir im Himmel glücklich sein. Megan ertrug den Gedanken nicht, dass sie irgendwo anders, bei jemand anderem sein könnte.

»Wir können nicht so weitermachen«, sagte Peter. Seine Stimme war emotionsgeladen und brummte wütend tief in seiner Brust.

»Ich weiß.« Megan rieb mit ihrer Hand sanft über seine Brust. Sosehr es auch schmerzte, sie wusste, dass sie so auch nicht mehr weitermachen konnte. Ihr Herz zersplitterte in winzige Stücke.

»Abschied zu nehmen wird schwer sein«, flüsterte sie.

Peters Arm legte sich fester um ihre Schultern, als er sie näher zu sich zog. Megan schloss die Augen. Heute Nacht mussten keine Worte gesprochen werden. Morgen war ein neuer Tag, mit neuen notwendigen Entscheidungen.

Megan seufzte tief und vergrub sich in Peters Körper, der inzwischen warm war. Sie horchte auf den Rhythmus seiner Atmung, passte ihren Atem seinem an und arbeitete daran, einen klaren Kopf zu bekommen. Der Schlaf lockte und sie hieß ihn willkommen.

Das schrille Klingeln des Telefons riss sie aus dem Schlaf. Ihr Körper vibrierte vor Aufregung, als das Telefon klingelte. Peter griff zum Nachttisch neben dem Bett und beantwortete das Telefon.

»Okay, bis dann«, sagte er nach einer Weile.

Megan hielt den Atem an.

»Kommissar Riley will sich mit uns bei einem Bauernhaus in der Nähe von Hanton treffen.«

»Warum?« *Das ergab keinen Sinn.* Megan setzte sich auf, um Peter anzusehen.

Er zuckte mit der rechten Schulter.

Megan hatte das Gefühl, als würde ihre Brust gleich explodieren; ihr Herzklopfen wurde so stark, dass sie einen akuten Schmerz verspürte. Sie biss sich auf die Lippe, um den Schrei zurückzuhalten, der in ihr hochstieg.

Peters Blick begegnete ihrem. Der Schmerz, den sie in ihrer Brust spürte, kam dem Schmerz in seinen Augen gleich.

»Vielleicht will er uns persönlich zeigen, dass es nicht Emma ist. Vielleicht will er uns helfen, loszulassen.«

Megan drehte sich um und legte sich auf die Seite, von Peter weggewandt. Sie rollte sich zu einem Ball zusammen und stopfte sich die Hand in den Mund, um das Schluchzen zu ersticken, das ihren Körper erschütterte.

KAPITEL DREIUNDDREISSIG

Der antiseptische Geruch war für Jacks Nase unangenehm. Er rümpfte sie voller Abneigung. Seine Hand ruhte auf der kalten Metallstange von Dotties Bett. Er war gerade damit fertig, die dünne Krankenhausdecke um ihren Körper zu ziehen. Er hätte eine der Decken, die sie gestrickt hatte, mitbringen sollen, um sie zuzudecken. Ihr war immer kalt, selbst im Sommer. Sie liebte es, eine Reihe von Decken um ihren Körper zu haben, wenn sie schlief. Er hoffte, sie würde es nicht merken.

Jack streichelte Dotties altersfleckige Hand. Ihre Kälte machte ihm Sorgen, aber die Schwester hatte ihm versichert, dass es normal sei. Er suchte ihr Gesicht nach irgendeinem Lebenszeichen ab, aber sie lag noch so ruhig da wie vor fünfzehn Minuten, als er das Zimmer verlassen hatte.

Jack warf einen Blick über seine Schulter. Der Kommissar war endlich gegangen. Es beunruhigte ihn, dass der Mann einfach so lange vor Dotties Tür draußen gestanden hatte, nachdem Jack sich entschuldigt hatte. Es war schon spät, und seine Frau lag von einem Schlaganfall bewusstlos in einem Krankenhausbett. Der Mann hätte nicht einmal hier sein sollen.

Aber seine Worte, die Fragen, die er stellte, ließen Jack keine Ruhe. Fragen über Emmie. Fragen, die Jack gerne beantwortet hätte, aber nicht konnte. Nicht, bevor er mit Dottie gesprochen hatte.

Er lehnte sich im Stuhl zurück und verlagerte seine Hüften. Er war froh, dass Emmie heute Nacht bei den Nachbarn war. Jack wäre sonst verloren gewesen. Krankenhäuser sind kein Ort für kleine Mädchen. Er hätte Doug anrufen können, Emmie zu nehmen, wenn es notwendig gewesen wäre. Er wäre sofort da gewesen. Aber es war schon ein Jahr her, seit Doug mit Dottie in einem Raum stand, und er glaubte nicht, dass es jetzt die richtige Zeit wäre, das Versprechen zu brechen, das sie ihm gegeben hatten.

Jack griff in seine Gesäßtasche und zog die Visitenkarte heraus, die der Kommissar ihm gegeben hatte. Er hatte ihm versprochen, ihn anzurufen, wenn er je das vermisste Kind namens Emma sehen würde. Emma. Nicht Emmie. Oder doch?

Er hielt die Karte in seiner Hand. Er stellte sich Emmie vor, wie sie damals das erste Mal in ihr Haus kam. Wie still sie war. Er erinnerte sich an die Nächte, als sie nach ihrer Mami rief, wie es ihm das Herz zerriss, dass sie so jung aus Marys Armen gerissen wurde. Er erinnerte sich an die Wut über seine Tochter, weil sie sich nicht um ihr eigenes Kind kümmern konnte. Jack schüttelte den Kopf. Was, wenn das alles eine Lüge war? Was, wenn Dottie Emmie nicht aus einer hoffnungslosen Situation herausgenommen hatte, nachdem ihre Mutter gerade gestorben war, und stattdessen Emmie aus den Armen einer Mutter entrissen hatte, die sie liebte?

Kommissar Riley hatte ihm vorher das Bild einer Frau beschrieben, die sich weigerte, die Suche nach ihrer vermissten Tochter aufzugeben. Eine Frau, die glaubte, dass diese Tochter Emmie war.

Nur Dottie konnte die Frage beantworten, die der Kommissar stellte. Aber Jack war sich nicht einmal sicher, ob Dottie antworten konnte. Sie behauptete, keine Erinnerung an diesen Tag zu haben. Bei den Drogen, unter denen sie stand, überraschte Jack das auch nicht.

Während der Herzmonitor in der Ecke weiter piepte, schloss Jack seine Augen. Erinnerungen liefen in seinem Kopf ab. Erinnerungen, als Emmie das erste Mal nach Hause kam. Erinnerungen an seine eigene Tochter. Erinnerungen an Dottie und wie sie auf gewissen Dinge reagierte, wenn es um Emmie ging.

Er schlug seine Augen auf und setzte sich auf. Sosehr es ihm auch das Herz brach, er musste einen Anruf machen.

Ein Unrecht hebt das andere nicht auf. Heißt nicht so das Sprichwort?

KAPITEL VIERUNDDREISSIG

Megan trommelte mit den Fingern auf die Knie.

»Kannst du bitte damit aufhören?«

Ihre Finger blieben ruhig. Stattdessen klopfte sie mit dem Bein.

»Wir müssen reden.«

Megan sah zu Peter hinüber. Sein Kiefer war vorgeschoben und seine Lippen fest.

Megan blieb still. Was immer er zu sagen hatte, sie konnte es jetzt nicht hören.

»Ich habe deine Mutter angerufen, bevor wir losgefahren sind. Sie trifft alle Vorbereitungen für uns.«

Megan starrte aus dem Fenster und sah die Kornreihen im frühen Morgenlicht vorbeiziehen. Kilometerlang erstreckten sich die Felder vor ihnen, dazwischen Bauernhäuser und Scheunen. Sie fragte sich, ob das Leben auf dem Land so viel anders ist als das Leben in der Stadt, abgesehen von den Gerüchen.

»Hörst du mir zu?«

Sie atmete tief ein und zwang sich, bis fünf zu zählen. Er wollte das jetzt tun? Jetzt, wo sie schon fast beim Bauernhaus waren? Sie griff in ihre Tasche und fingerte nach der Kerze, zu der sie sich etwas gewünscht hatte. War das erst gestern gewesen? Es fühlte sich wie vor einem ganzen Leben an.

»Ja, ich habe dich gehört.« Megan stieß einen Seufzer aus und drehte sich in ihrem Sitz zu ihm. »Glaubst du nicht, dass es zu schnell ist? Kannst du nicht bis morgen warten? Oder vielleicht bis nächste Woche?«

»Ich habe auch einen Termin bei der Therapeutin gemacht«, flüsterte Peter.

Megan setzte sich im Sitz zurück. Ihr Herz verengte sich, und ihr Hals zog sich zusammen, als sie verarbeitete, was er gerade gesagt hatte. »Warum?«, hauchte sie und atmete aus.

Peter reichte hinüber und legte seine Hand auf ihre. Er drückte sie leicht. »Weil ich glaube, dass wir uns überlegen müssen, was wir wollen, was wir brauchen. In letzter Zeit haben wir uns nur gegenseitig beschuldigt. Wir müssen das Vertrauen zwischen uns wieder aufbauen.«

Was das mangelnde Vertrauen anging, hatte er recht. Die Beschuldigungen, die sie sich gegenseitig zugeworfen hatten, bewiesen es.

»Ich will dich nicht verlieren.« Ihr Herz zerbrach bei diesem Gedanken in winzige Stücke. Was ist mit den Mädchen? Was würde aus ihnen werden, wenn Peter wegginge?

»Ich werde immer da sein.« Peters Griff wurde fester.

Megan antwortete nicht. Sie waren beim Bauernhaus angekommen, wo sie Kommissar Riley treffen sollten.

»Wir sind hier.« Megan blieben die Worte im Hals stecken.

Peter verlangsamte den Jeep und bog in die Einfahrt ein.

Als sie die Kieseinfahrt entlangfuhren, sahen sie durch die Fenster des idyllischen Bauernhauses ein Licht brennen. Es erinnerte sie an das alte Bauernhaus, in dem ihre Großeltern lebten. Sie dachte an die Leute, die hier wohnten, wie sie wohl waren, wer sie waren. *Ich hoffe, es ist ein glückliches Haus.*

»Warum sind wir überhaupt hier? Bist du sicher, dass Riley nichts gesagt hat?« Megan murmelte die Frage. Es war nicht das erste Mal, dass sie diese Frage stellte, und sie erwartete keine Antwort von Peter.

Sie hatte letzte Nacht kaum geschlafen. Sie hatte sich hin und her geworfen. Ihr Verstand hatte ihr Streiche gespielt, ein kindisches Gekicher hatte den Raum erfüllt, und sie war wieder in Tränen aufgelöst. Es war schwer, Abschied zu nehmen, wenn es keinen Abschluss gab, wenn das Herz es nicht glaubte. Sie war schließlich in die Küche hinuntergegangen und hatte sich eine Tasse Tee gemacht. Sie hatte die Familienalben herausgezogen und sie durchgeblättert. Wehmütige Gedanken kamen, wie die Dinge waren, als sie frisch verheiratet und dann frisch gebackene Eltern waren. Ein Strahlen in ihren Augen reflektierte ein Glück, das tief in ihnen verankert war. Ein Glück, das jetzt fehlte.

Kommissar Riley lehnte an seinem schwarzen Wagen, als er sie heranfahren sah. Megan konnte seinen Gesichtsausdruck nicht lesen. Sie war nicht sicher, ob sie es überhaupt versuchen wollte.

Der Jeep blieb langsam stehen. Peter nahm Megans Hand und drückte sie. Sie schaute auf ihre Hände, die ineinander verschlungen waren. Es musste Hoffnung geben. Hoffnung für sie. Hoffnung für ihre Familie. Sie schaute in Peters Augen. Er schaute zurück. Es gab einmal eine Zeit, da hatte sie Kraft von diesem Mann, den sie geheiratet hatte, gesammelt. Sie dachte, sie hätte diese Kraft verloren, aber sie war immer da. Warum hatte sie gedacht, dass sie sie nicht bräuchte? Warum hatte sie gedacht, sie müsste alles alleine tun?

Riley richtete sich auf und ging einen Schritt auf sie zu.

Peter ließ ihre Hand los und öffnete die Tür. Megan tat das Gleiche. Trotz ihrer Nervosität reagierte ihr Körper wie automatisch. Ein Fuß vor den anderen, bis sie vor Riley stand. Peter streckte seine Hand nach ihr aus. Sie ergriff sie und drückte. Sie brauchte eine Lebenslinie, an der sie sich festhalten konnte, einen Anker, der sie stabilisierte. Ihre Haut prickelte.

»Warum sind wir hier, Riley? Was ist los?« Megan biss sich auf die Lippe. Sie wollte mehr fragen, mehr Antworten verlangen. Sie konnte mit dem Geheimnisvollen, dem Unbekannten nicht umgehen.

Riley deutete mit dem Kopf in Richtung des Hauses und verschränkte die Arme. »Nur noch ein paar Minuten.«

Megan blieb der Mund offen stehen. Noch ein paar Minuten, für was? Wovon redete er?

Peter drückte ihre Hand. Sie sah ihn an. Er schüttelte den Kopf.

»Sie wollten sich hier mit uns treffen. Warum?« Peters Stimme war leise, hart. Megan wusste, dass er kämpfte, seine Emotionen zu beherrschen.

Riley ließ einen langen Atemzug aus und nahm die Arme auseinander. Er richtete sich auf und sah sie an.

»Weil ich wusste, dass sie ein Ende brauchen. Ihr Leben wurde in den letzten zwei Jahren auseinandergerissen. Ich hoffe, dass der heutige Tag Ihnen helfen wird, den Albtraum, den sie erlebt haben, zu überwinden. Es ist nicht die Art und Weise, wie wir Dinge normalerweise angehen, aber …«

Megan versuchte, in seinen Augen zu lesen, ob er ihnen damit etwas sagen wollte, aber sie waren zurückhaltend. Sie schaute zum Bauernhaus hinüber. Das Haus, das sie hasste. Es hatte die Fassade eines idyllischen Bauernhauses, aber für Megan würde es für immer in ihre Albträume eingebrannt sein. Es war das Haus, von dem sie dachte, dass es ihre Träume beantworten würde, aber stattdessen zerstörte es sie.

In der Tür stand eine Gestalt.

Riley warf einen Blick über seine Schulter. »Hören Sie. Der ältere Herr, den Sie gleich treffen werden, sein Name ist Jack, und seine Frau ...«

Die Fliegengittertür öffnete sich, und Jack trat heraus. Er blieb stehen und starrte Megan an. Tränen liefen über sein Gesicht. Megan blieb das Herz stehen. Er ging noch einen Schritt durch die Tür und drehte sich um. Die Zeit blieb für Megan stehen. Die Sekunden, die Jack brauchte, um seine Hand zur Tür hineinzustrecken, erschienen wie eine Ewigkeit.

Eine kleine Gestalt mit lockigen blonden Haaren, zu Zöpfchen geflochten, trat aus der Tür. Ihr Blick war auf Jack fixiert, als er ihre Hand hielt.

Peter legte seine Arme um Megan, als sie einen Schritt nach vorne ging. Er wollte, dass sie wartete.

Jack streckte wieder den Arm durch die Tür hinein ins Haus. Dieses Mal zog er einen großen Koffer heraus.

Megans Augen gingen vom Koffer zum kleinen Mädchen, dessen Kopf abgewandt war. Sie konnte ihr Gesicht nicht vollständig sehen.

Jack bückte sich und hielt seine Arme auf. Das kleine Mädchen rannte in seine Arme, drückte die Augen fest zusammen und schlang ihre kleinen Arme fest um seinen Hals. Seine Lippen bewegten sich, als er ihr Worte ins Ohr flüsterte. Sie nickte, lehnte ihren Kopf auf seine Schulter und sprach die Worte aus, die Megan das Herz stehen ließ.

»Ich liebe dich, Opa.«

Megan unterdrückte ein Schluchzen, als sie die Stimme ihrer Tochter vernahm.

Kommissar Riley hielt Peter und Megan zurück. »Warten Sie, bitte warten Sie einfach«, flüsterte er.

Megan drehte den Kopf. Rileys Augen glänzten von Tränen. Sie schaute auf Peter und bemerkte, dass ihm seine

Tränen ungehindert über das Gesicht flossen. Seine Augen blieben auf ihre Tochter fixiert.

Jack stand auf. Emmies Arme hingen immer noch eng um seinen Hals. Er legte seine Arme um sie und drückte sie fest an seinen Körper. Er machte einen zögernden Schritt nach vorne. Emma schrie auf. Er blieb stehen. Megans Herz flatterte, während sie wartete, dass er ihre Tochter zu ihr trug. Ihre Tochter. Emma.

Jack flüsterte noch weitere Worte in Emmas Ohr. Megan wünschte von ganzem Herzen, dass sie wüsste, was er ihrer Tochter sagte. Die Sekunden dehnten sich für Megan zu einem ganzen Leben aus. Ihr Herz schmerzte, als sie mit ihren Tränen kämpfte, die sie zu überwältigen drohten.

»Wen siehst du, Emmie? Mach deine Augen auf, Prinzessin.« Jacks schroffe Stimme brach jeden Zentimeter von Megans Selbstkontrolle.

»Mama?«, flüsterte Emmie. Ihre Stimme war zögerlich, fast unsicher.

Die Tränen, die Megan versucht hatte zurückzuhalten, flossen über und liefen ihr über die Wangen. Sie schluchzte laut auf und befreite sich aus Peters Armen. Mit einer Geschwindigkeit, die sie nicht für möglich gehalten hätte, lief Megan über die Einfahrt. Wenige Zentimeter vor ihrer Tochter hielt sie an und fiel auf die Knie. Es kümmerte sie nicht, dass die Kieselsteine in ihre Haut drückten.

»Emma«, flüsterte sie. Ihre Stimme versagte.

»Mama? Opa hat mir gesagt, dass du nicht im Himmel bist. Er hat gesagt, dass du verloren warst. Aber du hast mich gefunden.«

Megan machte ihre Arme weit auf. Sie musste den Körper ihrer Tochter eng an ihrem fühlen. Um den Schmerz zu erleichtern, den ihre Arme zwei Jahre lang ständig gefühlt hatten. Sie konnte es nicht erwarten, ihre Tochter in die Arme zu schließen.

Emma machte die drei Schritte, die sie voneinander getrennt waren. Ihre winzig kleinen Arme schlangen sich um Megan. Megan schrie vor Erleichterung auf. Emma. Ihre Tochter. *Danke, lieber Gott, danke, lieber Gott.* Sie strich mit ihrer Hand über die Haare ihrer Tochter und über ihren Rücken. Sie stand mit wackeligen Beinen auf, hielt ihre Tochter aber fest an sich gedrückt.

Als sie sich zu Peter umdrehte, kam er zu ihnen gelaufen und nahm sie beide in die Arme. Ihr Mann, sonst so ruhig und gelassen, war sprachlos, aber sein Gesicht strahlte vor Freude. Emma kletterte von Megans Armen in Peters. Megans Arme fühlten sich verlassen, leer an. Sie wollte ihre Tochter wieder zu sich ziehen, aber sie hielt sich zurück.

Stattdessen lehnte sie ihren Kopf gegen Peters Körper und wunderte sich über die Veränderungen in Emma. Nicht mehr die rundliche, fast Dreijährige. Emma hatte sich in das kostbarste kleine Mädchen verwandelt, das Megan je gesehen hatte. Diese anderen Mädchen, von denen sie dachte, sie würden wie Emma aussehen, waren mit ihr nicht zu vergleichen. Überhaupt nicht.

Als Emma sich in Peters Armen drehte und den Mann anstarrte, den sie Opa nannte, tat Megan das Gleiche. Kommissar Riley war hinübergegangen und hatte seine Hand auf den Arm des alten Mannes gelegt.

»Sie müssen mit mir mitkommen«, sagte er. Jack nickte und lächelte traurig.

Megan wollte wütend auf ihn sein, hatte den Wunsch, ihn heftig zu attackieren, aber sie konnte nicht. Sie fand keine Worte.

Jack folgte Riley zum schwarzen Wagen, blieb jedoch stehen, als er vor Megan stand. Er ließ den Kopf hängen, seine Schultern waren gebeugt, als er die Hände rang. »Es tut mir furchtbar leid. Ich hatte keine Ahnung«, sagte er. Er schaute nicht auf, da die Worte eine Leere in seiner Seele zu hinterlassen schienen.

»Opa?« Emma drehte sich in Peters Armen und streckte ihre Hand nach ihm aus.

»Es ist okay, Prinzessin.« Er zwinkerte Emma zu, aber Megan sah das traurige Lächeln auf seinem Gesicht. »Erinnerst du dich, wir haben darüber geredet. Es wird alles gut werden.« Jack beugte sich vor und küsste Emma auf den Kopf. Sie vergrub ihr Gesicht in Peters Hals. Megan langte hoch und rieb ihr über den Rücken.

Megan wusste nicht, was sie tun sollte. Ihr Herz brach für ihre Tochter. Sie nannte diesen Mann Opa. Sie würde kein so zärtliches Wort für ihn haben, wenn er sie nicht liebte. Ihr Hals war geschwollen vom Schluchzen, das sie sich zu unterdrücken bemühte.

Sie flüsterte Worte, die sie niemals zu sagen erwartet hätte. »Danke. Danke, dass Sie mir meine Tochter zurückgeben.«

Jack schüttelte bei diesen Worten den Kopf. Herzschmerz und Verzweiflung lagen in seinen Augen. »Ich habe es nicht gewusst. Nicht bis zur letzten Nacht. Wenn ich es gewusst hätte … kleine Mädchen, die brauchen ihre Mamas.« Jack ließ den Kopf hängen. Er sah alt aus. Alt und gebrechlich.

Sie streckte ihre Arme nach ihrer Tochter aus, die am Hals ihres Daddys schluchzte. Als sich ihr kleines Mädchen umdrehte und ihre Arme nach ihrer Mami ausstreckte, nahm Megan sie und hielt sie verzweifelt fest. In diesem Moment war für Megan nichts anderes wichtig außer Emma.

Peter ließ seine Familie stehen und schüttelte Kommissar Riley die Hand. Er ignorierte Jack. »Danke. Danke, dass Sie meine Tochter gefunden haben«, sagte er.

»Danken Sie nicht mir. Es war Megan, die Ihre Tochter gefunden hat«, sagte Riley. Er öffnete die Wagentür und hielt sie auf, bis Jack sich in den Rücksitz sinken ließ.

Megan, die Emma immer noch in ihren Armen hielt, gesellte sich zu Peter, der neben Riley stand. Peter legte seine Arme um sie.

»Also, was passiert jetzt? Sie hat ihn Opa genannt?« Peter drehte sich von Emma weg und sprach leiser. Megan musste sich näher heranbeugen, um ihn zu hören.

Kommissar Riley machte die Wagentür zu. Megan zuckte bei dem Geräusch zusammen.

»Wir werden ihn zum Verhör mitnehmen. Jack hat mich heute früh angerufen und mir erklärt, was vor zwei Jahren passiert war. Seine Frau ist krank und liegt im Krankenhaus. Ihre Tochter wurde nicht verletzt, aber es wird umfangreiche Befragungen und Konsultationen mit Ärzten und Psychiatern geben.« Er lächelte die beiden an.

»Das ist eine Geschichte, die man nur als Wunder bezeichnen kann«, sagte Riley.

Megan schlang ihre Arme noch fester um ihre Tochter. Sie dachte an die Kerze und den Wunsch, den sie geäußert hatte.

Tatsächlich ein Wunder.

KAPITEL FÜNFUNDDREISSIG

Jack schlurfte die Einfahrt hinunter und kickte ein paar große Steine aus dem Weg. Er musste neuen Kies streuen, bevor der Schnee kam. Kaum zu glauben, dass es schon Herbst war.

Er schützte seine Augen gegen das grelle Licht, das sich am Briefkasten widerspiegelte. Der rote Hebel war oben, was nur zwei Dinge bedeuten konnte. Er betete, dass es nicht noch mehr Kondolenzschreiben waren. Er wusste gar nicht mehr wohin mit den Karten.

Ohne den Stapel Briefe, die er aus dem Briefkasten gezogen hatte, durchzuschauen, klemmte sich Jack das Bündel unter den Arm und ging zum Haus zurück. Er ging über den Rasen vor dem Haus und verzog das Gesicht, als er sah, dass seine Tritte Abdrücke im zu hohen Gras hinterließen. Vielleicht mähte er das Gras heute. Etwas, das er schon vor Wochen hätte tun sollen. Wenn Dottie hier wäre, würde sie ihm wegen des vernachlässigten Gartens den Kopf abreißen.

Wäre Dottie hier, wäre alles anders.

Jack machte beim Verandageländer Rast und verschnaufte. Es war noch nicht so lange her, da hatte er noch genug Energie für einen halb so alten Mann. Jetzt fühlte er sein Alter und mehr. Mit einem Schritt nach dem anderen stieg Jack die Stufen hoch und ließ sich in seinen Korbstuhl sinken. Er ließ das Briefbündel auf den kleinen Tisch daneben fallen, lehnte sich zurück und schloss die Augen.

Die Ruhe um ihn herum erdrückte ihn. Nicht einmal die Vögel zwitscherten. Seit der Beerdigung hatte sich eine Totenstille über sein Grundstück gelegt, wie der schwere Winterschnee, von dem er wusste, dass er noch früh genug kommen würde.

Er vermisste Dottie. An manchen Tagen glaubte er nicht, dass er weitermachen konnte. Die meisten Tage konnte er es nicht. Das Einzige, was ihn in Gang hielt, waren die kleinen rosa Umschläge, die er mit der Post erhielt.

Drei Wochen nachdem sein kleines Mädchen ihn verlassen hatte, kamen sie in seinem Briefkasten an. Auf dem ersten waren Blumen und Regenbogen. Einer nach dem anderen kam an. Eine Weile lang kriegte er jeden Tag einen.

Der erste brachte ihn zum Weinen wie ein Baby. Er trug ihn in seiner Hosentasche mit sich; die Knitterfalten waren mit seinen Tränen befleckt.

Sie nannte ihn immer noch Opa. Er war sich nicht sicher, ob sie es immer noch tun würde. Jede Karte, die ankam, war ein Geschenk. Eines, von dem er nicht sicher war, ob er es gegeben hätte, wenn die Rollen vertauscht gewesen wären.

Seit dem letzten Umschlag war schon eine Woche vergangen. Zum Briefkasten zu gehen und mit leeren Händen zurückzukommen war schwer. Die Kondolenzschreiben waren besinnlich und fürsorglich, aber nichts im Vergleich zu Emmas Briefen.

Jack nahm die Post und ging die Umschläge durch. Keine rosaroten. Er rieb sich über seine Bartstoppeln und räusperte sich. Das Echo von Emmas Gekicher, jedes Mal, wenn Jack ihr mit seinen Bartstoppeln über ihr Gesicht strich, kam ihm in den Sinn. Er hätte alles gegeben, um ihr Lachen wieder zu hören.

Alles.

Es gab keine Worte für das, was Dottie getan hatte.

Keine Entschuldigungen. Aber er würde die Tage, die er mit Emma hatte, nie tauschen. Nie. Jack strich sich über sein Gesicht und schniefte. Er hatte sich jetzt aber verändert. Keine Eltern sollten diesen Albtraum durchmachen müssen. Arme Dottie. Sie hatte keine Ahnung, welchem Horror sie entging, während sie im Koma lag. Jack war dankbar, dass sie still dahinschied, ohne Wiedersehen sagen zu müssen. So war es leichter. Für sie.

Aber nicht für ihn. Er würde diesen Tag für den Rest seines Lebens im Geiste immer wieder erleben.

Die Handschrift auf einem der Briefumschläge fiel auf. Kindliche Buchstaben, die sorgfältig gemalt wurden.

Jack ignorierte die Tränen, die ihm über das Gesicht liefen. Es war niemand da, der sehen konnte, wie er sein törichtes Herz offenlegte. Er öffnete sorgsam den Umschlag und nahm das gefaltete Blatt heraus.

Die Ränder des Blattes waren mit rosa und violetten Blumen bedeckt.

Liber Opa,

ich libe dich Opa. Ich habe ein neues Kleid für die Schule. Es ist gelb. Wie Daisy. Daisy lässt dich grüsen. Sie vermist dich. Ich auch.

DANKSAGUNG

Wo ist Emma? ist eine Geschichte, die mir sehr am Herzen liegt. Es ist mir eine Ehre, die Erlöse aus dem Buchverkauf an die kanadische *Missing Children Society* zu spenden – eine Organisation, die es sich zur Aufgabe gemacht hat, Familien wieder zusammenzuführen.

Ein besonderer Dank gilt meiner eigenen Familie, die an mich glaubt und nie zulässt, dass ich meinen Traum aufgebe. Micah, Ayla und Judah – danke, dass ihr mir geholfen habt, Hannah, Alexis und Emma zu erschaffen. Ohne euch wären diese Mädchen nicht ins Leben gerufen worden.

Danke auch an meinen gut aussehenden und hilfreichen Mann, für seinen nie endenden Nachschub an Kaffee und Schokolade und an sein Vertrauen in mich.

Sophia Paige Lewis – danke, dass du auf meiner Umschlagseite Emma bist. Du bist wunderschön, und ich wusste sofort, als ich dein Bild sah, dass du Emma darstellen solltest.

Jennifer Jones mit *Luxe Photography* – ohne dich hätte ich diesen schönen Umschlag nicht.

Carmen Johnson, meine Redakteurin, die an *Emma* geglaubt und das Potenzial darin gesehen hat. Ich war immer davon überzeugt, dass man lediglich eine Person braucht, die ein Buch genügend liebt – und für mich bist du das!

Pamela Harty, aka Agent Awesome, danke, dass du mir den Rücken stärkst. Du bist ein wahrer Segen, und ich bin so dankbar, dass Gott mir dich auf meinen Weg gegeben hat.

So viele wunderbare Frauen haben sich in Emmas Geschichte verliebt, dass es nicht möglich ist, jeder einzeln zu danken – aber ihr wisst schon, wer ihr seid!

An meine Mädchen des *Vertrauenskreises*, die mich schon seit der ersten Begegnung stets ermuntert haben.

Sherri Gall, für dieses Gespräch auf meiner Couch, als Emmas Geschichte ins Leben gerufen wurde – das ist für dich!